Jan de Hartog

Die Spur der Schlange

Jan de Hartog

Die Spur der Schlange

Roman

DIANA VERLAG ZÜRICH

Aus dem Amerikanischen übertragen
von Christine Frauendorf-Mössel

Titel der Originalausgabe
THE TRAIL OF THE SERPENT

Printed in Germany

ISBN 3-905414-23-6
Umschlaggestaltung: Graupner & Partner GmbH, München
Umschlagbild: Gerd Weissing, Nürnberg
Satz: Compusatz GmbH, München
Druck und Bindung: May + Co., Darmstadt

Manch' Blüte blieb uns aus dem Garten Eden,
doch die Spur der Schlange ist überall.

THOMAS MOORE (1779–1852)

Inhalt

Prolog

Dies ist eine der Legenden, wie sie sich noch heute die schwindende Zahl ehemaliger Bewohner der niederländischen Kolonien erzählen, die den Zusammenbruch ihres Kolonialreichs während des Zweiten Weltkriegs überlebt haben.

Uns mögen der junge Intellektuelle, der sich in den Bergen Borneos verirrt, die gepeinigte Nonne und der zwergenwüchsige Kapitän mit seinem atheistischen Hund wie Fabelwesen erscheinen. Und doch war es erst gestern, daß sie und Leute wie sie ein Reich von der Größe der Vereinigten Staaten beherrscht haben, über dem drei Jahrhunderte die holländische Fahne wehte. Es war ein Reich, in dem die Sonne nie unterging; so wie sie auch im britischen, französischen und portugiesischen Weltreich nie untergegangen war. Dies alles jedoch sind gewesene Weltreiche, vergangene Schatten großer Persönlichkeiten und geschichtlicher Taten, die mittlerweile ebenso der Vergangenheit angehören, wie die Rosenkriege in England.

Dies also ist die Geschichte von Kapitän Krasser, Schwester Ursula und Herman Winsum, M. A., wie man sie noch in den muffigen alten Clubs von Den Haag und Amsterdam hören kann, in denen sich die Überlebenden der kolonialen Vergangenheit der Niederlande treffen.

Die Geschichte basiert auf einer wahren Begebenheit. Ihre Hauptfiguren sind mittlerweile tot. Sie haben ihr abenteuerliches und nobles Leben in einer fremden Welt gelebt, welche ihre Vorfahren für sie erobert hatten und die sie im Jahr 1942 durch eine unvorstellbare Katastrophe verloren.

Erster Teil

Die Insel fällt

1

Ende des Jahres 1941 weitete sich der Krieg auch auf Niederländisch-Indien aus. Der Überfall auf Pearl Harbor fand am 7. Dezember statt. Am darauffolgenden Tag erklärte Königin Wilhelmina der Niederlande Japan den Krieg. In den ersten Wochen des Pazifikkriegs sah es so aus, als wollten die Japaner nach Singapur und Australien vorstoßen, ohne Niederländisch-Indien anzugreifen. An der Insel Borneo jedenfalls schienen sie überhaupt nicht interessiert.

Als die Japaner dann doch in Sarawak an der britischen Nordküste der Insel landeten, befand sich Herman Winsum, Magister der freien Künste und Redakteur für Kunst und Religion bei der *Borneo Times,* hundertfünfzig Kilometer weiter landeinwärts in der Erdölstadt Rauwatta. Er war am Vortag von Banjarmasin aus dorthin gekommen, um über die Aufführung von Oscar Wildes *Bunbury* durch eine Laienschauspielgruppe der Stadt zu berichten.

Zum Zeitpunkt der japanischen Invasion besprach Herman gerade das Layout für die Theaterseite der Wochenendausgabe mit Mrs. Josephine Bohm, der Lokalreporterin der Zeitung. Der Manager des »Hôtel des Indes« hatte ihnen für den Vormittag das Konferenzzimmer zur Verfügung gestellt, da in diesem ein großer Tisch stand, auf dem sie ihre zahlreichen Fotografien ausbreiten konnten. Dort versorgte man sie unaufhörlich mit kleinen Gläschen eiskalten holländischen Genevers, ein Service, für den das Hotel berühmt war.

Mrs. Bohm, so vermutete Herman, war die Frau irgendeines Ölmagnaten mit viel Freizeit und einem starken Hang zum Hedonismus. Für Hermans Geschmack war die stattliche Blondine in den Dreißigern etwas zu füllig. Er hatte eher eine Vorliebe für die Frauentypen Modiglianis. Mrs. Bohm trug ein weißes Baumwollkostüm, durchscheinend weiße Strümpfe und eine offenbar echte Perlenkette, die in den verführerischen Tiefen ihres Dekolletés versank. Die Dame warf Herman wiederholt Seitenblicke aus ihren delftblauen Augen zu, die nach dem vierten Glas Genever eine ausgesprochen beunruhigende Wirkung hatten. Mrs. Bohm jedoch entpuppte sich als Profi. Sie konnte mit einer ganzen Sammlung pikanter Skandalgeschichten der »Beau Monde« von Rauwatta aufwarten. »Viel mehr als Szenenfotos mit den Ensemblemitgliedern dürfte die Leser interessieren, wer mit wem die Premiere besucht hat und welche Ehefrau angesichts der begehrlichen Blicke ihres Gatten auf die Frau eines anderen die Krallen gezeigt hat«, erklärte sie.

Herman kramte planlos in den Abzügen auf dem Tisch. Die Aufnahmen waren allesamt offenbar während einer Party im Anschluß an die Theatervorstellung gemacht worden und zeigten Paare mit komischen Hütchen und Pappnasen, die ausnahmslos ein Glas in den Händen hielten. Der Alkohol schien also reichlich geflossen zu sein und sämtliche Hemmungen ertränkt zu haben. Allerdings vermittelten die Bilder weniger die Fröhlichkeit einer Feier als vielmehr die dunkle Bedrohung, der die kleine propere Stadt durch den umliegenden Dschungel ausgesetzt war, das feuchtheiße fruchtbare Klima, die dampfend-dunstigen Morgen und die gewittrigen Abende der Tropen. Die Fotos vermittelten eine Art *Decamerone*-Atmosphäre, den morbiden Hauch eines krampfhaft fröhlichen Gelages in einer von der Pest bedrohten Stadt. »Faszinierend«, murmelte Herman. »Haben Sie die Bilder geschossen?«

Mrs. Bohm nickte mit einem selbstzufriedenen Lächeln.

»Erstaunlich, daß man Sie zum Beispiel Szenen wie diese hier fotografieren ließ«, bemerkte Herman und deutete auf das Bild eines feisten, fast fünfzigjährigen Mannes mit vom Alkohol geröteten Gesicht und einer lächerlichen Kappe mit Propeller auf dem Kopf, der lüstern und mit offenem Mund auf ein blutjunges Mädchen herabsah, das in seinen Rachen starrte, als habe er es aufgefordert, seine Mandeln zu begutachten. »Wie haben Sie das nur gemacht?«

Mrs. Bohm warf ihm einen ihrer typischen Seitenblicke zu und zog dann, langsam wie ein Angler die Forelle, ihre Perlenkette aus den Tiefen ihres Dekolletés und förderte eine winzige Kamera zu Tage, die am Ende der Kette baumelte. »Hiermit«, erwiderte sie.

»Du liebe Zeit! Was ist denn das?«

»Ein japanisches Fabrikat. So was benutzen Spione.«

Herman nahm das unheimlich aussehende kleine Gerät in die Hand und merkte beinahe erschrocken, wie warm es war. Ein Schauer von Sinnlichkeit lief durch seinen Körper. Er war selbst am meisten über diese Reaktion überrascht, denn bisher hatte er die männliche Vorliebe für große Brüste stets als vorpubertären Komplex abgetan. »Also«, begann er leicht gereizt, »so faszinierend diese Fotos auch sind, Mrs.... hm... Bohm, ich kann sie leider nicht gebrauchen. Schließlich sollen sie mir helfen, eine Theaterbesprechung und keine Klatschkolumne zu illustrieren.«

»Wie Sie meinen«, antwortete Mrs. Bohm mit erstaunlicher Gleichgültigkeit. »Sie sind der verantwortliche Redakteur.« Sie setzte sich halb auf eine Tischecke und ließ ein Bein über die Kante baumeln. Das entblößte Knie, rund und rosig unter dem züchtigen weißen Strumpf, wirkte plötzlich aufreizend nackt. Es war wirklich erstaunlich, daß es dieser Frau gelungen war, sich in den Tropen einen so pfirsichfarbenen Teint zu bewahren. Und es war ein Wunder, daß sie an diesem Ort mitten im Urwald, der auf ihren Bildern von einem wahren Taumel der Lust erfaßt zu sein schien, offenkundig die unerschütterliche Passivität eines Milchmädchens auf impressionistischen Bildern beibehalten hatte. Renoir hätte sie sicher als *Nackte auf der Butterblumenwiese* umgeben von wiederkäuenden Kühen gemalt. Herman hatte plötzlich das Gefühl, zu schroff und abweisend zu ihr gewesen zu sein. »Trotzdem möchte ich die Fotos behalten«, sagte er daher hastig. »Für einen späteren Essay... vielleicht mit dem Titel *Die letzte Orgie von Pompeji.*«

Seiner flapsigen Bemerkung sollte später die Bedeutung einer düsteren Vorahnung zufallen. Als er jedoch in diesem Augenblick zu Mrs. Bohm aufblickte, war kaum zu leugnen, daß sie seine Worte offenbar für infantiles Geschwätz hielt. Jedenfalls schienen ihre mütterlichen Gefühle geweckt, denn sie legte einen erstaunlich schweren Arm um seinen Nacken und küßte ihn mitten auf den Mund. Sie brachte ihn damit völlig aus der Fassung, und er wehrte sich pikiert und ärgerlich mit der Panik eines kleines Tieres. Doch sie sog jeden Widerstand, jeden Willen mit einer ruhigen Entschiedenheit aus ihm heraus, als trinke sie in einem Zug und ohne abzusetzen sahnige Milch aus einem großen Schöpflöffel.

Wie in einem schlechten Film platzte genau in

diesem Moment der Hotelmanager ins Konferenzzimmer und verkündete die Neuigkeit, daß die Japaner in Borneo gelandet waren. Trotz Hermans Verlegenheit darüber, praktisch in flagranti ertappt worden zu sein, löste der Ausdruck des Mannes beim Ruf »Krieg! Wir haben Krieg! Die Japse bombardieren Tarakan! Ihre Truppen landen in Sarawak!« Verblüffung bei ihm aus. So entsetzt die Stimme des Managers auch klang, seine Miene drückte eine geradezu sinnliche Erregung aus.

Herman merkte, wie sich plötzlich eine ungewöhnliche Klarheit seiner Gedanken bemächtigte. Es war ein Gefühl des Erwachens, so, als habe er die vergangenen beiden Jahre wie im Traum erlebt. Seit den Studienjahren hatten ihn die Schrecken des Krieges verfolgt. Nicht umsonst hatte er auf den lukrativen und angesehenen Posten als Kurator eines privaten Van-Gogh-Museums in der holländischen Provinz verzichtet, um den immer länger werdenden Schatten zu entgehen, die der Krieg vorausgeworfen hatte. Seinen Freunden gegenüber hatte er seinen Entschluß, die Stelle als Redakteur für Kunst und Theologie bei einer abgründig-provinziellen Zeitung im entlegensten Außenposten von Niederländisch-Indien anzunehmen, sozusagen als Scherz verkauft: Es existiere keine Kunst jenseits von Gibraltar, und den Titel Redakteur für Theologie verdiene er nur insofern, als er im obligatorischen zweiten Teil seiner Magisterarbeit eine intelligente, aber ironische Abhandlung über die

Allegorien im *Hohelied Salomons* geschrieben habe. In Wirklichkeit war diese Entscheidung jedoch alles andere als ein Scherz gewesen. In Borneo, so hatte Herman geglaubt, wäre er wenigstens vor dem Krieg sicher. Nur deshalb befand er sich hier in Samarra.

Mrs. Bohm reagierte auf die Nachricht völlig anders. Die Hiobsbotschaft schien sie nicht aus der Ruhe zu bringen. Kühl und gelassen saß sie ganz in Weiß inmitten der plötzlich armselig wirkenden Fotos feiernder Premierengäste und starrte geistesabwesend ins Leere, als höre sie ferne Musik.

Nachdem der Manager das Konferenzzimmer wieder verlassen hatte, um seine Schreckensnachricht weiterzuverbreiten, berührte sie flüchtig Hermans Backe und sagte: »Es ist das beste, du redest erst mal mit Major Benstra, während ich versuche, Sam Hendriks zu finden.« Sie wirkte sehr selbstbeherrscht. Falls Niederländisch-Indien überhaupt gerettet werden konnte, dann nur von Leuten wie Mrs. Bohm, schoß es Herman plötzlich durch den Kopf. Kluge und kühle Denker waren jetzt gefragt.

»Major Benstra?« wiederholte er. »Wer ist das?«

»Der oberste Militär in diesem Distrikt«, antwortete sie und glitt vom Tisch. »Trete in deiner Eigenschaft als Redakteur der *Times* an ihn heran und bitte ihn um Informationen über den Zustand der Straßen, die aus der Stadt führen. Wir müssen mit Luftangriffen rechnen. Vielleicht schicken die

Japaner sogar ein Kanonenboot flußaufwärts, um die Stadt unter Beschuß zu nehmen. Wir müssen hier weg! Und zwar schnell.«

»Aber bis die Japaner hier sind, dauert es noch Stunden... Tage!« rief Herman.

»Das dürfte ein Irrtum sein«, widersprach sie gelassen und sammelte ordentlich ihre Fotografien ein. »Ich habe das alles schon mal erlebt. Mein Mann war in Shanghai stationiert, als die Japaner kamen. Die fackeln nicht lange. Mach, daß du wegkommst!«

Obwohl sie so ruhig und beherrscht wirkte, lösten ihre Worte doch Panik bei Herman aus. Er schob seinen Stuhl unter den Tisch und sagte gezwungen beiläufig: »Wenn du meinst. Und wo finde ich diesen Benstra?«

»Im Gouverneurspalast. Tu wichtig! Mach ein Foto von ihm. Er ist ziemlich dumm, hat aber einen großen Wagenpark. Beschaff uns irgendein Transportmittel.«

»Ich will's versuchen.« Er ging zur Tür. Auf der Schwelle drehte er sich noch einmal um. »Sehen wir uns wieder?«

Sie lächelte. »Natürlich. Wir kommen den Japanern doch gemeinsam zuvor, Manni.«

Noch nie hatte ihn jemand bei diesem unmöglichen Spitznamen genannt, und trotzdem fragte er unwillkürlich wie in einer französischen Komödie: »Und was ist mit deinem Mann?«

Sie steckte die Fotos in einen Umschlag. »Der

dient bei der Armee... irgendwo auf Java.« Sie warf ihm einen dieser beunruhigenden Blicke aus den Augenwinkeln zu. »Und du? Bist du verheiratet?«

»Verlobt.«

»Wo lebt sie?«

»In Holland... unter der deutschen Besatzung.« Die Worte klangen selbst in seinen Ohren lächerlich, und bemüht, von der französischen Komödie wegzukommen, fügte er hinzu: »Sie heißt Isabel.«

»Hm«, murmelte Mrs. Bohm, sah auf seinen Mund und vertrieb damit das Gespenst seiner Verlobten, das so wenig vermochte. »Major Benstra«, erinnerte sie ihn. »Im Gouverneurspalast.«

Er öffnete die Tür. »Wo treffen wir uns?«

Sie lächelte. »Keine Sorge, Manni. Ich weiß, wo ich dich finde.«

In seiner Verwirrung über die rätselhafte Anziehungskraft dieser Frau floh er.

2

Als Herman sich auf den Weg zum Gouverneurspalast machte, lag über den leeren, schattigen Straßen von Rauwatta eine schläfrige Ruhe.

Von den Veranden einiger Bungalows tönte laute Radiomusik, die nur gelegentlich durch die Stimme eines Nachrichtensprechers unterbrochen wurde. Panik schien nirgends ausgebrochen zu sein. Herman hatte das Gefühl, seine Hast müsse auffallen und schlug ein mäßigeres Tempo an. Er war zwar noch immer seltsam erleichtert, sich jedoch nicht länger sicher, ob der Grund dafür die Tatsache war, daß der Krieg ihn endlich eingeholt hatte, oder ob Mrs. Bohms Kuß mit allen Konsequenzen die Ursache war. Das Spiel ihrer Zunge war aufregend gewesen, als der Manager in das Konferenzzimmer gestürmt war. Es reizte Herman, wie ein kleiner Junge unter den Bäumen zu hüpfen und sich auf die Schenkel zu klatschen. Jahrelang hatte ihm bloß bei dem Gedanken an den Krieg eine krankhafte Angst die Kehle zugeschnürt; dank

Mrs. Bohm fühlte er sich jetzt wie ein befreiter Gefangener. Die ganze Sache war verrückt. So verrückt wie diese Frau. Vielleicht waren sie es sogar alle. Krieg als kollektiver Wahnsinn.

Der Gouverneurspalast, ein neoklassizistisches Gebilde mit kalkweißen Stucksäulen, lag in einer parkähnlichen Anlage. Am Tor waren zwei malaiische Wachsoldaten mit weißen Tropenhelmen postiert, die stur geradeaus starrten, als Herman selbstbewußt zwischen ihnen hindurchging, ohne zu wissen, ob er nun lachen, salutieren oder ernst und besorgt aussehen sollte. Als er die weiß eingeschotterte Auffahrt hinaufging, die zu der Eingangstreppe führte, summten Bienen in den tropischen Bäumen, die nach dem Monsun in voller Blüte standen. Ein Pfau schrie unmelodisch zwischen den Azaleenbüschen auf dem Rasen und schlug zitternd in narzißtischer Schönheit sein Rad. Auf den Säulen der Hausfassade huschten Geckos umher. Unter der Dachkante brüteten Tauben, die bereits auf den Ziegeln des Vordachs ihre Spuren hinterlassen hatten. Es schien beinahe unvorstellbar, daß so etwas Brutales und Chaotisches wie Krieg den trägen Frieden dieses Außenpostens des niederländischen Kolonialreichs stören konnte. Seit dem Jahr 1600 war der weiße Mann in diesem Teil des Malaiischen Archipels, und es gab keinen Grund, weshalb er nicht noch weitere drei Jahrhunderte bleiben sollte, an deren Ende der Gouverneurspalast von Rauwatta noch genauso unter den dunkelblauen Tropenbäumen stehen konnte wie jetzt: ein römischer Vorposten im gallischen Urwald.

Ein eingeborener Korporal führte Herman einen kühlen Korridor entlang und an zahllosen Türen vorbei, hinter denen Schreibmaschinen klapperten und Telefone klingelten. Auch hier war von Hast oder Panik nichts zu spüren. Und zum ersten Mal kam Herman der Gedanke, die niederländische Armee könne dem japanischen Ansturm trotzen.

Major Benstra saß hinter einem Schreibtisch mit vielen Telefonapparaten, Ablagekörben, einem Ventilator und einer Fotografie im Silberrahmen. Vor einem Bild an der Wand hinter ihm sah Königin Wilhelmina mit majestätischer Mißbilligung auf seinen Besucher herab. An der gegenüberliegenden Wand hing eine Karte von Niederländisch-Indien mit zahlreichen roten Markierungen, die eine vom Feind unangefochtene Militärmacht suggerierten. An den Schreibtisch gelehnt stand ein mit einer Goldquaste gezierter Säbel, das romantische Überbleibsel einer ritterlicheren Vergangenheit. Der Major wirkte genau so, wie Mrs. Bohm ihn beschrieben hatte. Herman fand ihn auf den ersten Blick außerordentlich unsympathisch.

Wie üblich schien das auf Gegenseitigkeit zu beruhen. Als Herman sich vorstellte, fing er einen Blick des Majors auf, mit dem dieser ihn musterte wie ein Metzger das Schlachtvieh. »Und was kann ich für Sie tun, Sir?«

»Es geht um die japanische Invasion«, antwortete Herman und hatte erneut das Gefühl, eine Rolle in einer französischen Komödie zu spielen.

»Was ist denn damit?«

»Ich dachte, Sie könnten mir vielleicht sagen, wie die Situation in und um Rauwatta ist. Zufahrtswege... und so weiter. Ich möchte die Informationen gern telefonisch meiner Redaktion in Banjarmasin übermitteln.«

»Also, ich muß schon bitten, junger Mann«, sagte der Major herablassend. »Sie als Journalist müßten eigentlich wissen, daß es keinen Sinn hat, von mir geheime Informationen zu erbitten.«

»Na, gut. Wie sieht es mit Transportmöglichkeiten nach Banjarmasin aus? Ich muß so schnell wie möglich an meinen Schreibtisch zurück. Könnten Sie mir dabei behilflich sein?«

»Wie denn?«

»Nun... vielleicht mit einem Wagen?«

Der Major musterte ihn indigniert. »Weshalb so eilig, wenn ich fragen darf? Die Züge verkehren doch fahrplanmäßig wie immer. Panik unter der Zivilbevölkerung ist wirklich das letzte, was ich mir jetzt wünsche.«

»Natürlich«, stimmte Herman ihm eifrig zu, der nur noch den Wunsch hatte, so schnell wie möglich wieder hinauszukommen. »Dann rechnen Sie also nicht mit Luftangriffen?«

»Luftangriffe?« fragte der Major verächtlich zurück. »So ein Unsinn! Kein einziges Flugzeug wird durchkommen. Wenn Sie mich jetzt bitte entschuldigen würden...«

»Selbstverständlich«, sagte Herman. »Auf Wiedersehen!«

Er hatte bereits die Hand am Türknauf, als die Tür plötzlich mit einer solchen Wucht aufgedrückt wurde, daß sie ihn gegen den Schreibtisch des Majors schleuderte. Zuerst dachte Herman, irgendein Idiot sei mit einer wichtigen Nachricht ins Zimmer gestürmt, um dann zu vermuten, ein Boiler müsse explodiert sein. Im nächsten Augenblick ertönte draußen ein unheimliches, jaulendes Geräusch, das in einer furchtbaren Detonation endete, die im Korridor den Putz von den Wänden rieseln und Glas bersten ließ. Hinter den Türen begannen Frauen laut zu schreien. Herman war wie benommen, doch sein Körper reagierte blitzschnell und reflexhaft. Er sah, wie der Major sich unter den Schreibtisch fallen ließ und sprang mit einem eleganten Satz, den er sich nie zugetraut hätte, neben die in der kleinen, dunklen Nische kauernde Gestalt. Dort hockten sie eng aneinandergedrängt, während weitere Bomben herniederprasselten und mit ohrenbetäubendem Lärm um sie herum explodierten. Herman stieg der Geruch von Schweiß und Herrendeodorant in die Nase, und ihm wurde übel. Irgendwo oben auf dem Dach begann mit seltsam klagendem, bebendem Ton eine Sirene zu heulen. Die körperliche Nähe des Majors wurde Herman so unerträglich, daß er hastig murmelte: »Die Leute da draußen brauchen Hilfe!« und unter dem Schreibtisch hervorkroch und zur Tür lief.

Als er den Korridor entlangrannte, knirschte Glas unter seinen Füßen. Er registrierte aus den Augenwinkeln flüchtig Räume hinter Türen, die schief in den Angeln hingen, und Sekretärinnen, die unter Schreibtischen kauerten und ihn entsetzt anstarrten. Schließlich fand er sich auf den Stufen vor dem Eingang wieder. Das Dröhnen der Flugzeuge verhallte in der Ferne und ließ eine schaurige Stille zurück. Dann begann erneut das schläfrige Summen der Bienen. Die weiße Schotterdecke der Auffahrt war mit Bombenkratern übersät, deren dunkle Erdoberfläche wie riesige schwarze Blumen auf dem hellen Untergrund wirkten. Die Bäume standen winterlich kahl ohne eine einzige Blüte an den Zweigen und Ästen da, und am Fuß der Stufen lag, noch im Tod die Schwanzfedern in eitler Schönheit auf dem Schotter ausgebreitet, der Pfau.

Während Herman noch auf den leblosen Vogel starrte, hörte er in der Ferne schrille Schreie, und ihm wurde klar, daß es Verwundete gegeben haben mußte.

In diesem Moment sagte hinter ihm eine Stimme: »Mein Freund, ich habe Sie unterschätzt.« Herman drehte sich um. Im Eingang stand der Major. Er war grau von Zementstaub, der wie weißer Puder auch an Wimpern und Augenbrauen hing. Seine Augen hatten ein irres Glitzern. »Was Sie getan haben, war großartig. Ich habe noch nie einen so mutigen Zivilisten erlebt«, fuhr er fort. »Lassen Sie mich Ihnen die Hand drücken!«

Herman, der nicht begriff, wovon der Mann eigentlich redete, hatte erneut das Gefühl, Komödie zu spielen, als er mitten in Chaos und Zerstörung dem Major feierlich die Hand schütteln mußte.

»Tja, packen wir's an!« erklärte der Major mit geradezu absurd anmutendem Optimismus. »Bringen wir erst mal wieder Ordnung in das Durcheinander. Es sieht meistens schlimmer aus, als es ist.«

3

Fünfzig Kilometer weiter im Landesinneren, mitten im Dschungel sahen die Nonnen der Herz-Jesu-Missionsschule die Flugzeuge am Himmel und hörten die fernen Detonationen der Bomben. Eine ängstliche Stille legte sich über die kleine Siedlung aus Schlafbaracken und luftigen, auf Stelzen gebauten und von Palmdächern überschatteten Tribünen, die als Schulzimmer dienten. Alle, selbst die eingeborenen Kinderfrauen, die Amahs, gingen unverändert ihrer Arbeit nach, doch viele waren krank vor Furcht.

Nicht so Schwester Ursula, eine ältere Nonne, die Betreuerin der Gruppe behinderter Kinder. Sie schenkte all dem, was da vor sich ging, keinerlei Beachtung, denn der kleine Saidja hatte es diesmal fast... fast geschafft. Nach fünfmonatiger geduldiger Unterweisung und innigen Gebeten von Schwester Ursula war er beinahe in der Lage, allein seinen Schuh zuzubinden. Dieser Schuh war eine großartige Erziehungshilfe. Gottes Wege waren wirklich wunderbar, wenn man sich vor Augen hielt, daß etwas so Schlichtes und Alltägliches wie ein alter Kinderschuh dazu dienen konnte, ein hoffnungslos geistig zurückgebliebenes Dajak-Kind, das im Zustand eines verängstigten Tieres verharrte, die ersten Schritte in Richtung menschlichen Verhaltens tun zu lassen. Anfangs war Saidja nicht fähig gewesen, Bewegungen zu koordinieren, es sei denn, sie galten seinem Mund. Zahllose Tage hatte er in Stumpfsinn versunken in einer Ecke gesessen und sabbernd an dem Schuh herumgekaut, bis dessen Spitze ganz weich geworden war. Allein die Tatsache, daß es gelungen war, sein Interesse auf die Schnürbänder zu lenken, war ein Triumph gewesen. Damit war die erste bewußte Handlung in einem Wesen geweckt worden, das bis dahin nur vegetiert hatte, denn selbst ein Tier seines Alters verstand es besser, sich selbst zu beschäftigen. Nachdem Saidja einmal begonnen hatte, das Schnürband durch die beiden untersten Ösen zu stecken, war in der tiefen Finsternis seines Gehirns plötzlich ein Funken Bewußtsein aufgeflackert. Es erschien Schwester Ursula, als erlebe sie an diesem Kind die Schöpfungsgeschichte zum zweiten Mal, an deren Ausgangspunkt nur Wind und Dunkelheit im Universum geherrscht hatten. Durch eine geradezu wunderbare Eingebung jenseits der Grenzen seiner Sinne hatte Saidja irgendwie erkannt, daß der Weg zum bewußten Leben, zum Menschsein, zu Christus und Gott über einen Schuh führte. Es hatte Wochen gedauert, bis man sein Interesse so lange an diesen Gegenstand hatte fesseln können, daß er es fertigbrachte, die Schnürbänder auch durch das zweite Paar Ösen zu stecken. Insgesamt gab es davon vier, und Saidjas einsamer Weg vom ersten Schöpfungstag bis zur Geburt Christi war schier endlos und von zahlreichen Gefahren und Enttäuschungen begleitet. Schwester Ursula hatte bezweifelt, daß er je so weit kommen würde. Doch an jenem Morgen, gerade in dem Augenblick, als der Bote in den Missionshof gelaufen war, hatte Saidja einen weiteren Meilenstein geschafft. Danach, so schien es Schwester Ursula, konnte der Tag ihr nichts mehr von Bedeutung bieten, wie immer die Nachricht auch lauten mochte, die der eingeborene Waldläufer so eilig und erregt überbracht hatte.

Nachdem sich die Nonnen zum Mittagessen an der langen Tafel im Speiseraum mit Pater Sebastian am oberen und der Mutter Oberin am unteren Ende versammelt hatten, erfuhren sie aus dem Mund des Paters den Inhalt der Nachricht: Die Japaner waren mit ihren Truppen im britischen Teil Borneos gelandet und hatten bereits Rauwatta bombardiert. Damit war trotz all ihrer Hoffnungen und Gebete die Insel zum Kriegsschauplatz geworden. Pater Sebastians Stimme klang ruhig und bewundernswert gefaßt, als er die Neuigkeit verkündete. Nach einigen Augenblicken, in denen sie Unsicherheit und panische Angst beschlichen, beruhigte sich Schwester Ursula in dem blinden Vertrauen, fest darauf bauen zu können, daß Pater Sebastian eine praktische, für alle akzeptable Lösung ihrer Probleme finden werde.

»Bedeutet das, daß wir die Mission evakuieren müssen?« fragte Schwester Synforosa.

Pater Sebastian erwiderte, daß er nach reiflichem Nachdenken zu dem Entschluß gekommen sei, es sei wenigstens vorerst besser, zu bleiben und die Instruktionen der Militärbehörden abzuwarten. Es könne sich als töricht erweisen, jetzt, da Krieg war, sich auf den Marsch durch den Dschungel zu machen. »In der Zwischenzeit sollten wir uns jedoch auf alle Eventualitäten vorbereiten«, fügte er hinzu.

An der langen Tafel wurde es unheimlich still, während die Bedeutung seiner Worte langsam in das Bewußtsein der Nonnen drang.

»Aber wir können die Kinder doch mitevakuieren oder?« erkundigte sich Schwester Katherina ängstlich.

Pater Sebastian betrachtete eingehend seine Hände und wählte seine Worte sorgfältig. »Wir müssen das Problem von mehreren Seiten sehen. Ich glaube, es ist daher verfrüht, sich schon endgültig festzulegen.«

»Ich halte es für ausgeschlossen, daß wir alle Kinder mitnehmen können«, meldete sich die junge, praktische Schwester Anna zu Wort, die unter der Aufsicht der Mutter Oberin die Hauswirtschaft der Mission führte.

Schwester Ursula runzelte die Stirn. »Warum denn?«

»Einschließlich deiner Gruppe sind es hundertdreizehn Kinder. Kannst du dir vorstellen, daß wir mit hundertdreizehn Kindern durch den Dschungel nach...« Anna sah Pater Sebastian an. »Ja, wohin sollten wir sie eigentlich bringen?«

»Dazu kann ich zu diesem Zeitpunkt noch gar nichts sagen«, erwiderte Pater Sebastian. »Das entscheiden wir am besten, wenn es soweit ist.« Er sah Schwester Ursula milde an und lächelte flüchtig. In diesem Augenblick wußte sie, daß für ihn die Entscheidung bereits gefallen war. Was immer mit den anderen Kindern geschehen sollte, ihre Gruppe von dreizehn geistig zurückgebliebenen Kindern wollte er nicht mitnehmen. Und gleichzeitig wurde Schwester Ursula mit beängstigender Deutlichkeit klar, daß sie es nicht über sich bringen würde, Saidja und die anderen ihrem Schicksal zu überlassen.

Von diesem Moment an kam sie sich wie eine Außenseiterin vor, die die Gespräche bei Tisch nur mit flüchtigem Interesse verfolgte, denn es war verräterisches Geschwätz, das nur als Rechtfertigung für die Tatsache diente, daß man die Kinder zurücklassen wollte. Es war beinahe, als kenne sie alle Argumente, schon bevor sie vorgebracht wurden. Eines allerdings war durch nichts in der Welt wegzudiskutieren: Ihre Pflicht, in diesem Dschungel Christus zu vertreten. Welcher Art auch immer ihre rationalen Befürchtungen sein mochten, so hatten sie sich dennoch jederzeit zu fragen, wie Jesus Christus unter diesen Umständen gehandelt haben würde. Und da gab es keinen Zweifel: Er hätte bestimmt eher die Kreuzigung mit ihren Schmerzen, Qualen und der Verzweiflung noch einmal durchlebt, als seine kleine Herde hilfloser Lämmer allein den Wölfen zu überlassen.

Allein der Gedanke daran brachte Schwester Ursula so in Wut, daß es ihr selbst sündig erschien und sie die Augen schloß, um um Vergebung zu bitten. Ihr Gebet wurde sofort erhört. Kaum kehrte sie sich in sich und besann sich auf ihre Berufung, blieb kein Raum mehr für das Urteil über andere.

Während sie schweigend zuhörte, wie die Schwestern moralisch alles dafür vorbereiteten, jene zu verlassen, die sich in ihrer Obhut befanden, wurde ihr klar, daß sie nicht nur zurückbleiben, sondern auch noch stolz auf ihr Handeln sein würde. Es war, als habe Christus sie für diese Tat der Liebe auserwählt.

4

Der Krieg überraschte den berühmt-berüchtigten Kapitän Krasser und sein Küstenschiff *Henny* im Hafen von Tarakan.

Die *Henny* beförderte Fracht und Passagiere entlang der Westküste Borneos und lief Häfen an, die für die Königlich-Niederländischen Post- und Paketschiffe zu flach oder zu wenig lohnend waren. Außerdem war die *Henny* wahrscheinlich der einzige seetüchtige Dampfer der Welt, auf dem ein Liliputaner das Kommando führte: Kapitän Krasser war nämlich nur knapp einen Meter dreißig groß, hatte Rumpf und Kopf eines erwachsenen Mannes, jedoch die Arme und Beine eines kräftigen Kindes. Überall, außer in Niederländisch-Indien, hätte sein Zwergenwuchs einer Kapitänskarriere im Weg gestanden. Die riesige Kolonie entlang des Äquators, die von literarischen Lohnschreibern als »mit Edelsteinen besetzter Smaragdgürtel« besungen worden ist, war im siebzehnten Jahrhundert von niederländischen Freibeutern erobert worden, deren Nachkommen noch immer den Idealen polternder Verwegenheit und Prahlerei nachhingen, deren Personifizierung für sie der zwergenwüchsige Kapitän auf einem gekaperten Frachter war.

Kapitän Krasser gebärdete sich ohne jedes soziale Empfinden und war ein aggressiver Atheist, der keine Gelegenheit ausließ, die Geistlichkeit zu verhöhnen und die Prüden zu schockieren. Er hielt sich einen Harem an Bord, der aus zwei Dajak-Prostituierten bestand. Lippenstiftspuren fanden sich auf seinen sämtlichen Seekarten, und angeblich behinderten schwarze Haare in seinem Sextanten eine korrekte Navigation. Er genoß den Ruf, seine Huren vor Priestern unter den Passagieren auf und ab patrouillieren zu lassen, und selbst mit Hörnern auf dem Kopf vor Missionaren nackt zu tanzen, wenn er betrunken war. Aus der Dynastie von Schiffshunden, die er gehabt hatte, war jeder so abgerichtet gewesen, daß er Hundekuchen, die angeblich von einem Priester kamen, verschmähte und Kekse, die von Atheisten kamen, genüßlich verspeiste. Er hatte schon an sämtliche Redakteure aller Zeitungen des Fernen Ostens ausfallende Briefe geschrieben, konnte in Gegenwart von Damen nicht empfangen werden und war in betrunkenem Zustand ausgesprochen gefährlich. Trotzdem war er einer der beliebtesten Exzentriker des Archipels. Niederländisch-Indien war ein Königreich, und Könige hatten von jeher Narren gebraucht, die traditionsgemäß gegen sämtliche Regeln des Anstands verstoßen und selbst die Herrschenden beleidigen durften. Trotz ihrer eisern kalvinistischen Einstellung zeigten sich die Bewohner der holländischen Kolonien diesem flammenden Atheisten gegenüber tolerant, ja sogar verständnisvoll, als habe ein mit physischer Mißbildung geschlagener Mann durchaus das Recht, mit Gott zu hadern.

Sein Schiff, die *Henny,* war allein schon eine Berühmtheit. Und das nicht nur aufgrund der schmalen Plattform entlang der gesamten Brücke, die ihr Kapitän benötigte, um überhaupt einen Ausblick haben zu können. Krasser hatte die *Henny* gegen Ende des Ersten Weltkrieges erworben, nachdem die besiegten Deutschen gezwungen gewesen waren, ihren kleinen Streifen vom »Smaragdgürtel« aufzugeben. Das Schiff war schon zu diesem Zeitpunkt hoffnungslos veraltet, doch der geringe Kaufpreis hatte alle Mängel wettgemacht. Gerüchteweise hatte man sich damals sogar erzählt, Kapitän Krasser habe überhaupt nichts für die *Henny* bezahlt, sondern sie mit einer Handvoll chinesischer Piraten einfach gekapert, nachdem die Deutschen sie am Dock in Celebes zurückgelassen hatten. Krasser hatte den Frachter nach Borneo gebracht und seinen Namen von *Großherzogin Henriette Cäcilie* auf *Henny* verkürzt, denn es bringt, wie jeder Seemann weiß, nur Unglück, wenn man den Namen eines Schiffes ändert. Die *Henny* war ein ziemlich plumper, unansehnlicher Pott, dessen dünner, hoher Schornstein ihn auch nicht schnittiger wirken ließ. Für ihre derzeitige Aufgabe jedoch konnte die *Henny* nicht besser geeignet sein. Sie sollte sich nämlich normalerweise nichtschiffbare Flüsse hinauftasten, dicht an Ufern, von denen es keine Karten gab, auch dann noch entlangfahren, wenn der Monsun friedliche Wasserläufe in reißende Ströme verwandelt und das blaue Meer etliche Seemeilen von der Mündung entfernt trüb und braun gefärbt hatte. Sie hatte 900 Bruttoregistertonnen, jedoch aufgrund ihres breiten Rumpfes bei voller Ladung nur einen Tiefgang von knapp zwei Meter fünfzig. Sie fuhr auch dort noch, wo die stolzen und eitlen Schwäne der Königlichen Postschiffflotte bereits auf Grund liefen, und ihre riesige, langsam drehende, aus Eisen geschmiedete Schiffsschraube arbeitete mehr als Häckselmaschine denn für den Antrieb, wenn das Schiff die mit gefährlichen Baum- und Aststümpfen durchsetzten Flüsse in den Mangrovensümpfen der Ostküste hinaufdampfte. Angeblich war es der *Henny* einst sogar gelungen, sich den Weg durch eine quer vor der Mündung des Boner River entstandene Sandbank zu bahnen, indem sie sich mit ihrer Schiffsschraube hindurchgepflügt hatte. Krasser brüstete sich stolz, die *Henny* könne einfach alles… nur nicht fliegen.

Diesmal befand sich Kapitän Krasser jedoch in einer unangenehmen Lage, die mit seinen früheren Abenteuern nicht vergleichbar war. Er hatte gerade am Beatrix-Pier die Ladung der *Henny* gelöscht, als es plötzlich Bomben vom Himmel regnete. Nachdem die Flugzeuge wieder verschwunden waren, war die *Henny* zwar unversehrt, doch die Hafenanlagen ein Trümmerhaufen. Als Krasser vom günstigsten Ausblick seiner Plattform auf der Brücke auf die brennenden Öltanks, die qualmenden, mit Schlagseite im Wasser liegenden übrigen Schiffe und die fettig-schwarze Rauchschicht über der Stadt sah, war ihm augenblicklich klar, daß er den Hafen so schnell wie möglich verlassen mußte.

Er hatte bereits den Befehl zum Ablegen gegeben, als ein Kabrio den Pier entlanggerast kam und neben der *Henny* mit quietschenden Reifen anhielt. Ein Armeeoffizier sprang, gefolgt von drei bis an die Zähne bewaffneten eingeborenen Soldaten und einem weißen Korporal, aus dem Wagen. »Stopp! Sofort anhalten!« schrie der Offizier und rannte die Gangway hinauf an Deck. Kapitän Krasser machte seinen chinesischen Matrosen ein Zeichen, die dabei waren, die Leinen loszuwerfen, und ging dem Offizier mit düster-trotziger Miene entgegen.

»Bring mich zu deinem Kapitän!« schnauzte der Offizier Krasser an, als sie am Fuß des Brükkenaufgangs beinahe zusammenstießen.

»Der Kapitän bin ich.«

Selbst nach dem Schock, den die Katastrophe, die über die Stadt hereingebrochen war, bei allen ausgelöst haben mußte, spiegelte die Miene des Offiziers den raschen Wandel der Gefühle wider, den jeder gesunde, junge Mann durchmacht, der sich plötzlich einem Liliputaner gegenübersieht. »Oh ... tja, also ... kann ich Sie mal unter vier Augen sprechen? Wir gehen am besten in Ihre Kajüte.«

»Wenn Sie was zu sagen haben, dann tun Sie's hier. Ich laufe jeden Moment aus.«

Der Offizier runzelte die Stirn. Er hatte eine Schnittwunde über der Schläfe, und sein Gesicht war mit getrocknetem Blut verschmiert. »Sie tun nichts dergleichen«, entgegnete er scharf. »Ihr Schiff ist beschlagnahmt. Wir brauchen es zur Evakuierung von Zivilisten. Korporal!« Der weiße Unteroffizier nahm hinter seinem Vorgesetzten mit dem Gewehr in der Hand Haltung an. »Postieren Sie Ihre Leute an sämtlichen Pollern. Sie sorgen mir dafür, daß das Schiff bleibt, wo es ist.«

»Wer gibt Ihnen das Recht dazu?«

»Sehen Sie sich doch mal um«, riet der Offizier Krasser. »Vielleicht kommen Sie dann von selbst drauf. Ihre Passagiere treffen in Kürze ein.« Damit wandte er sich zum Gehen.

»Wieviele sind es denn?« fragte der Kapitän. »Und was soll ich eigentlich mit den Leuten machen?«

»Sie nehmen soviel, wie Sie unterbringen können. Weitere Anweisungen kriegen Sie, wenn's soweit ist.«

»Aber ich habe nicht genügend Verpflegung an Bord.«

»Dann holen Sie sich dort drüben welche!« Der Offizier deutete auf eine brennende Lagerhalle.

»Aber beeilen Sie sich. Das Zeug brennt wie Zunder.« Damit drehte er sich um, lief die Gangway hinunter, sprang in den Wagen, setzte ihn zurück, wendete mit durchdrehenden Rädern und brauste mit Vollgas davon. Die eingeborenen Soldaten bezogen die ihnen zugewiesenen Posten. Jeder von ihnen war mit einem Gewehr mit aufgepflanztem Bajonett, einer Pistole und mehreren Handgranaten bewaffnet. Die Selbstsicherheit, die sie zur Schau trugen, war daher kaum verwunderlich.

Krasser sah dem Kabrio nach, bis es am anderen Ende des Beatrix-Piers hinter der Kurve verschwunden war, dann rief er seinen chinesischen Bootsmann zu sich, befahl ihm, mit allen verfügbaren Männern von Bord zu gehen und Vorräte aus dem brennenden Lagerhaus zu besorgen. Anschließend watschelte er in den Kartenraum, wo Kwan Chan ihn bereits erwartete. Auf dem Tisch lagen die Karte vom Hafen von Tarakan, Kompaß, Lineal und Bleistift bereit. Daneben stand ein Becher Kaffee, und vor den Tisch hatte der Chinese einen Hokker gerückt, auf den sich sein Herr und Meister stellen konnte. Der Junge erwies sich immer mehr als perfekter, beunruhigend perfekter Maat. Als Krasser in das lächelnde Gesicht des Chinesen sah, der mit so freudiger Dienstbarkeit all seine Wünsche vorhergesehen hatte, wurde ihm wieder klar, daß der jugendliche Analphabet, den er aus einem Bordell in Pontianak geholt hatte, nur von einem Wunsch beseelt war: ein eigenes Schiff zu besitzen.

Und es war unschwer zu erraten, auf welches Schiff er es abgesehen hatte.

Krasser kletterte auf den Hocker und betrachtete nachdenklich die Karte. Gegen den ausdrücklichen Befehl eines Offiziers aus dem Hafen von Tarakan auszulaufen, war Gehorsamsverweigerung; einen Unteroffizier und drei Soldaten niederzuschlagen war gewaltsame Rebellion. Damit würde er dem jungen Chinesen mit dem Engelsgesicht den Anlaß liefern, den dieser brauchte: Sobald die *Henny* auf See war, nachdem ihr Kapitän einem Befehl der Armee der Königin zuwidergehandelt und vier Soldaten über Bord geworfen hatte, bot sich dem Jungen die einmalige Chance, sich seines Kapitäns zu entledigen, das Schiff zu übernehmen, es in den Hafen zurückzubringen und zu melden, er habe es für die Armee vor dem verbrecherischen Kapitän gerettet. Es war erstaunlich, wie wenig von dem völlig verschüchterten jungen Kwan Chan, den er einst zu sich genommen hatte, übriggeblieben war. Krasser wußte, daß er in letzter Zeit den Eindruck erweckt haben mußte, er werde alt und hänge wehmütig Erinnerungen an seine Kindheit nach. Nun, er wollte dem kleinen Bastard zeigen, was noch in ihm steckte.

»Hier, Kwan Chan«, begann er mit perfekt gespielter Erregung. »Sieh dir mal die Karte an. Wenn wir versuchen würden, heimlich auf der neuen Fahrrinne aus dem Hafen zu verschwinden, könnte das böse enden. Ich schätze, daß vorn auf den Molenköpfen zum Empfang der Japaner Kanonen aufgestellt worden sind. Es bleibt uns also nichts anderes übrig, als die alte Fahrrinne mit den gefährlichen Untiefen zu benutzen, wenn wir im Schutz der Dunkelheit auslaufen wollen. Wir haben Neumond. Sämtliche Leuchtbojen und der Leuchtturm bleiben dunkel. Es kann uns also niemand sehen. Und selbst wenn uns jemand entdecken sollte, dürfte niemand Verdacht schöpfen, da die alte Fahrrinne für den Schiffsverkehr gesperrt worden ist, lange bevor die jungen Kerle, die jetzt die Stadt beherrschen, geboren waren. Nur dieser neunmalkluge Pilot Bastiaans könnte unsere Absicht durchschauen. Aber falls er nicht schon tot ist, sitzt er jetzt bestimmt in irgendeiner Konferenz bei der Armee oder der Marine. Diese Burschen sammeln sich zu Konferenzen wie die Tiere in freier Wildbahn am Wasserloch... egal, ob der Tiger unterwegs ist. Tja, die alte Fahrrinne ist unsere einzige Chance. Um elf hat die Flut ihren Höchststand erreicht. Wir laufen um Mitternacht aus.«

Der junge Chinese zog die Augenbrauen hoch. »Um Mitternacht? Aber Sie haben doch gesagt, daß die Flut um elf Uhr am höchsten ist, Tuan.«

»Ganz richtig.«

»Sind wir dann nicht zu spät am Riff?«

Krasser lächelte. Der Junge hatte sich wirklich gut entwickelt. Ein heller Bursche. Könnte sein Sohn sein. Er überlegte, ob er noch einen Spatenstich weiter an seinem Grab schaufeln sollte, indem er ihm erklärte, weshalb sie erst so spät ausliefen. Da er jedoch seinen großzügigen Tag hatte, fügte er hinzu: »Um diese Zeit gleicht das Riff einer massiven Straßensperre. Wenn wir da überhaupt durchkommen wollen, dann rückwärts. Und in diesem Fall ist es besser, wir haben ablaufendes Wasser. Ein paar Handbreit mehr davon unter dem Kiel nutzen weniger als die Strömung. Kapiert?«

Der Junge nickte. Seine dunklen Augen glitzerten. Er war verdammt schlau. Kwan Chan war ihm in diesem Moment allerdings nicht wichtig. »Sehen wir uns mal die einunddreißig an«, sagte Krasser.

Kwan Chan holte das mittlere Kartenblatt der Küstengewässer unterhalb von Tarakan hervor. Die nächstliegende Stelle, wo sich ein Schiff verstecken konnte, war die Mündung des Karimaka River. Allerdings war sie sehr breit und es wimmelte dort ständig von Dajak-Fischern, von denen einige sicher als Spitzel für die Japaner arbeiteten. Der einzig sichere Ort, wo sich die *Henny* verbergen konnte, war ein Altwasser in der Mündung, in dem die Schiffe drehen konnten. Es war so abseits und versteckt gelegen, daß sogar die Dajaks nur selten dorthin gelangten. Krasser hatte die kleine Bucht früher oft angelaufen, um die Wasserlinie seines Schiffs zu reinigen und Kohle kostenlos zu bunkern. Das Altwasser war ein kleiner natürlicher Hafen, umgeben von in der Sonne gebleichten Bäumen. Die Eingeborenen nannten die Bucht »See der

Toten«, da sich dort Süß- und Salzwasser trafen, und die Leichen der am Oberlauf Ertrunkenen an die Oberfläche kamen, sobald sie ins Salzwasser gelangten. Die Gratiskohle holte Krasser von einer völlig überwucherten Halde, die er selbst zwanzig Jahre zuvor für die Versorgung des Flußdampfers einer Ölgesellschaft angelegt hatte, die am Fluß nach Öl gesucht hatte. Die Suche war erfolglos, doch der Kohlevorrat blieb, und Krasser hatte sich nur gelegentlich kleinere Mengen geholt und den großen Rest als stille Reserve für etwaige Notfälle unangetastet gelassen, was sich jetzt als sehr vorausschauend erwies.

»Und was machen wir mit den Soldaten, Tuan?« fragte Kwan Chan mit zuckersüßem Lächeln.

»Die überlasse ich dir, mein Junge.«

Der Chinese lächelte unverändert weiter. »Ist gut, Tuan.« Trotzdem mußte diese Ankündigung ein Schock für den kleinen Bastard gewesen sein, der offenbar gehofft hatte, Krasser würde den Soldaten eigenhändig den Schädel einschlagen.

»Aber daß du mir ihnen kein Haar krümmst, mein Junge.«

»Wie?«

»Nimm ihnen die Waffen ab, pack sie in ein Rettungsfloß und setz sie aus, sobald wir draußen auf See sind.«

»Ist gut, Tuan.«

Nachdem der Junge verschwunden war, konzentrierte sich Krasser wieder auf die Karte. Der

See der Toten... Ja, das war der geeignete Ort. Es war schließlich nicht sein Krieg. Er wollte nichts damit zu tun haben. Holländer, Japaner, Deutsche, Engländer, Amerikaner, sie waren für Krasser alle gleich. Sollten sie doch die Sache nur unter sich ausmachen. Sein Reich hieß *Henny*, er war dort König, und es ging so neutral zu wie in der Schweiz.

Die Frage war nur, wie lange die Schweiz noch neutral bleiben und den Krieg einfach ignorieren konnte. Im Gegensatz zu Armee und Marine glaubte Krasser keinen Augenblick lang daran, daß die Niederländer in der Lage sein könnten, dem Ansturm der Japaner standzuhalten. Es würde nicht lange dauern, bis die japanische Marine in der Makassarstraße auftauchte und auch diesen Seeweg kontrollierte. Wenn er nach Java wollte, durfte er nicht mehr lange zögern. Auf See würde es in den kommenden Wochen ganz schön heiß zugehen, und es war leichter, irgendwo unbemerkt durchzuschlüpfen, solange die Gegner sich bekämpften, als hinterher, wenn einer gesiegt hatte. Allerdings schien es reiner Wahnsinn, mit einem alten, langsamen Küstenfrachter Kurs über das offene Meer zu nehmen, während zwei Seestreitmächte gegeneinander Krieg führten und jedes Schiff, das sich blikken ließ, versenkten. Es war daher sicher das Vernünftigste, im See der Toten vor Anker zu gehen, die *Henny* mit Palm- und Mangrovenzweigen zu tarnen, damit sie nicht von einem Luftaufklärer entdeckt werden konnte, und ruhig das Kriegsende abzuwarten. Von den Vorräten an Bord konnten sie etliche Monate lang leben. Seine chinesische Besatzung würde sich stillschweigend fügen, da die Männer wußten, welches Schicksal ihnen bevorstand, falls sie den Japanern in die Hände fielen. Die beiden Dajak-Huren hatten gegen die Ruhepause sicher nichts einzuwenden, da sie dann endlich Gelegenheit bekämen, den Kartenraum in einen Salon umzufunktionieren. Er hätte endlich wieder Zeit zum Lesen, konnte Jagen und Angeln gehen und sich vielleicht einen unerfüllten Kindertraum verwirklichen und ein Baumhaus bauen. Das alles waren durchaus angenehme Zukunftsperspektiven, doch zuerst mußte er sein Schiff unbemerkt aus dem Hafen lotsen. Um dieses Kunststück zu vollbringen, mußte man allerdings ein verdammt guter Seemann sein. Soviel andere Probleme Krasser auch haben mochte, in diesem Punkt machte er sich keine Sorgen. Er würde mit dieser Aktion den Clubs… oder in der gegenwärtigen Situation wohl eher den Gefangenenlagern wieder neuen Gesprächsstoff liefern.

Krasser schenkte sich einen Drink ein, kippte ihn in einem Zug hinunter, leckte sich schmatzend die Lippen, wischte mit dem Handrücken den Mund ab und betrachtete erneut die Seekarte. Der See der Toten – dorthin wollte er die gute alte *Henny* bringen.

Er goß sich ein zweites Glas ein und fragte sich, wo die Frauen sein mochten. Bevor sie den Anker lichten mußten, war noch Zeit für ein Schäferstündchen. Doch dann überlegte er es sich anders. Alles der Reihe nach. Erst mußte er das Schiff sicher über das Riff bringen, und das war eine harte Nuß. Es war besser, er legte sich kurz aufs Ohr, solange er dazu noch Gelegenheit hatte.

Zwei Stunden später klopfte es an seiner Kajütentür. Es war sein chinesischer Bootsmann, der ihm meldete, daß der Proviant, den sie unter Einsatz ihres Lebens aus dem brennenden Lagerhaus geholt hatten, nur aus Hundefutter bestand. Zum Beweis hielt er Krasser eine Kostprobe unter die Nase. Es handelte sich um eine Konservendose mit der Aufschrift »Fido's Leckerbissen – Zwei Teile Hühnermagen – ein Teil Rinderherz. Das köstliche Futter für Ihren klugen Hund«.

Krasser zuckte nur die Achseln. Ihm war das gleichgültig. Was für Hunde gut genug war, taugte auch für Chinesen.

5

Der Schaden, den der Luftangriff auf Rauwatta angerichtet hatte, war wesentlich höher, als man auf den ersten Blick von der Treppe des Gouverneurspalastes hatte annehmen können. Herman Winsum, der Major, und ein noch ganz benommen wirkender Eurasier, ein gewisser Lieutenant Hin, fuhren in die Stadt, um sich einen Überblick über den Grad der Zerstörung zu verschaffen. Sie benutzten dazu den Wagen des Majors, der wundersamerweise unbeschädigt geblieben war.

Häuser brannten, und in einem Umkreis von einem Kilometer zwischen Hauptstraße und Fluß lag knietief der Schutt auf den mit Bombenkratern übersäten Straßen. Sie mußten den Wagen bald stehenlassen und zu Fuß weitergehen. Aus den qualmenden Trümmerbergen in der Mondlandschaft aus zersplitterten Bäumen drang das Jammern und Schreien der Verschütteten. Herman glaubte in den ersten Minuten, der Situation nicht gewachsen zu sein. Er hatte noch nie Blut sehen können. Selbst kranke Verwandte, die er früher gezwungenermaßen besuchen mußte, hatten in ihm einen unüberwindbaren Widerwillen erregt, sosehr er ihnen sonst auch zugeneigt gewesen sein mochte. Das Elend, das er jetzt vor sich sah, ließ ihn nur an Flucht denken.

Allein die Gegenwart des eurasischen Lieutenants hielt ihn davon ab, auf der Stelle umzukehren und davonzulaufen. Der ausgesprochen zierlich wirkende junge Offizier bahnte sich energisch einen Weg durch den Schutt zu einem zerstörten Bungalow. Er begann Balken und Zementbrocken fortzuräumen, um zu der Stimme vorzudringen, die so schrecklich und herzerweichend jammerte. Der Major rief, er wolle einen Krankenwagen holen, und rannte davon.

Herman kämpfte mit der Versuchung, sich mit einem »Ich-bin-gleich-wieder-Zurück« aus der Affäre zu ziehen, doch die tatkräftige Nächstenliebe des Lieutenants bedeutete eine Herausforderung für ihn. Als sie den ersten Verwundeten aus den Trümmern zogen, stieg Übelkeit in Herman auf, und er schloß die Augen. Im nächsten Moment verspürte er zu seiner Überraschung eine Ohrfeige, die ihm versetzt wurde. Verdutzt riß er die Augen wieder auf und sah den Lieutenant vor sich, der offenbar aus seinem Verhalten geschlossen hatte, er könne ohnmächtig werden. Von da an machte Herman das Blut nichts mehr aus. Im Gegenteil: Die Verzweiflung, die Tränen und die Hoffnung, mit der sich die

Menschen an ihn klammerten, nachdem er sie ihren Gräbern entrissen hatte, gaben ihm das Gefühl von Kraft und Stärke, das sich bis zu einem gewissen Machtbewußtsein gesteigert hatte, als Mrs. Bohm auf der Bildfläche erschien.

Sie war als Leiterin der freiwilligen Rot-Kreuz-Schwestern gekommen, sah adrett aus, wirkte ruhig und gefaßt und schien sofort die Lage vollkommen im Griff zu haben. Im weißen Arztkittel, mit einem Sonnenhut auf dem Kopf und einem Journalistenbrett in der Hand, in das ein Formularblock gespannt war, hielt Mrs. Bohm die Namen und Adressen der Verletzten auf dem Vordruck fest und beschriftete dann einen Streifen Pflaster, den sie an deren Handgelenken befestigte, während sich ihre Helferinnen mit vor Entsetzen geweiteten Augen um die Opfer kümmerten und sie auf Bahren zum Krankenwagen trugen. Es war Mrs. Bohm anzumerken, daß sie es regelrecht genoß, alles so perfekt zu organisieren, und unwillkürlich überkam Herman eine ausgesprochen beunruhigende freudige Lustanwandlung. Da stand sie nun wie ein Fels in der Brandung, voller Vitalität und Entschlußkraft. Herman stellte sich vor, wie es wäre, sie auf ein Lager zu werfen, sobald alles vorüber war, ihr den Schmutz vom Körper zu waschen, ihre Haut abzufrottieren und zum Prickeln zu bringen, um anschließend mit ihr in jener Wollust zu versinken, die jede Faser des Körpers zum Vibrieren brachte. Herman brauchte nicht zu fürchten, daß irgend jemand, der seinen helfenden Einsatz zwischen all den Verwundeten und Toten beobachtete, auf die Idee kommen könnte, der barmherzige Samariter habe nur unkeusche Gedanken im Kopf.

Nachdem sie unter den qualmenden Ruinen des nächsten Bungalows fünf weitere Verschüttete herausgeholt hatten, von denen zwei bis zur Unkenntlichkeit verstümmelt waren, stand Herman am Fuß seines Golgothas und warf Mrs. Bohm einen stummen, eindeutigen Blick zu. Doch bevor sie Zeit hatte, ihn aufzufangen, begann die schwächliche Sirene auf dem Dach des Gouverneurspalastes erneut kläglich zu heulen.

Sie hatten gerade noch Zeit, sich in Sicherheit zu bringen, da schwirrten bereits die Bomben mit einem häßlichen Pfeifton durch die Luft. Als alles vorbei war, lag der eurasische Lieutenant bewegungslos ein paar Meter von ihm in dem Keller entfernt, in dem Herman sich plötzlich wiederfand. Der junge Offizier wirkte in seiner klobigen, auf holländische Farmer zugeschnittenen Uniform zartgliedrig wie ein Mädchen. Er schien tot zu sein. Als die Entwarnung kam, rüttelte Herman ihn aufgeregt bei den Schultern und schrie: »Lieutenant! Lieutenant! Alles in Ordnung?« Der junge Offizier setzte sich abrupt auf, sah sich benommen um und kam langsam auf die Beine.

Seite an Seite taumelten sie ins Freie und erkannten zu ihrer Verwunderung, daß der zweite Luftangriff, obwohl er ihnen viel heftiger als der erste vorgekommen war, wenigstens in ihrem Teil der Stadt keinen weiteren nennenswerten Schaden angerichtet hatte. Diesmal breitete sich jedoch rasch ein heller Feuerschein über dem Kampong aus, dem Eingeborenenviertel, das beim ersten Mal verschont geblieben war. Kurz darauf kam Major Benstra mit seinem Wagen, der auf vier platten Reifen die Straße entlangholperte. Der Motor schien allerdings noch tadellos zu funktionieren. »Diesmal hat es offenbar das Kampong erwischt!« schrie er zu ihnen herüber. »Ich muß sofort hinfahren. Hin... und Sie, Winsum, leiten auf der Stelle die Evakuierung der Bevölkerung ein. Frauen, Kinder und Verletzte per Flugzeug, die Männer zu Fuß.« Und schon ratterte das Auto des Majors auf den Felgen davon.

Herman und der Lieutenant starrten sich einen Augenblick sprachlos an und begannen dann wie zwei Jungen zu lachen, die gerade ein Komplott geschmiedet hatten. »Wir sollen die Evakuierung einleiten?« sagte Herman verwundert. »Wie stellt er sich das vor? Und weshalb ausgerechnet ich? Ich habe keine Ahnung, wie man so was organisatorisch anpackt. Sie vielleicht?«

Herman schien mit seiner Bemerkung einen wunden Punkt bei dem jungen Offizier berührt zu haben, denn dieser straffte die Schultern förmlich und erwiderte kurz angebunden: »Selbstverständlich.«

»Hören Sie«, sagte Herman daraufhin, »ich habe nicht die Absicht, Ihnen dreinzureden. Schließlich gehört so was zu Ihrem Beruf. Aber ich kenne jemanden, der Ihnen helfen könnte, die Evakuierung der Frauen, Kinder und Verletzten zu organisieren: Mrs. Bohm. Das ist die Leiterin der freiwilligen Rot-Kreuz-Schwestern, die gerade hier war, als der zweite Angriff erfolgte.«

»Gut«, sagte Hin. »Könnten Sie mal mit ihr reden?«

»Mit Vergnügen. Wissen Sie denn, wo Sie Flugzeuge auftreiben können?«

»Auf dem Flugfeld standen nur ein paar Piper Cubs rum«, erwiderte der Lieutenant.

»Weshalb schickt Ihr Hauptquartier keine Flugzeuge? Die müßten doch inzwischen wissen, daß wir heute schon zweimal aus der Luft angegriffen worden sind.«

»Mein Sergeant sollte die Funkverbindung aufrechterhalten. Ich werde mich mal bei ihm erkundigen.«

»Also gut. Dann treffen wir uns in circa zwei Stunden wieder im Gouverneurspalast«, schlug Herman vor.

»Hm… einverstanden«, meinte der Lieutenant zögernd, der offenbar noch nicht recht wußte, wie er die neue Zusammenarbeit mit Herman Winsum gestalten sollte.

»Hoffen wir, daß wir bald irgendwo in Ruhe etwas essen und uns entspannen können.«

Der Lieutenant salutierte und erwiderte steif:

»Ich heiße übrigens Hin.« Damit machte er kehrt und marschierte davon.

Während Herman über die Schuttberge kletterte, wurde ihm bewußt, wie absurd diese förmliche Geste inmitten von Tod und Zerstörung gewesen war. Mrs. Bohm dagegen war nicht im mindesten förmlich, als er sie schließlich im Büro des Majors im Gouverneurspalast ausfindig gemacht hatte. Jene blasse, nichtssagende Frau, die noch am Vorabend die Rolle der Gwendolyn in *Bunbury* gespielt hatte, saß an einem kleinen Tisch vor der Bürotür. Sie hatte eine Schwesternhaube auf, die Mrs. Bohm vermutlich im Krankenhaus für sie aufgegabelt hatte.

»Ist sie drinnen?« erkundigte sich Herman.

Gwendolyn, die offenbar von ihrer Vergangenheit als Sekretärin eingeholt worden war, erwiderte: »Augenblick bitte.« Damit verschwand sie im Büro des Majors. Kurz darauf kehrte sie zurück. »Mrs. Bohm erwartet Sie.«

»Danke.« Herman ging hinein.

Herman war gespannt darauf, wie Mrs. Bohm, die so gerne alles und jeden in ihrer Umgebung zu »organisieren« pflegte, auf sein Erscheinen reagieren würde. Als er eintrat, machte sie sich am Schreibtisch des Majors gerade eifrig Notizen, und der erste Blick, der ihn traf, war feindselig. Dann jedoch entspannte sich ihre Miene, ein sanfter Ausdruck, gepaart mit jenem Schimmer von Sinnlichkeit, die er an ihr inzwischen so gut kannte, trat in ihre Augen. »Hallo, Fremder«, sagte sie. »Was kann ich für dich tun?«

Er verbiß sich die naheliegendste Antwort und erwiderte statt dessen: »Ein ziemliches Chaos, was?«

Ihr Blick wurde kühl. »Oh, ich habe schon Schlimmeres gesehen.«

»Wo?«

»1938 in Shanghai. Da ging das einen Monat lang so.«

»Es muß ein merkwürdiges Gefühl sein, das alles noch einmal zu erleben.«

»Nein. Merkwürdig ist es nur beim ersten Mal. Was war bei euch los?«

Er lächelte und merkte, wie daraus ein anzügliches Grinsen wurde. »Der Major hat mich und den Lieutenant beauftragt, die Evakuierung der Stadt vorzubereiten.«

»Evakuierung? Wohin?«

»Das hat er nicht gesagt. Mir wurde nur erklärt, daß die Frauen, Kinder und Verletzten ausgeflogen werden sollen, während die Männer sich zu Fuß auf den Weg zu machen haben.«

Anstatt in Lachen auszubrechen, wie Herman das erwartet hatte, meinte sie: »Das klingt vernünftig.«

»Fein, da bin ich aber froh, daß du so denkst. Glaubst du denn, du könntest die Evakuierung der Frauen, Kinder und Verletzten in die Hand nehmen?«

»Sicher. Wann sollen wir auf dem Flugplatz sein?«

Herman wußte nicht recht, ob sie bluffte. »Lieutenant Hin versucht gerade Kontakt zu seinem Hauptquartier herzustellen. In einer Stunde kann ich dir vielleicht Genaueres sagen.«

»Das genügt.« Damit wandte sie sich wieder ihren Notizen zu.

»Könntest du mir vielleicht einen Tip geben, wie ich den Fußmarsch der Männer organisieren soll?«

»Wohin willst du denn von hier aus überhaupt gehen, Süßer?«

»Ich habe nicht die leiseste Ahnung, Schätzchen.«

»Genau das habe ich mir gedacht.« Sie lächelte so entspannt, daß er sich plötzlich frei und unbeschwert fühlte. Josephine Bohm war wirklich eine erstaunliche Frau. Angesichts ihrer Fähigkeiten hatte Herman gute Lust, sich zu setzen, die Füße auf ihren Schreibtisch zu legen und alles Weitere ihr zu überlassen.

»Sieh zu, daß du Sam Hendriks zu fassen kriegst«, sagte sie schließlich. »Er ist dein Mann. Ich habe schon vergeblich versucht, ihn aufzutreiben.«

Herman runzelte die Stirn. Sam Hendriks hatte die Rolle des Butlers Lane in Oscar Wildes Stück gespielt und dabei ständig alle weiblichen Mitglieder des Ensembles mit Blicken verschlungen. Er war nicht gerade der Typ, der in einer Situation, in der es um Leben oder Tod ging, Vertrauen in Herman weckte. »Wer ist dieser Hendriks eigentlich?«

»Oh, Sam betreibt in den Vorbergen eine kleine Plantage mit Kaffeesträuchern und Arekapalmen. Der Kaffee ist nur ein Vorwand. Seine Arekapalmen liefern den Rohstoff für den größten Teil des Fusels, der in dieser Gegend getrunken wird, und dürften damit auch zu neunzig Prozent für die Betrunkenen in diesem Teil Borneos, Sam Hendriks eingeschlossen, verantwortlich sein.«

»Weshalb soll ich mich dann ausgerechnet an ihn wenden?«

»Weil er sich schon so lange hier im Bergland rumtreibt, daß er den Weg wie seine Westentasche kennen muß.«

»Den Weg wohin?« erkundigte sich Herman.

»Den Weg zur Küste, wo euch dann ein Schiff aufnehmen kann.«

»Aber weshalb sollen wir zu Fuß gehen? Warum benutzen wir nicht alle verfügbaren Fahrzeuge und fahren zur Küste?«

»Die Straße ist bombardiert worden, und der Major will die Brücke sprengen lassen«, erklärte sie. »Aber vielleicht ist es noch nicht soweit. Das sollten wir zuerst mal herausfinden.«

Sie nahm den Telefonhörer ab und stellte verärgert fest, daß die Leitung tot war. Es schien ihr prächtig gefallen zu haben, Florence Nightingale zu spielen. Sie tippte ungeduldig auf die Telefongabel, legte dann den Hörer wieder auf und sagte kühl: »Weshalb sorgen wir beide nicht erst mal für unsere Evakuierung?«

Herman schluckte. Diese Frau war wirklich unberechenbar und faszinierend dazu. »Das hatten wir vor, bevor die Japaner mit ihren Flugzeugen aufkreuzten.«

»Warum sollen wir uns überhaupt um diese kopflosen Hühner kümmern?« Sie musterte ihn träumerisch. »Sollen sie doch selbst sehen, wo sie bleiben, und wir machen uns durch die Berge auf und davon. Du und ich, nur wir beide.«

Einen Augenblick lang glaubte er, sie meine es ernst. Dann wurde ihm klar, daß sie damit nur ihrem Ärger darüber Luft verschafft hatte, daß man sie ihre Rolle als »Lady mit der Lampe« nicht spielen lassen wollte. Herman war es plötzlich leid, sich mit der Rolle des gefügigen Kumpans zu begnügen. Er stand auf und merkte plötzlich, wie müde er war. Jeder Muskel seines Körpers schmerzte, und obwohl er sich eigentlich wie sechzig fühlte, beugte er sich über den Schreibtisch und küßte sie. Ihre Lippen waren warm und entgegenkommend.

»Mach, daß du Sam Hendrik findest«, flüsterte sie in einem Ton, als gelte es, eine Orgie zu organisieren.

Er richtete sich auf und versuchte aufrecht und festen Schrittes hinauszugehen. Draußen im Korridor, wo es nach Äther und Zementstaub roch, zündete Gwendolyn bei hellichtem Tage Öllampen für den Notfall an.

In der Einfahrt zum Gouverneurspalast traf Herman dann auf den Major. »Diesmal haben sie die Straße nach Rokul bombardiert, die durch das Eingeborenenviertel führt. Es hat viele Tote gegeben. Zu allem Überfluß hat eine Gruppe Strafgefangener, die zu einem Straßenbautrupp abgestellt worden war, den Luftangriff zur Flucht genutzt. Morde und Plünderungen waren die Folge. Und sobald die Kopfjäger aus den Bergen runterkommen, was zu erwarten steht, verwandelt sich diese Stadt vollends zum Alptraum. Wie weit sind Sie mit Ihren Evakuierungsplänen?«

In diesem Moment kam auch Lieutenant Hin dazu. Er war über und über mit weißem Zementstaub bedeckt und sah wie einer der Schlammtänzer der Papuas aus. Hin berichtete dem Major, daß er über das Notfunkgerät Kontakt mit Banjarmasin aufgenommen und vom Hauptquartier die Zusage erhalten habe, daß am nächsten Morgen drei Flugzeuge geschickt werden würden; Mrs. Bohm sei mit den Vorbereitungen der Evakuierung von Frauen, Kindern und Verletzten befaßt.

»Und was ist mit den Männern, die noch gesund und munter sind, Winsum?« erkundigte sich der Major.

»Ich bin gerade auf dem Weg zu Sam Hendriks. Er soll den Marsch der Männer anführen.«

»Wer zum Teufel hat sich denn das ausgedacht?« fragte der Major sarkastisch.

»Oh… hm … Mrs. Bohm.«

»Die Dame muß verrückt geworden sein! Es fehlte gerade noch, daß ein Irrer, der permanent betrunken ist, die Männer geradewegs ins Verderben führt. Nein, das kommt überhaupt nicht in Frage. Trommeln Sie sämtliche marschfähigen Männer zusammen. Sie sollen Verpflegung für eine Woche mitbringen und sich morgen gegen zwölf Uhr auf dem Flugplatz einfinden. Dort übernehme ich das Kommando über die Leute. Aber beeilen Sie sich. Die Tatsache, daß die Japaner die Straße bombardiert haben, beweist nur, daß sie bezüglich Rauwatta noch etwas vorhaben. Es muß folglich damit gerechnet werden, daß jederzeit Fallschirmspringereinheiten in der Nähe abgesetzt werden. Wenn die Japaner auch noch Schlauchboote mit Fallschirmen abwerfen, nutzt uns die Sprengung der Brücke wenig, weil es dann für die Soldaten kein Problem darstellt, über den Fluß zu kommen. Wir müssen also von hier fort, solange uns das noch möglich ist.«

»Jawohl, Sir«, erwiderte Herman und nahm Haltung an. Das, was ihm bisher wie eine französische Boulevardkomödie erschienen war, entwickelte sich jetzt zu einer ernsteren Angelegenheit.

6

Die Vorbereitungen zur Evakuierung der Bevölkerung von Rauwatta dauerten die ganze Nacht über an. Obwohl der Major Sam Hendriks rundweg jede Fähigkeit abgesprochen hatte, einen brauchbaren Führer abzugeben, vertraute Herman auf Mrs. Bohms Urteilsvermögen und machte den Mann schließlich ausfindig. Er stöberte den Pflanzer in der Bar des »Sports Circle« auf, wo er dem eingeborenen Barkeeper gerade auseinandersetzte, wie man Affen ausweidete und briet. Hendriks nahm die Nachricht von seiner Ernennung zum Dschungelscout gelassen hin, murmelte nur »Na, dann mal los!«, trank seinen Whisky aus und bestellte den nächsten.

Herman verbrachte die restliche Nacht bei den Verletzten, die Lieutenant Hin in den für Passagiere bestimmten Teil des Flugplatzes hatte transportieren lassen, den die Japaner aus unerfindlichen Gründen nicht bombardiert hatten. Mrs. Bohm sah Herman erst am Morgen wieder, als sie mit einer

Gruppe von Müttern und Kindern auf dem Flugplatz eintraf. Sie und der Major waren in ihrem Element. Während der Major die Rekruten in den verschmutzten Uniformen an den Luftabwehrgeschützen mit schnarrender Stimme herumkommandierte, versuchte Mrs. Bohm, in fleckenloses Weiß gekleidet, die verängstigten Mütter und aufgeregten Kinder allein durch ihre Gegenwart zu beruhigen, indem sie mit ihrem Journalistenbrett unaufhörlich umherging und sich Notizen machte, die nur symbolischen Wert haben konnten, jedoch den Eindruck von Ruhe, Ordnung und Effizienz vermittelten. Nach einer Weile kam sie auch zu Herman, nahm ihn beiseite und sagte in einem für sie ungewöhnlich drängenden Ton: »Manni, es ist das beste, du steigst mit uns in eines der Flugzeuge.« Herman sah plötzlich, wie sehr sich die Frau seit ihrer letzten Begegnung im Büro des Majors verändert hatte. Die Tatsache, daß das gewohnte Leben der weißen Frauen in Rauwatta so jäh zu Ende gegangen war, hatte auch sie gezeichnet. Die dunklen Schatten unter ihren Augen waren nicht zu übersehen, das harte Glitzern war daraus verschwunden, und Verzweiflung sprach aus ihrem Blick. Erschrocken wurde Herman klar, daß er die Auflösung eines großen Kolonialreichs miterlebte. Denn wenn Mrs. Bohm die Hoffnung verloren hatte, war auch der Krieg verloren, und den Weißen blieb nur die Flucht.

»Weshalb?« fragte er.

»Geh nicht mit über die Berge.«

»Weshalb sagst du das?«

»Mit Ausnahme von Sam seid ihr doch alle Städter. Als eine größere Gruppe habt ihr droben in den dichten Bergwäldern kaum eine Überlebenschance. Jeder wird also bald auf sich allein gestellt sein. Und allein schafft es keiner von euch durchzukommen.«

»Also, ich bitte dich«, entgegnete Herman mit einem flauen Gefühl in der Magengegend. »Sieh doch nicht so schwarz!«

»Hast du schon mal einen Fußmarsch durch den Dschungel unternommen? Bist du je in diesen Bergen gewesen? Hast du überhaupt eine Ahnung, wie es dort aussieht?«

Herman hatte den Dschungel bisher lediglich vom Flugzeug aus gesehen, und aus der Vogelperspektive war er ihm wie ein konturloses Broccolifeld vorgekommen. Er hatte plötzlich weiche Knie. »Keine Angst, wir schaffen es schon«, entgegnete er lahm.

»Ich will ja nicht nur deinen Kopf retten«, fuhr Mrs. Bohm fort. »Ich brauche auch deine Hilfe auf dem Transport der Kinder und der Verletzten. Du bist ein sensibler Mann und kein Athlet oder Bergsteiger. Du gehörst hier zu uns.« Das war nett gesagt, aber viel zu durchsichtig. Sie hielt ihn nicht für einen Mann, sondern eher für ein schutzbedürftiges Kind.

»Danke bestens, aber ich gehe mit den Männern.« Damit machte er kehrt und stapfte davon. Er hatte es satt, daß sie ständig über ihn bestimmen wollte.

Herman begegnete ihr erst wieder, als sie mit dem Major in dessen Wagen nach einer letzten Runde durch die Stadt zum Flugplatz zurückkehrte. Mrs. Bohm marschierte geradewegs auf Herman zu, ohne Lieutenant Hin zu beachten. Ihr Blick war beunruhigend glasig und unstet. »Hier, nimm!« sagte sie und hielt ihm einen Bergstock und ein schmales Buch hin.

»Aber...« Herman wurde vom Major unterbrochen, der sich im Befehlston an Lieutenant Hin wandte: »Hin, Sie nehmen zwei Männer und machen sich sofort auf den Weg zur Herz-Jesu-Missionsschule. Sie bringen die Nonnen flußabwärts nach Bunugawa. Dort warten Sie auf weitere Anweisungen. Mrs. Bohm! Wir sondieren erst mal hier die Lage!«

Der Major und Mrs. Bohm ließen Herman und Hin einfach stehen, die einander anstarrten. Der eine hatte einen Bergstock aus Nußbaumholz und eine Broschüre mit dem Titel *Die eßbaren Wildfrüchte des Malaiischen Archipels* bekommen, der andere den Befehl zur Evakuierung von Nonnen.

Plötzlich erfüllte das Dröhnen von Flugzeugen die Luft, und die Sirene auf dem Dach des Hangars begann zu heulen. »Geht in Deckung! In Deckung!« brüllte der Major und rannte auf die Geschützstellung zu. »Feuer! Feuer! Habt ihr Idioten denn Tomaten auf den Augen?« Die Maschinengewehre begannen zuerst zögernd, dann immer schneller zu rattern, so daß der Schrei des Majors völlig im Lärm unterging: »Stopp! Es sind die Unseren.«

Und er hatte recht. Die beiden Jagdflugzeuge bildeten offenbar den Begleitschutz für die Transportmaschinen, die jetzt am Horizont auftauchten. Die Jagdflugzeuge drehten mit heulenden Motoren scharf ab. In hilfloser Wut drohte der Major der Mannschaft im Geschützstand mit der Faust. Dann kehrten die Jagdflugzeuge um und kamen im Tiefflug zurück. Herman wußte augenblicklich, was das bedeutete. Die Piloten nahmen offenbar an, daß der Flugplatz bereits in der Hand der Japaner war, denn im nächsten Moment schlugen die Maschinengewehrgarben der Bordgeschütze tiefe Löcher in die Rollbahn. Kopflos und heldenmütig rannte der Major mit einem weißen Laken von einer der Krankenbahren ins Freie und wurde auf der Stelle getötet. Herman wußte hinterher selbst nicht mehr zu sagen, wie es ihm zusammen mit dem Lieutenant und Mrs. Bohm gelungen war, die in Panik geratene Gruppe von Frauen und Kindern zu veranlassen, in Deckung zu gehen.

Der Major schien jedoch nicht umsonst gestorben zu sein, denn die Transportflugzeuge landeten. Die Frauen, Kinder und Verletzten wurden so dicht wie überhaupt möglich in die Laderäume der Maschinen gepfercht. Als die Flugzeuge schließlich holpernd und schwankend wie übergewichtige

Geier über die Rollbahn röhrten, wurde offenbar, daß sie völlig überladen waren. Sie schafften es kaum, über den Hangar am entgegengesetzten Ende der Startbahn hinwegzukommen.

Herman horchte auf das Jaulen der Motoren und wartete mit geschlossenen Augen auf die unvermeidlich scheinende Katastrophe. Aber die Flugzeuge blieben in der Luft, flogen in einer tiefen, beängstigend langgezogenen Kurve über das Flugfeld hinweg und verschwanden dann dröhnend über dem Dschungel. Herman hatte plötzlich das Gefühl, Mrs. Bohm nie wiederzusehen.

Auf Herman und die ganze Gruppe verweichlichter Büromenschen aus der Dschungellichtung Rauwatta wartete nun der Urwald. Während die Männer noch unentschlossen herumstanden und jeder seine eigenen heimlichen und bitteren Augenblicke der Wahrheit erlebte, kam Sam Hendriks mit dem Fahrrad die Straße entlang. Er stieg ab, lehnte seinen Drahtesel an eine von Maschinengewehrgarben gezeichnete Wand des kleinen Flughafengebäudes und fragte: »Na, sind alle da? Tja, dann wollen wir mal!« Hendriks machte einen stocknüchternen Eindruck, und Herman wurde bei dessen ersten Worten klar, daß Gott ihnen in seiner unendlichen Güte in der Stunde der Not eine männliche Mrs. Bohm geschickt hatte.

Mit einer geradezu natürlich wirkenden Autorität bereitete Sam Hendriks die Männer auf den Marsch über die Berge vor. Er sagte ihnen, welche

Schuhe, Kleider und Kopfbedeckungen sie mitnehmen sollten, und riet ihnen, sich soviele Zukkerwürfel wie möglich in die Taschen zu stecken. Außerdem befahl er Mr. Palstra, dem Apotheker, für jeden eine kleine Flasche Minzöl mitzubringen.

Nachdem sie sich schließlich bei der gesprengten Brücke wieder gesammelt hatten, erklärte Sam Hendriks ihnen den Weg, den sie vor sich hatten. Der erste Teil würde der beschwerlichste sein, da die Berge in einem Gewaltmarsch erreicht werden mußten. Sobald sie allerdings erst einmal dort seien, führte Sam Hendriks aus, würde man nur noch im Schutz der Dunkelheit weitermarschieren, um nicht aus der Luft entdeckt zu werden. Sam Hendriks hatte noch einen alten Dajak mitgebracht, der seine Worte mit beifälligem Nicken begleitete. Der Dajak hieß Arula, und Sam behauptete, er sei der absolut beste Waldläufer in ganz Borneo, sie könnten sich also nicht verirren. Solange alle vernünftig blieben und nicht mehr als ein Stück Zucker und einen Tropfen Minzöl auf einmal zu sich nähmen, würden alle die Küste gesund und wohlbehalten erreichen. »Also, machen wir uns auf den Weg! Herr Pfarrer, wie wär's mit einem Gebet?«

Ein übergewichtiger Mann mittleren Alters hob mit schriller Stimme zu einem Gebet an. Das Gefühl der Gegenwart Gottes vermochte er nicht zu vermitteln, sondern er beschwor eher Gedanken an den Medizinmann eines kleinen, verlorenen

Stammes aus prähistorischen Zeiten herauf. Dann begann der Marsch in die Berge.

Sie hatten kaum die Randgebiete der Stadt verlassen und befanden sich auf dem Weg durch die Plantagen, als erneut Flugzeuge am Himmel auftauchten und große, bunte Blüten über dem Flughafen und in der Nähe des Flusses abwarfen. Die kleinen schwarzen Samen, die an den Blüten baumelten, waren japanische Fallschirmjäger und die großen gelben Pakete Schlauchboote. Rauwatta war damit gefallen.

7

Als Schwester Ursula ein Motorboot mit einem Offizier und zwei eingeborenen Soldaten an Bord an der Anlegestelle festmachen sah, wußte sie, weshalb die drei gekommen waren. Wie alle anderen hatte auch Schwester Ursula eine solche Abordnung erwartet. Bislang hatte es Pater Sebastian noch nicht über sich gebracht, von Evakuierung zu sprechen, sondern offenbar beschlossen, abzuwarten, bis jemand käme, um ihm diese Aufgabe abzunehmen. Jetzt war dieser jemand gekommen.

Pater Sebastian begrüßte den Offizier am Anlegesteg und schloß sich dann mit ihm in seinem Arbeitszimmer ein. Die beiden müden und hungrigen Soldaten bekamen von Schwester Anna ein herzhaftes Frühstück vorgesetzt. Als Pater Sebastian und der Offizier schließlich aus der Klausur kamen, läutete der Pater die Glocke auf der Veranda. Daraufhin versammelten sich die Nonnen und die eingeborenen Amahs im Hof, um sich anzuhören, was der Pater ihnen zu sagen hatte. Die Nachricht war einfach: »Caesar«, wie der Pater den schüchternen, kleinen eurasischen Lieutenant mit den beiden müden eingeborenen Soldaten nannte, habe ihnen befohlen, die Mission zu räumen. Für einen entschlosseneren und energischeren Mann wäre es ein leichtes gewesen, jedweden Befehl, der das Trio in den verschmutzten Uniformen in den Dschungel geführt hatte, zu ignorieren, doch Pater Sebastian, der seine Erleichterung kaum verbergen konnte, stilisierte die drei zu einer unüberwindbaren schwer bewaffneten Streitmacht hoch, die ihn und die Nonnen an der Ausübung ihrer christlichen Pflicht hinderte. Als er schließlich verkündete, daß die Kinder zurückbleiben müßten, rief Schwester Ursula unwillkürlich aus: »Das ist beschämend!«

Sie stimmte damit den Pater offenbar sehr traurig, ärgerte die ehrwürdige Mutter Oberin und weckte den kleinen eurasischen Offizier, der dösend neben den beiden saß und offenbar drauf und dran gewesen war, den Kampf gegen Müdigkeit und Erschöpfung aufzugeben. »Ich bitte dich, Schwester«, begann Pater Sebastian betont nachsichtig. »Wenn du dich von der Vernunft und nicht von deinem gütigen Herzen leiten lassen würdest, müßtest auch du einsehen, daß das die einzig mögliche Lösung ist... so traurig sie auch sein mag. Natürlich ist es durchaus fraglich, ob wir Erwachsenen sicher die Küste erreichen und dort eine Transportmöglichkeit nach Java – oder wohin uns Gott auch immer befiehlt – finden werden. Den Kindern jedenfalls können wir eine solche strapaziöse Expedition mit ungewissem Ausgang nicht zumuten. Und, was noch wichtiger ist, wir dürfen sie in den Augen der japanischen Invasoren nicht diskriminieren, die...«

»Diskriminieren? Wie könnten wir sie diskriminieren?« hakte Schwester Ursula ein, obwohl sie die Antwort hätte kennen müssen.

Pater Sebastian hob die Hand, schloß mit gequälter Miene die Augen und sagte: »Darf ich bitte ausreden, Schwester? Wenn ich nämlich nur den leisesten Verdacht haben müßte, daß wir die Kinder irgendwelchen Gefahren aussetzen, wenn wir sie allein lassen, müßte ich dir zustimmen. Aber die Japaner kämpfen nicht nur unter dem Motto ›Asien den Asiaten‹, sondern sie sind auch sehr kinderfreundlich eingestellt.«

»Weshalb bleiben wir dann nicht hier, anstatt um unser Leben zu rennen?« konterte Schwester Ursula.

Die Mutter Oberin schnaubte verächtlich, und Pater Sebastian schloß erneut die Augen und schüttelte väterlich nachsichtig den Kopf. »Schwester, wenn wir hierbleiben, kompromittiert allein unsere bloße Anwesenheit die Kinder in den Augen der Japaner derart, daß den Kleinen daraus ein noch größerer Schaden erwachsen kann, als wenn wir sie nicht mitnähmen. Glaube mir... ich habe in dieser Angelegenheit mit Gott Zwiesprache gehalten und nach einer für mich qualvollen Nacht im Garten

Gethsemane eingesehen, daß es keine andere Lösung gibt.«

Früher hatte es Schwester Ursula immer tief bewegt, wenn Pater Sebastian davon gesprochen hatte, wie sich die Lebensstationen Jesu in jedem Christenleben widerspiegelten. Diesmal verursachte Pater Sebastians Anspruch, die Leiden Christi geteilt zu haben, Übelkeit in ihr. »Und was wird aus meinen Kindern?« fragte sie. »Werden die Japaner auch *meine Kinder* lieben?«

»Selbstverständlich, selbstverständlich«, versicherte Pater Sebastian ihr beruhigend. »Sie lieben alle Kinder.«

»Werden sie sie genügend lieben, um die Dajaks davon abzuhalten, sie zu mißhandeln, sobald wir die Mission verlassen haben?«

»Natürlich! Die Japaner sind ein kultiviertes Volk. Außerdem bleibt Adinda hier, um für sie zu sorgen. Sie hat sie schließlich auch betreut, bevor du gekommen bist, Schwester. Es gibt also keinen Grund, weshalb sie das jetzt nicht wieder tun sollte.«

Schwester Ursula suchte nach Worten, um Pater Sebastian zu sagen, was sie von diesem ungeheuerlichen Argument hielt, wenn man bedachte, in welchem Zustand sich die Kinder befunden hatten, als sie diese übernommen hatte. Doch sie blieb stumm. Sie starrte ihn nur an, als habe er plötzlich die Maske fallengelassen und sich als egoistisches, feiges Monster entpuppt. Von dem demütigen, eifrigen Verkünder des Wortes Christi, den sie so vorbehaltlos verehrt hatte, schien jedenfalls nicht mehr viel übrig zu sein. Wie konnte er nur einfach dastehen und mit geduldiger Nachsicht vorschlagen, die Kinder, die sie an Bäume gebunden und halb tot vor Angst aufgefunden hatten, wieder in den Zustand gezähmter Tiere zurückzustoßen, die Kot aßen und kaum in der Lage waren, sich zu artikulieren?

Nach der ersten Gefühlswallung wurde Schwester Ursula plötzlich vollkommen ruhig. Von jetzt an mußte sie eigene Pläne schmieden. Pater Sebastian, die Mutter Oberin und die anderen Schwestern würden sie zwingen, mit ihnen zu gehen. Um die Kinder zu retten, mußte sie schlau und listig vorgehen... so schlau und listig, wie sie es noch nie in ihrem Leben gewesen war. Wenn die anderen auch nur den geringsten Verdacht schöpften, daß sie allein zurückbleiben wollte, würde man sie keinen Augenblick mehr unbeaufsichtigt lassen. Deshalb mußte sie vorgeben, Pater Sebastians Argumente hätten sie überzeugt, oder – falls ihr das nicht gelingen sollte – versichern, daß sie sich an ihr Gehorsamkeitsgelübde halten wolle. Sie würde Adinda vorlügen, sie würde die Mission ebenfalls verlassen, doch die Kinder sollten nichts erfahren. Wie sollten sie es auch verstehen? Davon abgesehen war es wahrscheinlich, daß die Kinder die Wahrheit spürten. Hätte sie sich ohne Bedenken dafür entschieden, sie zu verlassen, hätten sie das gefühlt, wären unruhig geworden, hätten geweint und ihrem Kummer auf dieselbe Art und Weise Ausdruck verliehen wie damals, als sie mit dem Motorboot zur Küste gefahren war, weil sie an der Reihe gewesen war, die Post und Lebensmittelvorräte vom Frachter *Henny* abzuholen.

Adinda glaubte ihr, als sie ihr ruhig und energisch mitteilte, sie wolle die Mission mit den anderen verlassen. Adinda schien das kaum zu berühren. Die Eingeborene, die eines Tages mit ihren halbverhungerten Kretins wie Strandgut, das wie die Strömung eines Flusses dem Weg des geringsten Widerstandes gefolgt und auf diese Weise zufällig zur Mission getragen worden war, war eine schweigsame, emotionslose Frau. Nachdem die Schwestern die Mission verlassen hatten, würde sie ebenso gleichmütig wieder im Dschungel verschwinden, wie sie gekommen war.

Zuerst zweifelte Schwester Ursula daran, ihren Plan in die Tat umsetzen zu können. Vierzig Jahre waren eine lange Zeit, und es erwies sich als sehr schwierig, mit der lebenslangen Gewohnheit, das eigene Schicksal in die Hände einer Oberin oder eines Priors zu legen, zu brechen. Sie ging in den Dschungel, in ihre kleine private Kapelle unter dem gewölbten Blätterdach eines Gummibaumes und betete nicht zu ihrer Schutzpatronin, der heiligen Ursula, sondern bat Jesus Christus selbst, ihr ein Zeichen zu geben. Sie erflehte einen klaren Blick, Seelenfrieden und ein offenes Herz für seinen Willen. Die Antwort, die sie erhielt, war so voller Liebe, so beruhigend, daß sie nach Beendigung des Gebets in dem Bewußtsein sich erhob, die richtige Wahl getroffen zu haben.

Einige Stunden vor Sonnenuntergang rief Pater Sebastian alle Nonnen vor seinem Bungalow zusammen. Diesmal waren die Amahs und das eingeborene Hauspersonal nicht dabei. Lieutenant Hin, so verkündete er, habe beschlossen, daß man sich vor Einbruch der Dunkelheit auf den Weg machen solle, da die Gefahr bestünde, daß die Japaner oder Rebellen nachts die Mission überfielen. Dann gab er ferner bekannt, daß das erste Boot von Lieutenant Hin befehligt werden würde, während er, unterstützt von den beiden Soldaten, das Missionsboot übernähme. Anschließend verlas er eine Namensliste und wies jedem seinen Platz in einem der beiden Boote zu. Schwester Ursula wurde dem Boot des Lieutenant zugeteilt. Der Pater endete mit der Frage, ob jetzt jeder seinen Platz kenne, und alle antworteten einstimmig: »Ja, Vater.«

»Gut, dann laßt uns beten.«

Er betete, den Kopf in den Nacken gelegt, die Augen zum Himmel erhoben, wie es seine Gewohnheit war. Schwester Ursula war stets von der Art und Weise fasziniert gewesen, wie sich der Pater beim Gebet dem Heiligen Geist unterworfen hatte. Diesmal jedoch hörte sie angewidert seinen Bitten zu, der Vater im Himmel möge sie beschützen und mit seiner Güte segnen.

Das Gebet von Pater Sebastian war kurz. Er

hatte es offenbar eilig, fortzukommen. Kaum hatte er das Amen über die Lippen gebracht, rief er schon: »Schwestern, nehmt eure Plätze in den Booten ein! Gott sei mit uns!«

Die Schwestern hoben hastig die Bündel auf, die sie vor dem Gebet neben sich abgestellt hatten, und die Hast, mit der sie zum Anlegesteg liefen, war einerseits beschämend, andererseits für Schwester Ursula günstig, da ein Durcheinander entstand, das die Situation höchst unübersichtlich machte. Als Schwester Ursula dem Lieutenant mitteilte, daß sie lieber mit dem Pater fahren wolle, anstatt ihren Platz im ersten Boot einzunehmen, nickte der Offizier nur geistesabwesend. Die Aufregung unter seinen Passagieren hatte ihn aus dem Konzept gebracht.

Schwester Ursula rannte augenblicklich zum Haupthaus zurück, als habe sie im letzten Moment etwas vergessen. Drinnen versteckte sie sich in der Toilette. Als sie jedoch dort saß und in der Ferne die Geräusche des allgemeinen Aufbruchs hörte, erfaßte sie Panik. Angenommen, es kam jemand zurück, um die Toilette zu benutzen, was bei der Nervenanspannung und der Aufregung durchaus wahrscheinlich war. Sie war plötzlich so sicher, daß gleich jemand am Türknauf rütteln und fragen würde, wer denn drinnen sei, daß sie hastig die Tür öffnete und hinausschlüpfte.

Nur noch am Flußufer und am Anlegesteg herrschten Hektik und Aufregung. Im Hof der Mission war es totenstill. Schwester Ursula beschlich ein banges Gefühl. Sie hätte nie geglaubt, wie leer und verlassen die Mission sein würde, sobald alle fort waren. Halb geduckt lief sie so schnell wie möglich am äußersten Rand der Lichtung und schließlich den schmalen Dschungelpfad mit seinen vielen Windungen entlang zu ihrem einsamen Plätzchen unter dem Gummibaum. Dort ließ sie sich keuchend am Fuß des Baumes nieder und brach plötzlich in Tränen aus.

Sie versuchte vernünftig zu sein. Jetzt war wahrlich nicht der Augenblick, um sich gehenzulassen. Wenn das ihre wahren Gefühle waren, dann sollte sie sich auf der Stelle ihren Schwestern anschließen. Natürlich kam das für sie nicht in Frage, aber sie konnte die Tränen nicht verhindern. Sie schimpfte mit sich, sie betete, doch es half alles nichts. Ihr Schluchzen war stärker als ihr Wille, es zu unterdrücken. Dann hörte sie, wie am Fluß die Motoren angelassen wurden, und sich die Boote langsam flußabwärts entfernten. Ohne zu wissen weshalb, wurde in diesem Augenblick aus dem schluchzenden Häufchen Elend wieder eine ruhige und gefaßte Mutter, die zu ihren Kindern zurückkehrte.

Sie ging bis zum Rand der Lichtung zurück, in der das Missionshaus lag und horchte auf die Geräuschkulisse am Flußufer, doch es war alles still. Nichts regte sich dort. Hinter der Strohmattenwand ihres Klassenzimmers unter freiem Himmel vernahm sie die Laute ihrer Kinder. Sie fragte sich, wo die übrigen Kinder, die eingeborenen Krankenschwestern, die Amahs und Köchinnen geblieben sein mochten. Ihre Flucht machte sie sprachlos. Es war beinahe, als hätten sie lange auf diese Gelegenheit gewartet, endlich wieder im Dschungel zu verschwinden.

Als sie die kleine Wandtür zum Klassenzimmer öffnete, sah sie Adinda. Die Frau saß phlegmatisch und tatenlos in der Mitte des Raumes, während die Kinder ziellos um sie herumkrabbelten oder -liefen. Manche weinten, andere schrien, einige versuchten ins Freie zu gelangen. Neben ihr lag Saidjas Schuh. Schwester Ursula hielt nach dem Jungen Ausschau und entdeckte ihn schließlich in der hintersten Ecke hockend. Er aß Erde. Das hatte er seit Monaten nicht mehr getan. Der Anblick erfüllte sie mit solch grimmiger Entschlossenheit, daß sie von diesem Moment an nicht mehr zurückblickte.

»Adinda«, sagte sie. »Bis auf weiteres habe ich die Mission übernommen. Geh und hol die anderen. Wir beiden können die Arbeit der Mission gut weiterführen, bis der japanische Militärkommandant kommt und uns weitere Anweisungen gibt.« Die Eingeborene sah sie teilnahmslos an. Sie hatte Schwester Ursula zwar verstanden, doch was sie sagte, war ihr gleichgültig. Dann kam sie mühsam auf die Beine und schlurfte davon. Möglicherweise verschwand sie ebenso wie alle anderen.

»Saidja!« rief Schwester Ursula und hielt den Schuh hoch. »Sieh mal, was ich habe!«

Der kleine Junge starrte sie mit halb geöffnetem Mund an. Sein Kinn war dreckverschmiert. Dann stieß er einen tonlosen Erkennungslaut aus, der plötzlich Schwester Ursula wieder die Tränen in die Augen trieb, und krabbelte auf allen vieren auf sie zu während er schrie: »Sa-ja, Sa-ja.«

In diesem Moment kamen auch alle anderen Kinder laufend, hüpfend und kriechend auf sie zu und klammerten sich im Überschwang der Gefühle an sie. Kleine Körper hafteten überall an ihr wie Welpen auf der Suche nach der Muttermilch. Mit einem Gefühl der Dankbarkeit spürte sie, daß sie keineswegs beunruhigt waren. Sie wollten lediglich, daß sie sich um sie kümmerte.

Und das tat sie auch. Sie nahm sie in ihre Arme, küßte sie, und teilte Zärtlichkeiten aus, die sie normalerweise unterließ. Sie mußte vorsichtig sein, wem sie ihre Zuneigung zeigte, und versuchen, ihre Liebe gleichmäßig auf alle zu verteilen, denn eines der vorstechendsten Gefühle dieser Kinder war Eifersucht. Schließlich gerieten sie so außer Rand und Band, daß sie eine gewisse Ordnung wiederherstellen mußte, wenn es keine echten Tränen geben sollte. »Kinder, hört doch mal zu!« rief sie. »Ich möchte euch jetzt ein Lied vorsingen«, erklärte sie und stimmte kraftvoll *The Lonely Ash Grove* an.

Die Kinder versuchten sie zu irritieren, indem sie am Haar zogen, ihr in die Ohren bliesen und

Finger in den Mund steckten, während sie sang. Doch Schwester Ursula ließ sich nicht ablenken, und als schließlich der kleine Saidja seinen Schuh nahm und ihn auf den Boden schlug, während er zu schreien anfing, beruhigte sie ihn wieder. Aber alle merkten irgendwo, daß sie mit ihrer Geduld am Ende war und fügten sich in die feste Ordnung ihrer monotonen Tage. Das einzige, woran sie sich in ihrem menschlichen Dasein auf der untersten Bewußtseinsstufe klammern konnten, war die Routine, die Schwester Ursula eisern aufrechterhielt. Solange weder Schwester Ursula noch der gewohnte Tagesablauf sich veränderte, fühlten sie sich sicher und geliebt und machten Fortschritte.

Schwester Ursula sang das Lied *The Lonely Ash Grove* zu Ende und begann anschließend *Flow Gently, Sweet Afton.* Ihre Stimme klang fest und zuversichtlich, bis sie sich ihrer Einsamkeit in der verlassenen kleinen Siedlung bewußt wurde. Niemand war zurückgekommen, und es begann dunkel zu werden. Trotzdem war Schwester Ursula so, als stünde Christus ruhig hinter ihr und gebe ihr Vertrauen und Sicherheit.

»Kinder, es wird allmählich Zeit für euch«, verkündete sie schließlich. Sie stand auf und öffnete die Tür in der Matte, um die Kinder hinauszulassen. Draußen standen stumm in langer Reihe die Frauen und Mädchen, die sich in den Dschungel abgesetzt hatten. Alle sahen bewundernd und ehrfürchtig zu ihr auf, und für einen Augenblick erfaßte Schwester Ursula ein geradezu sündiges Triumphgefühl. Sie hatte sich jedoch schnell wieder in der Hand und rief: »Also gut! Dann geht alle wieder an eure Arbeit. Nanja, sieh zu, daß du in deine Küche kommst. Adinda, du hilfst mir, die Kinder zu baden. Um sechs Uhr gibt es Abendessen, das wir zusammen im Speisesaal einnehmen werden.«

Alle wandten sich nun ihren Aufgaben zu und waren ebenso erleichtert wie zuvor die Kinder, als sie ihr vertrautes weißes Haar sahen, nachdem sie einige Stunden das Gefühl verwirrte, allein gelassen worden zu sein.

8

Die Flucht des Küstenfrachters *Henny* aus dem Hafen von Tarakan ging erstaunlich problemlos vonstatten. Am Riff war der Wasserstand höher als Kapitän Krasser erwartet hatte, und an Land waren alle zu sehr mit dem Kriegspielen beschäftigt, um den gespenstischen Schatten eines Schiffes die alte, unbenutzte Fahrrinne entlanggleiten zu sehen. Als die Hafenmauern passiert waren, ging sofort ein Holzfloß über Bord, auf dem die an Händen und Füßen gefesselten Soldaten und ihr Korporal abgesetzt wurden. Dann machte sich die *Henny* noch immer ohne Positionsleuchten mit halber Kraft voraus in Richtung Küste davon, um sich nicht durch das laute Stampfen ihrer alten Maschine zu verraten.

Es wurde jedoch bald offenbar, daß der Rest von Krassers Plan neu überdacht werden mußte. Selbst in der Dunkelheit herrschte ein reger Schiffsverkehr. Die Gefahr, entdeckt zu werden, war größer, als er angenommen hatte. Anstatt auf direkter Route und wie zunächst beabsichtigt sein Versteck am See der Toten anzusteuern, war Krasser gezwungen, die nächstbeste Bucht anzulaufen, um sein Schiff vor der Weiterfahrt zu tarnen.

Das beanspruchte zwei Tage. Danach war die Insel *Henny* gewappnet, wieder in See zu stechen. Kwan Chan hatte ein Meisterwerk vollbracht. Selbst aus einer Entfernung von nur zweihundert Metern war die schwimmende Insel aus Palmen, Mangroven und Lianen kaum als Schiff auszumachen. Die Mannschaft hatte Kwan Chan begeistert und mit kindlichem Eifer bei dieser Verwandlung geholfen, und einige Matrosen hatten sogar eigene Ideen dazu beigesteuert. Einer hatte die dunklen Blätter mit weißen Streifen bemalt, die den weißen Kot der Kormorane vortäuschen sollten, ein anderer hatte ein Vogelnest gebaut und es nach einer riskanten Kletterpartie auf einer Palme befestigt. Das Ergebnis war eine kleine tropische Inselwelt, die so überzeugend echt der Wirklichkeit nachempfunden war, daß sich Schmetterlinge auf den Bäumen niederließen.

Die *Henny* verließ die schützende Bucht bei Einbruch der Dunkelheit. Als sie langsam aufs offene Meer hinauslief, vereinnahmte sie die Pracht der Tropennacht. Eine schmale Mondsichel warf einen dünnen Schein auf die ölig glänzende See, die so ruhig war, als sei sie sich der mutigen Jungfernfahrt der kleinen Insel bewußt. In der Ferne donnerte unaufhörlich Geschützfeuer. Irgendwo schien eine

Seeschlacht in Gang zu sein, oder Japaner oder Holländer schossen auf Phantome. Es war genau die Art von Nacht, wo so etwas passierte.

Krasser verließ die Brücke nicht, während seine kleine Insel sich langsam entlang der Küste Borneos fortbewegte. Er befahl Kwan Chan, Öffnungen im dichten Blätterkleid der *Henny* zu schaffen, damit er wenigstens etwas sehen konnte. Die alte ehemalige Telefonverbindung zwischen Vorderdeck und Brücke wurde wieder in Betrieb genommen. Zwar fühlte Krasser sich ohne Positionslampen wie ein blindes Huhn im Dunkeln, doch nachdem er dreißig Jahre diese Küste befahren hatte, kannte er die Route im Schlaf.

Die Mannschaft war von der Verwandlung des Schiffes so begeistert, daß selbst die Freiwache weiter an Deck blieb. Auch Krassers zwei Mädchen schliefen nicht. Er hörte sie unterhalb der Brücke kichern, und der süßliche Geruch ihrer Opiumpfeifen stieg ihm in die Nase. Gelegentlich zerriß der schrille, pfeifende Schrei des Beos die Stille, dem stets ein krächzendes ›I love yew‹ folgte, das dem Schiffshund Fifi galt, der unter den Mangroven herumstromerte.

Als der schwarzblaue Nachthimmel im Morgengrauen plötzlich zu leuchten begann, überkam Krasser ein unwirkliches Gefühl. Es war, als habe sich seine kleine Insel unter der stillen, klaren, bootsförmigen Sichel des Mondes nicht nur von der Küste, sondern auch von der übrigen Menschheit losgelöst. Als sie jedoch bei Tagesanbruch die Mündung des Ramoko River erreichten und auf der der See abgewandten Seite der Landzunge vor Anker gegangen waren, hatte die Wirklichkeit Krasser wieder eingeholt, und in dem Maße, wie sich Müdigkeit und Erschöpfung bei ihm bemerkbar machten, kam auch der Ärger auf die beiden Frauen auf, die nackt und mit gespreizten Beinen im Opiumrausch in seiner Koje lagen. Er betrachtete die beiden einen Augenblick schweigend und wollte schon anfangen, sämtliche Schubladen mit dem Fuß zuzuknallen, als er seinen Hund Fifi entdeckte, der sich mit angelegten Ohren auf den Rücken gerollt hatte, ihn mit kriecherischer Unterwürfigkeit ansah und sich die Nase leckte. Er wußte, daß das Tier jedes laute Geräusch auf sich bezog und jedesmal, wenn eine Tür oder Schublade knallte, einen kleinen See auf den Fußboden machte. Der mickerige Köter war das einzige Wesen an Bord, das die geheimnisvolle Gabe besaß, den Kapitän milde zu stimmen. Er beugte sich über Fifi, kraulte ihren struppigen, unschönen Bauch, der bei ihm jedoch stets zärtliche Gefühle weckte und brummte: »Schon gut, du Mistvieh! Kriegst ja was!« Danach sprang Fifi sichtlich erleichtert auf die Füße und bereitete sich auf ihre Dressurnummer vor: Auf den Hinterläufen sitzend, mit den Vorderpfoten bettelnd, die Ohren steil aufgestellt erwartete sie den Hundekuchen. Ganz Borneo kannte den Trick: Sagte man dem Schiffshund, der Leckerbissen käme von einem Priester oder Pfarrer, verschmähte er ihn; versicherte man ihm jedoch, der Happen sei von einem Atheisten, verschlang er ihn mit Wonne. Diese Dressurnummer war eine der Standardgeschichten, die sich um Kapitän Krasser rankten. Es gab noch viele weitere, die seinen krankhaften Haß auf Gottesmänner, Kirchen und alle Formen der Religionsausübung zum Gegenstand hatten, aber etliche davon waren erfunden. Eine der beliebtesten Storys war die von Krassers Nackttanz mit aufgesetzten Hörnern vor drei Lehrern der anglikanischen Missionsschule in Batung Baru, bei dem er Obszönitäten gen Himmel geschrien und Gott dabei aufgefordert hatte, seine Existenz zu beweisen, indem er ihn, Krasser, auf der Stelle tot umfallen ließ. Niemand kannte die wahren Ursachen für seine radikal antiklerikale Einstellung. Es ging das Gerücht um, er sei als Kind in einem protestantischen Waisenhaus wegen seiner geringen Körpergröße verspottet worden, daraufhin weggelaufen und habe dann seine Karriere als Pirat begonnen.

Die Wahrheit war viel komplexer. Krassers Vater, ein bulliger Hufschmied, war ein Säufer gewesen, der seine Frau und sechs Kinder so lange im betrunkenen Zustand mit Gewalttätigkeiten terrorisiert hatte, bis alle zu völlig verschüchterten und willigen Werkzeugen in seiner Hand geworden waren – alle, mit Ausnahme seines zwergenwüchsigen Sohnes. Das hatte zur Folge, daß sich seine Wutanfälle bald nur noch gegen das mißgebildete Kind richteten, das sich einfach nicht zur Kriechernatur prügeln ließ. Die Mißhandlungen seitens des Vaters wurden zusehends noch brutaler, so daß sich die Mutter dem Pfarrer anvertraute, einem verbitterten Mann, der hartnäckig dem Glauben an die Unausweichlichkeit des menschlichen Schicksals anhing und die Mißbildung des Jungen mit dem Zitat aus dem zweiten Buch Mose begründete: »Denn ich, der Herr, dein Gott, bin ein eifriger Gott, der da heimsucht der Väter Missetat an den Kindern...« Er riet der Mutter zu beten und sprach mit dem Vater. Das führte dazu, daß der Vater in eine so mörderische Wut geriet, daß er seine Frau und den zwergenhaften Sohn beinahe umgebracht hätte. Am darauffolgenden Tag hatte Krasser sein Elternhaus verlassen und sich auf den Weg in die Freiheit gemacht, indem er sich in einer Stauluke eines hochseetüchtigen Schleppers versteckte, der nach China auslief. Allerdings hatte ihn keineswegs die Brutalität des Vaters dazu veranlaßt von zu Hause fortzulaufen. Vielmehr war es die Auffassung des Pfarrers gewesen, seine Mißbildung sei die Strafe für einen anderen. Der Glaube, sein Zwergenwuchs sei die Vergeltung für die Verhaltensweise seines Vaters, hatte ihn auf einen lebenslangen Kreuzzug geführt. Einen Kreuzzug gegen die Heuchler, die mit dieser Auffassung hausieren gingen. Er wollte die Religion als Aberglauben entlarven und bei jeder erdenklichen Gelegenheit beweisen, daß es keinen Gott gab, weil der nur eine Erfindung der Kirche war. Es entpuppte sich als Ironie des Schicksals, daß der Ursprung seiner Religionsfeindlichkeit, der Zwergenwuchs, seiner Sache eher abträglich war. Für die Pflanzer, die Geschäftsleute und die kleinen Regierungsbeamten, die in den Herrenclubs von Niederländisch-Indien verkehrten, waren der Zwerg und seine leidenschaftliche Kampagne gegen die Kirche ein ständiger Born der Heiterkeit. Krasser wußte das, und allmählich bemächtigte sich seiner eine ohnmächtige, stumme Wut. Sein mutiger Atheismus, die Herausforderung, die seine moralische Rebellion darstellte, und die sich in seinem Zusammenleben mit zwei Prostituierten und der Art und Weise manifestierte, wie er die Toten auf See begrub, indem er sie einfach mit dem lakonischen Kommando »Ajo lekas! – Allez hopp! « über Bord werfen ließ, wurde zum bloßen Anekdotenstoff. Zu dem Zeitpunkt, da die *Henny* heimlich aus dem Hafen von Tarakan entfloh, war Fifi wohl das einzige Wesen, das Kapitän Krassers Atheismus noch ernst nahm.

An jenem Morgen jedoch war er des Hundekuchenrituals plötzlich überdrüssig. Er schenkte sich einen Drink ein und gab Fifi den Keks ohne die übliche Zeremonie. Das wiederum brachte die Hündin gründlich durcheinander.

»Schon gut«, murrte er gereizt. »Von einem Atheisten. Nimm's.«

Fifi fraß den Leckerbissen, als tue sie ihm damit einen Gefallen.

»Laß den Quatsch!« schimpfte Krasser. »Du bist ein Hund, keine Frau.«

Über Fifis Kaugeräusch hinweg vernahm er entferntes Rufen. Er war schon halb an der Tür, als Kwan Chan auf der Schwelle erschien. »Tuan!« rief er. »Tuan! Kommen Sie!«

Krasser eilte auf die Brücke und starrte in die Richtung, in die Kwan Chan deutete. Auf dem schmalen Strand der Bucht stand oder kniete eine kleine Gruppe von Menschen. Ihre Rufe, Schreie und Gebete hallten über das Wasser. Es mußte sich um Flüchtlinge aus dem Landesinneren handeln.

Passagiere konnte Krasser in seiner schwierigen Situation am allerwenigsten brauchen. Sie würden nur Unruhe in seine Mannschaft bringen, seine Vorräte vertilgen und es ihm unmöglich machen, das Ende des Krieges in Ruhe auf dem See der Toten abzuwarten. Eigentlich hätte er die Bucht sofort verlassen müssen, aber das war am hellichten Tag unmöglich. Trotz der vorzüglichen Tarnung war es selbstmörderisch, sich mit der *Henny* nach dem Geschützlärm, den er nachts gehört hatte, aufs offene Meer zu wagen. Es blieb ihm daher nichts anderes übrig, als die Flüchtlinge einfach zu ignorieren. Sollten sie schreien, winken und sich nach Herzenslust verausgaben. Er beschloß zu Bett zu gehen.

Kwan Chan, der noch immer neben ihm stand, wartete offensichtlich auf weitere Befehle, doch Krasser kümmerte sich nicht darum. Der Beo stieß in den Mangroven seinen pfeifenden Schrei aus und gurrte »I love yew«, als Krasser zu seiner Kajütentür watschelte. Dort zog er sich aus, wollte schon die beiden schnarchenden Frauen aus seiner Koje vertreiben, scheute im letzten Augenblick jedoch das Gezeter, das dann entstehen würde. Er fluchte unterdrückt, ging durch die Verbindungstür in die Offiziersmesse und kletterte auf das kleine Sofa, dessen glatter Lederbezug sofort an seiner schweißnassen Haut klebte, als er sich hinlegte.

Er war fast eingeschlafen, als jemand schwer atmend zu ihm hereinkam und offensichtlich ziemlich aufgeregt war. Krasser schlug die Augen auf, spähte über die Tischkante und sah einen Geistlichen in einem zerrissenen, verschmutzten weißen Anzug, steifem weißen Kragen, unrasiert und einen irren Ausdruck in den Augen vor sich. Beim Anblick des haarigen Zwerges, der sich hinter dem Tisch auf dem Ledersofa erhob, füllten sich die Augen des Mannes mit Tränen, und er rief mit heiserer, bebender Stimme: »Dem Himmel sei Dank! Dem Himmel sei Dank! Gott segne Sie!«

»Wer zum Teufel sind Sie?« fragte Krasser.

»Pastor Zandstra aus Tjelok Barung! Ein Teil meiner Gemeinde ist bei mir… drüben am Strand. Unsere Stadt ist bombardiert worden. Wir haben uns zwei Tage und drei Nächte durch den Dschungel gekämpft. Sie können sich nicht vorstellen, was wir hinter uns haben. Meine Gemeinde hatte schon jede Hoffnung aufgegeben, aber ich habe gebetet und gebetet. Gott, und wie ich gebetet habe! Ich habe ihnen immer wieder versichert, daß Gott uns retten, daß er Erbarmen mit uns haben würde, und tatsächlich: Er hat uns Sie geschickt!«

Krasser starrte den Mann fassungslos an, als sich dieser ihm gegenüber auf einen Stuhl fallen ließ, sich den Schweiß von der Stirn wischte und fortfuhr: »Jetzt müssen wir uns darüber unterhalten, wie wir die Angelegenheit am besten organisieren. Wir sind insgesamt zwanzig, sieben Männer, sechs Frauen und der Rest Kinder. Welche Unterbringungsmöglichkeiten haben Sie noch? Was die Schlafräume betrifft, müssen wir Männer und Frauen natürlich getrennt unterbringen. Außerdem ist mir aufgefallen, daß sie ihr Deck mit Blättern und Zweigen bedeckt haben. Wir sollten vielleicht einen Teil wieder freiräumen, um unsere tägliche Andacht abhalten zu können, und eine ruhige Ecke für die religiösen Unterweisungen unserer Kleinen zu schaffen. Warten Sie! Was gibt es sonst noch zu bedenken?« Er runzelte nachdenklich die Stirn. Der Geistliche wirkte gefaßt und vernünftig, doch die Hand auf dem Tisch zitterte und der Ausdruck seiner Augen strafte seine beherrschte Sprechweise Lügen. Er schien einem Nervenzusammenbruch nahe zu sein. »Ah, natürlich! Wir möchten Ihnen zwar keine Umstände machen, aber da sich meine Gemeinde momentan ihrer christlichen Einstellung sehr bewußt geworden ist, sollten wir freitags Fisch essen. Alkohol kommt an Bord natürlich nicht in Frage.« Er starrte den Kapitän mit einem irren Lächeln an. »Als gottesfürchtiger Mann, dem eine so noble Aufgabe zuteil wurde, werden Sie mir sicher in allem zustimmen.« Ohne Krassers Antwort abzuwarten, fuhr er fort: »Im übrigen sollten wir unsere Kirchenleitung in Batavia über Funk davon verständigen, daß es mir mit Gottes Hilfe gelungen ist, wenigstens einen Teil meiner Gemeinde aus der Wildnis zu führen. Ich gebe Ihnen eine Namensliste meiner Gemeindemitglieder. Ich heiße Zandstra. Pastor Zandstra. Und jetzt…«

Die Tür ging quietschend auf, und die beiden Dajak-Frauen kamen herein. Bis auf die knappen Sarongs waren sie nackt. Amu brachte ein Tablett mit zwei Gläsern herein, und Baradja trug die Keramikflasche mit dem Genever des Kapitäns. Der Geistliche starrte die beiden mit offenem Mund an.

»Einen Schnaps, Pastor?«

Der Pfarrer schluckte. Die beiden Frauen, die stets auftauchten, wenn ein fremder Mann an Bord war, hatten eigentlich bleiben wollen, doch nachdem sie die Getränke serviert hatten, schickte Krasser sie hinaus: »Okay, ab mit euch!«

»Oooo…«, begann Baradja.

Doch Krasser ließ sich nicht erweichen. »Verduftet, ihr beiden! Könnt ihr euch nicht benehmen? Einem Mann der Kirche die nackten Titten unter die Nase zu halten? Unmöglich! Raus mit euch!«

Schmollend huschten die beiden durch die Tür der Offiziersmesse hinaus. Dem Geistlichen fielen beinahe die Augen aus dem Kopf. Er starrte den

Kapitän unverwandt an und sagte dann gezwungen beherrscht: »Ich fürchte, wir beide müssen uns einmal ganz ernsthaft unterhalten, bevor ich meine Gemeinde an Bord bringen kann.«

»Pastor«, begann Krasser, »ich enttäusche Sie ungern, aber Sie werden ihre Schäfchen nicht an Bord bringen. Für Passagiere habe ich keinen Platz. Es wird Sie schon ein anderes Schiff aufnehmen. Keine Angst, irgendeines kommt! Prost!«

Der Geistliche war fassungslos. »Wie... wie bitte? Sie wollen meine Gemeinde nicht an Bord nehmen?«

»Ganz richtig. Trinken Sie und verduften Sie dann.«

»Aber das ist unerhört!« schrie der Geistliche, als er sich vom ersten Schreck erholt hatte. »Das können Sie doch nicht machen! Ich werde die Marine... die Armee... Ich... die Polizei...!«

»Tut mir leid«, sagte Krasser und kippte seinen Genever hinunter.

Der Geistliche schluckte schwer. »Aber ich habe Frauen, unschuldige Kinder, alte Leute bei mir, die mehr tot als lebendig sind! Wenn Sie sie nicht an Bord nehmen, haben sie keine Chance!«

»Tja, da kann man nichts machen.« Krasser schenkte sich nach.

»Aber was erwarten Sie von mir? Was wollen Sie... Das ist einfach unmenschlich!«

»Vielleicht versuchen Sie's noch mal mit Beten«, schlug Krasser vor. »Aber jetzt müssen Sie mich entschuldigen.« Er legte sich nieder und verschwand damit hinter dem Tisch.

»Aber... aber das ist ganz unmöglich!« schrie der Geistliche in panischer Angst. »Das dürfen Sie nicht! Was wollen Sie? Geld? Sie sollen Geld haben! Wir geben Ihnen alles, was wir haben.«

»Schon gut, Pastor! Verschwinden Sie.«

»Einige Frauen haben Brillanten! Wir haben Uhren! Ich bin sicher, wenn wir erst wieder Boden unter den Füßen haben, dann kriegen Sie auch die Bankguthaben, die einige besitzen. Sie können alles haben! Sie werden reich sein!«

Ohne sich zu erheben, rief Krasser: »Kwan Chan!« Der Chinese tauchte sofort in der Tür auf. »Bring den Gentleman zur Strickleiter und sorg dafür, daß er tatsächlich von Bord geht.«

»In Ordnung, Tuan.«

In der Offiziersmesse war es plötzlich totenstill. »Ich weiß nicht, was Sie veranlaßt hat, so zu werden wie Sie sind, Bruder«, begann der Pfarrer schließlich mit absurdem Pathos, »aber ich hoffe, Gott hat Erbarmen mit Ihrer Seele.« Mit diesen Worten stolzierte er hinaus, ohne den Chinesen eines Blickes zu würdigen.

Krasser war klar, daß er keinen Schlaf mehr finden konnte, setzte sich auf und genehmigte sich ein drittes Glas Schnaps. Während der scharfe Alkohol wie Feuer in seinen Eingeweiden brannte, dämmerte ihm allmählich, daß sein Plan, sich auf dem See der Toten zu verstecken, eine entscheidende Schwachstelle besaß. Er hatte nicht bedacht, welche unmittelbaren Auswirkungen die Bombenangriffe auf die Städte und Siedlungen im Landesinneren zeitigten: Hunderte von Flüchtlingen irrten offenbar durch den Dschungel. Die meisten waren den Strapazen vermutlich nicht gewachsen, aber einigen wenigen, wie zum Beispiel der Gruppe um den Pastor, würde es gelingen, bis zur Küste vorzustoßen. Das bedeutete, daß die Japaner, sobald sie einigermaßen Herr der Lage waren, Küstenpatrouillen einsetzen würden, um die versprengten Flüchtlinge wieder einzusammeln. Und dann schwamm die *Henny,* ob mit oder ohne Tarnung, wie eine fette Beute auf dem See der Toten, und die Japaner brauchten sie sich nur zu schnappen. Beim vierten Genever gelangte Krasser zu der Einsicht, daß es sowieso tödlich langweilig gewesen wäre, sich monatelang dort zu verstecken. Was hätte er schon tun können? Sich mit den Frauen abgeben und seinem Beo noch einige gotteslästerliche Sprüche beibringen oder mit dem Hund neue Tricks einüben? In der Hölle konnte es kaum amüsanter sein. Aber wohin sollte er mit der *Henny*?

Krasser watschelte in seine Kajüte, zog eine Khakihose an, schlurfte mit seinen Schlappen in den Kartenraum, kletterte auf den Hocker vor dem Kartentisch und zog die Generalkarte des gesamten Archipels hervor. Das logischste Ziel war Java, das die Holländer und ihre Verbündeten bis zum letzten Mann verteidigen würden. Aber mittlerweile waren die niederländischen Behörden bestimmt schon hinter ihm her. Seine Flucht aus dem Hafen von Tarakan hatte sicher einiges Aufsehen erregt. Und Krasser war sich nicht recht klar darüber, ob man die Tatsache, daß er den Korporal und seine Soldaten nur bewußtlos geschlagen und anschließend auf einem Floß ausgesetzt hatte, unbedingt als mildernden Umstand betrachten würde. Und wenn er es sich recht überlegte, konnte es, für den Fall, daß er Java als Ziel erkor, vielleicht gar nichts schaden, ein bißchen gutes Wetter zu machen und die Flüchtlinge an Bord zu nehmen. Die Militärbehörden waren vermutlich nicht gut auf ihn zu sprechen, aber es war sicher schwierig, einen Menschenfreund aufzuknüpfen, der sein Schiff mit Ästen und Zweigen getarnt hatte, um Flüchtlinge an den Küsten Borneos aufzunehmen und in Sicherheit zu bringen.

Sollte er Java allerdings je erreichen, würde man sein Schiff nach dem Kriegsrecht beschlagnahmen und für militärische Zwecke einsetzen. Das wäre das Ende der Neutralität seiner kleinen Schweiz. Australien war bereits viel zu tief in den Krieg verstrickt; Südamerika war der am nächsten liegende neutrale Kontinent, aber um den Pazifik zu überqueren, mußte er mehrmals in Kriegshäfen Kohlen bunkern, es sei denn, er griffe auf den gesamten restlichen Kohlevorrat am See der Toten zurück, der ausreichen würde, um damit über den Pazifik zu kommen. Doch, selbst wenn er der beste

Seefahrer der Welt wäre, würde es der alte Pott niemals schaffen. Ein ordentlicher Sturm, und die *Henny* war geliefert. Sie war und blieb ein Küstenfrachter und alt dazu. Also doch nur Java…

Er ging in die Offiziersmesse, goß sich noch ein Glas Schnaps ein, watschelte dann an Deck und bestieg eine Kiste mit Schwimmwesten, um nachzusehen, was drüben am Strand passierte. Auch ohne Fernglas war zu erkennen, daß die Menschen um den Pastor in einer schlechten körperlichen Verfassung waren. Einige hatten sich erschöpft auf dem Sand ausgestreckt, andere, meist Kinder, standen als kleine Gruppe dicht beieinander. Am Wasser lag ein kleines gelbes Schlauchboot, das die Flüchtlinge offenbar auf dem ganzen Weg zur Küste durch den Dschungel geschleppt hatten. Der Geistliche redete eindringlich auf seine Schäfchen ein, gestikulierte zum Himmel und deutete wiederholt zur *Henny* herüber. Krasser konnte sich denken, was der Geistliche sagte. Er selbst hatte vor Jahren aus Jux in Madame Brandels Bordell in Banjarmasin am Ostermorgen auf einem Tisch stehend gepredigt. Seine Persiflage auf eine Predigt vor den Mädchen war damals so überzeugend ausgefallen, daß einige Freier, die ebenfalls zugehört hatten, einen ganz frommen Ausdruck im Gesicht bekommen hatten.

Einige Mitglieder von Pastor Zandstras Gemeinde hatten sich niedergekniet, als sich ein Mann aus der Gruppe löste, in das Schlauchboot stieg und auf die *Henny* zuruderte. Als das Boot näherkam, erkannte er in dem Ruderer einen alten Bekannten: Jaap Stotyn, der eine kleine Plantage außerhalb von Tjelok Barung besaß. Ausgerechnet Stotyn hatte ihm vor Jahren den Tip gegeben, daß Madame Brandel sich aus dem Geschäft zurückziehen und ihr Etablissement mit allem Inventar veräußern wollte. Dank Stotyn hatte er auf diese Weise vor der offiziellen Versteigerung den Beo kaufen und auch die zwei Frauen übernehmen können.

Stotyn brachte sein Schlauchboot längsseits der *Henny* und sah zu den chinesischen Besatzungsmitgliedern auf, die über die Reling herabstarrten. Die Gesichtszüge des Fünfzigjährigen wirkten eingefallen, und er war unrasiert. Für einen Mann, der stets viel Wert auf ein gutes Äußeres gelegt hatte, bot er einen jämmerlichen Anblick. Während der Unterredung mit dem Pastor war Krasser völlig kalt geblieben. Der gute Stotyn mit dem ausgemergelten Gesicht dagegen machte ihn betroffen. Er sah eigentlich wie eine traurige, alte Fifi aus.

Kwan Chan ließ die Strickleiter hinunter und half Stotyn über die Reling. Der Ärmste konnte sich kaum auf den Beinen halten. Seine Kleidung hatte Risse, und durch ein Loch in seiner Khakihose sah man eine eitrige Wunde am Knie. Sein rechter Stiefel wurde nur noch von einem Stück Schnur zusammengehalten. Als Stotyns Blick jedoch auf Krasser fiel, richtete er sich gerade auf, straffte die Schultern und zwinkerte dem Kapitän verschmitzt zu: »Hallo, alter Junge! Lange nicht gesehen.«

»Kommen Sie rein«, forderte Krasser ihn auf. »Sie sehen aus, als könnten Sie einen Drink gebrauchen.«

»Keine schlechte Idee. Wo geht's lang?«

Am Tisch in der Messe schenkte Krasser zwei Gläser Schnaps ein und prostete Stotyn zu: »Auf die Lust und das Leben!«

»Zum Wohl, Sie alter Schürzenjäger!« Stotyn leerte sein Glas in einem Zug. Er schien lange nichts mehr getrunken zu haben, denn die Augen traten ihm fast aus den Höhlen, und Schweißtropfen glänzten auf seiner Stirn. »Donnerwetter!« keuchte er. »Was ist denn das für ein Gesöff?«

»Mein ganz privater Genever«, antwortete der Kapitän. »Noch einen?«

»Vielleicht später, danke«, wehrte Stotyn ab, um dann gelassen fortzufahren: »Was haben Sie eigentlich mit dem armen, alten Zandstra gemacht? Er ist mit einer ganz unglaublichen Geschichte zu uns zurückgekommen. Sie wollen uns angeblich nicht an Bord nehmen.«

»Der Mann spinnt«, log Krasser, ohne mit der Wimper zu zucken. »Ich habe lediglich gesagt, daß ich *ihn* nicht an Bord haben will.« Krassers Entschluß stand fest. Die Flüchtlinge waren für ihn eine ärgerliche Fracht, und er verfluchte das Mißgeschick, ihnen begegnet zu sein. Wenn er es sich jedoch gründlich überlegte, konnte er ihnen eigentlich nicht die kalte Schulter zeigen und sie den Japanern ans Messer liefern. Der Himmelsstürmer allerdings war ein anderes Kapitel. Krasser konnte sich zwar überwinden, einen Teil seiner Privatsphäre an Bord aufzugeben, aber er war nicht bereit, seine Prinzipien zu opfern.

Stotyn musterte den kleinen Kapitän aufmerksam. »Was soll das heißen, Sie wollen *ihn* nicht an Bord haben?«

Krasser schenkte die Gläser erneut voll. »Ich praktiziere seit vielen Jahren ein System: Ich nehme zwar jederzeit Pilger, aber nie deren Geistlichkeiten mit. Egal ob Nonne, Pastor oder Priester... sie machen immer Schwierigkeiten. Ich lasse lieber die Finger von ihnen. Ihre Freunde, Stotyn, können an Bord kommen... aber ohne den Gottesmann. Soll er doch Gott um Flügel bitten.« Er leerte sein Glas in einem Zug.

Stotyn starrte Krasser verblüfft an. Wie allen anderen auf Borneo war auch ihm Krassers radikaler Atheismus bekannt, nur hatte er diese Marotte des Kapitäns nie ernst genommen. »Ich glaube, Sie machen einen Fehler, Krasser«, begann er vorsichtig, als spräche er zu einem Irren. »Zandstra ist kein Feld-, Wald- und Wiesenprediger, sondern ein sehr ungewöhnlicher Mann. Ohne ihn hätten wir den Marsch bis zur Küste nie geschafft. Seine innere Kraft und Stärke, sein unbeirrbarer Glaube haben uns durch die Wildnis geführt.«

Stotyns Lobrede auf den Geistlichen bestärkte

Krasser nur noch in seinem Entschluß. Einen Pfarrer an Bord zu nehmen, hieße sich einen Rivalen um die Macht aufzuhalsen. Passagiere waren auf seinem Schiff nur solange tragbar, wie sie kuschten und ihn als einzige Autorität an Bord akzeptierten. »Nein, Stotyn«, entgegnete er. »Kaum hatte der Bursche den Fuß an Deck meines Schiffes gesetzt, hat er schon versucht, hier alles umzukrempeln. Er verlangt, daß Männer und Frauen getrennt untergebracht werden, an Deck soll ein Platz für Andachten freigeräumt werden, eine Ecke muß dem Religionsunterricht der Kinder vorbehalten bleiben, freitags will er Fisch, Alkohol ist tabu... Aber als meine beiden Mädchen reingekommen sind und ihm alles, was so an ihnen dran ist, unter die Nase gehalten haben, ist ihm glatt die Luft weggeblieben. Wenn ich diesen Pfarrer an Bord meines Schiffes lasse, hat er in wenigen Stunden hier das Kommando übernommen. Ich will Ihnen mal eines sagen: Jetzt brauchen Sie *mich* und nicht *ihn*. Diese Fahrt wird keine Vergnügungsreise, mein Lieber. Unsere Chancen, auf direktem Weg nach Java zu kommen, stehen eins zu hundert. Wenn Sie unbedingt dorthin wollen, dann müssen Sie schon meine Bedingungen akzeptieren. An Bord dieses Schiffes gibt's nur einen Gott, und der bin ich!«

Stotyn lächelte. »Ach, kommen Sie, Krasser! Pastor Zandstra mischt sich sicher nicht in Ihre Angelegenheiten.«

»Nichts zu machen, mein Lieber. Um diesen

Burschen davon abzubringen, hier herumzukommandieren, müßte ich ihm sein großes Maul permanent stopfen. Sie und die anderen können an Bord kommen, aber er bleibt, wo er ist.«

Stotyn begann erneut mit einer Lobrede auf den Geistlichen und geriet schließlich geradezu ins Schwärmen: »Ich muß gestehen, früher hatte ich mit Religion nichts im Sinn, Krasser. Aber die letzten Tage haben bei mir Wunder gewirkt. Ich weiß, wie Sie zu diesen Dingen stehen. Trotzdem, der Glaube des Mannes ist ansteckend. Soviel ich weiß, ist unter uns kein Ungläubiger mehr, nachdem wir die Kraft von Zandstras Glauben am eigenen Leib erfahren haben. Bei allem, was wir durchgemacht haben, hat er nie die Zuversicht verloren. Er blieb felsenfest davon überzeugt, daß Gott uns erretten würde. Und er hatte recht.«

Für Krasser war das eine bittere Pille. Er mochte Stotyn, aber sein Geschwätz verursachte ihm Übelkeit. Schließlich schenkte er sich noch einen Schnaps ein. »Wachen Sie auf, mein Freund!« sagte er. »Der Mann ist genauso ein Scharlatan wie alle anderen auch. Wenn man ihm seinen Gott wegnehmen würde, was…« Krasser verstummte abrupt. Seine Hand mit dem Korken erstarrte mitten in der Bewegung, als ihm die Idee seines Lebens kam. Das war seine allerletzte Chance! Generationen von Pflanzern und anderen Leisetretern hatten über ihn und seine Prinzipien die Nase gerümpft und ihn einen Hanswurst genannt. Endlich bot sich ihm die Gelegenheit, ihnen zu zeigen, ihnen zu beweisen, daß diese Pfaffen nur Lügner und Heuchler waren, daß Religion nur ein Aberglaube war, den die Kirche um ihrer eigenen, selbstsüchtigen Ziele willen eifrig nährte, und daß diese Männer Gottes ihren Gott lieber verleugneten, als ihren Hals zu riskieren, wenn die Lage kritisch wurde.

Stotyn musterte Krasser neugierig und fragte: »Was ist los? Ist Ihnen nicht gut?«

»Mir könnte es nicht besser gehen«, erwiderte Krasser und beförderte den Korken mit einem Schlag der flachen Hand in den Flaschenhals. »Möchten Sie wirklich keinen Schnaps mehr?«

»Hören Sie, Krasser«, begann Stotyn erneut. »Sie verstehen nicht...«

»Sparen Sie sich die Worte«, unterbrach Krasser ihn. »Sie haben mich überzeugt. Ich nehme den Pfaffen mit. Rudern Sie an Land und sagen Sie Ihren Freunden, daß wir sie an Bord holen.«

Stotyn sah Krasser einen Augenblick prüfend an, stand dann auf und ging zur Tür, wo er sich noch einmal umdrehte. »Danke, Krasser. Ich wußte, daß man mit Ihnen reden kann.« Aber seine Stimme klang, als habe er den Verdacht, daß die Sache einen Haken habe.

Krasser hob sein Glas. Nachdem Stotyn gegangen war, kippte er den Schnaps hinunter, wischte sich den Mund ab, glitt vom Stuhl und ging in seine Kajüte hinüber. Dort nahm er seine Ausgehuniform aus dem Schrank, wusch sich, rasierte sich, klatschte sich etwas vom Körperpuder der Mädchen unter die Achseln, der »Himmelsduft« hieß, und setzte seine Kapitänsmütze auf.

Amu saß in der Koje und lackierte die Fußnägel. »Wo willst du hin, Benji?« fragte sie in ihrem melodischen Malaiisch.

»Das geht dich nichts an.«

Baradja zupfte sich vor dem Spiegel über dem Waschbecken die Augenbrauen. »Wann laufen wir wieder aus?«

Er antwortete nicht.

»Weshalb bist du angezogen wie ein Pfau?« beharrte Baradja.

Er ging zur Tür und rief: »Kwan Chan! Laß Boot Nummer 1 runter und schick es mit sechs bewaffneten Männern an Land.«

»Bewaffnet?« fragte Amu und sah von ihren Fußnägeln auf. »Willst du auf die Jagd gehen?«

»Zieht euch an!« befahl er brummig. »Wir kriegen Besuch.« Er ging auf die Brücke und machte die Tür hinter sich zu.

Auf einem Bord über dem Tisch im Kartenraum standen seine Seehandbücher, das Logbuch und eine Reihe atheistischer Titel wie *Jesus, Gott oder Scharlatan?* oder *Himmlische Huren: Memoiren aus einem Nonnenkloster*. Er schwang sich auf den Tisch, nahm seine abgegriffene Bibel heraus, deren Seiten mit Kommentaren wie »Haha!« und »Erstunken und erlogen!« übersät waren. Er steckte sie in die Rocktasche, betrachtete sich zufrieden im Glas des Seetüchtigkeitsattests der *Henny*, das gerahmt an der Wand hing, und ging auf das Bootsdeck hinaus, wo gerade das Rettungsboot auf der Steuerbordseite zu Wasser gelassen wurde. Kwan Chan wollte gerade zu den sechs bewaffneten Matrosen ins Boot springen und selbst das Kommando übernehmen, als Krasser ihn zurückhielt und ihm befahl, auf der *Henny* zu bleiben. Es hätte ihm gerade noch gefehlt, von Kwan Chan statt des Pfaffen allein am Strand zurückgelassen zu werden.

9

Der Kiel des Rettungsbootes grub sich knirschend in die Kieselsteine am Strand, und der zwergenhafte Kapitän des Küstenfrachters *Henny* sprang an Land. Ohne auf die Willkommensrufe, die ausgestreckten Hände, die tränenerstickten Stimmen, die ihm dankten, oder auf die Frau zu achten, die sich zu ihm herabbeugte und ihm einen Kuß auf die Backe gab, watschelte er geradewegs auf Pastor Zandstra zu.

Pastor Zandstra blickte dem Zwerg mit dem Lächeln christlichen Verzeihens entgegen, in das sich etwas Angst mischte.

»Ich möchte unter vier Augen mit Ihnen sprechen«, erklärte der Zwerg mürrisch. Sein Atem stank nach Genever.

»Wie? Ja, natürlich.«

»Gehen wir dort rüber«, befahl Krasser und deutete zum Ende des Strandes hinüber. »Was ich Ihnen zu sagen habe, ist streng vertraulich.«

Pastor Zandstra ließ seine Gemeinde nur ungern allein. Einige kletterten bereits an Bord des Rettungsbootes. Immerhin fühlte er sich für jeden einzelnen seiner Gemeinde persönlich verantwortlich, nachdem er sie während der vergangenen Tage, die wie ein Alptraum verliefen, ständig betreut hatte. Doch er wollte andererseits dem Zwerg seinen Willen lassen, in dessen Hände Gott in seiner Allmacht ihre Rettung gelegt hatte.

Als sie den Rand des Urwalds erreicht hatten und außer Hörweite der anderen waren, fragte er: »Nun? Was kann ich für Sie tun?«

Der Kapitän zog ein abgegriffenes Buch mit vielen Eselsohren aus der Tasche. »Ich nehme die anderen an Bord und bin bereit dasselbe bei Ihnen zu tun… unter einer Bedingung.«

»Wie bitte?«

»Sie müssen sich vor ihre Gemeinde stellen, die linke Hand auf diese Bibel legen, die Rechte zum Schwur erheben und mir nachsprechen: ›Es gibt keinen Gott! Religion ist Aberglaube. Ich bin ein Lügner und ein Heuchler.‹ Danach sind Sie an Bord meines Schiffs willkommen. Aber sobald Sie versuchen, mich herumzukommandieren, setze ich Sie sofort wieder an Land!«

Pastor Zandstra starrte ihn völlig entgeistert an. »Wie bitte?«

»Die Entscheidung liegt bei Ihnen. Ganz wie Sie wollen.« Damit machte der Zwerg kehrt und ging zum Boot zurück.

Zandstras erste Reaktion war maßlose Wut.

»Ich werde nichts dergleichen tun!« schrie er. »Ich denke ja nicht im Traum daran!«

Der Kapitän blieb stehen und sah sich nach ihm um. »Mir kann das nur recht sein«, erwiderte er. »Auf Wiedersehen, Pastor. Viel Spaß.«

Zandstra stapfte von Panik erfaßt durch den heißen, weichen Sand hinter dem Kapitän her. Auf halbem Weg zum Boot hatte er ihn schließlich eingeholt und packte ihn beim Arm. »Das kann doch nicht Ihr Ernst sein!« keuchte er. »Was habe ich Ihnen denn getan? Womit habe ich das verdient?«

Der kleine Mann schüttelte Zandstras Hand einfach ab. »Haben Sie nicht gehört? Wenn Sie an Bord kommen wollen, müssen Sie schon den Eid schwören... anderenfalls fangen Sie am besten gleich an zu beten.«

Zandstra griff erneut nach Krassers Arm. »Das dürfen Sie nicht von mir verlangen!« rief er mit schriller, angsterfüllter Stimme. »Das... das wäre Blasphemie! Von einem Mann, der sein Leben in den Dienst Gottes gestellt hat, können Sie doch nicht verlangen, daß er alles verrät, was...«

»Pastor!« unterbrach Krasser schneidend. »Die blumigen, abgedroschenen Phrasen verfangen bei mir nicht. Es steckt nichts dahinter. Aber in diesem Punkt sind die meisten Menschen blind. Ich habe mein ganzes Leben lang versucht, ihnen die Augen zu öffnen. Seit Jahren warte ich auf eine Gelegenheit, ihnen zweifelsfrei zu beweisen, daß Ihr Pfaffengesindel nichts als Scharlatane seid.

Jetzt endlich ist es soweit. Nach dreißig Jahren kann ich den Beweis erbringen. Glauben Sie wirklich, ich ließe mir von Ihnen diese Chance zunichte machen? Also, entweder Sie schwören den Eid und geben vor versammelter Mannschaft zu, was für ein Heuchler Sie sind, oder sie fahren zur Hölle, Pastor!« Damit wandte er sich wieder ab und setzte seinen Weg zum Boot fort.

Einen Augenblick lang passierte gar nichts. Dann begann Zandstra zu schreien: »Halt! Halt! Alle aussteigen!« Er stürmte an Krasser vorbei. »Alle Mann zurück!« keuchte er mit klopfendem Herzen. »Wir bleiben hier!«

Der Zwerg nahm eine Trillerpfeife aus der Tasche und pfiff. Die Matrosen sprangen, die Gewehre im Anschlag, aus dem Boot und verstellten Zandstra den Weg. Zandstras Gefährten saßen bereits alle im Boot und beobachteten mit großen Augen die Szene, unternahmen jedoch nichts.

»Er will mich allein zurücklassen!« brüllte Zandstra. »Der Mann ist von Sinnen! Verlaßt mich nicht!«

Ein paar Frauen begannen zu protestieren, und Jaap Stotyn sagte: »Krasser, seien Sie doch kein…«

»Klappe halten!« herrschte der Kapitän ihn an. »Wenn ihr schon unbedingt mit mir hier weg wollt, dann müßt ihr meine Bedingungen akzeptieren. Wenn euch das nicht gefällt, könnt ihr bei dem hier am Strand bleiben.«

»Das dürfen wir nicht zulassen!« schrie eine Frau die anderen an. »Nach allem, was er für uns getan hat, können wir das nicht tun. Bringt mich sofort zurück!« Sie sprang auf und schüttelte die Hand des chinesischen Bootsmannes ab. »Bringt mich zurück!«

»Beruhigen Sie sich, Mrs. de Winter«, wandte sich Jaap Stotyn mit der Vernunft eines Judas an sie. »Zuerst bringen wir die anderen sicher an Bord des Frachters, dann unterhalten wir beide uns ernsthaft mit dem Kapitän. Ich bin sicher, daß wir ihn zur Vernunft bringen können. Bitte, setzen Sie sich.«

Sie gehorchte widerwillig. Die anderen schwiegen.

Das Gesicht in den Händen vergraben, sank Zandstra an dem einsamen Strand auf die Knie. Er hörte wie das Platschen der Ruder im Wasser sich langsam entfernte. Das durfte nicht wahr sein! Es war ein Alptraum! Er würde bestimmt jeden Augenblick wieder aufwachen! Aber er konnte selbst nicht an eine solche Sinnestäuschung glauben. Es war Wirklichkeit. Sie hatten ihn allein gelassen.

Es blieb ihm nichts anderes übrig, als zu beten, und er war dennoch nicht fähig, das auszudrücken, was ihn bewegte. Trotzdem wichen Angst und Verzweiflung allmählich von ihm, bis er bar jeder Verstellung, Überheblichkeit und jedes Machtanspruchs allein und hilflos vor seinem Gott auf den Knien lag.

Seine seelische Erschöpfung war so groß, daß er unfähig war, abstrakt zu denken. Was er erlebte, fand auf einer anderen, der mystischen, Ebene statt. Er wurde sich der Gegenwart Gottes bewußt, und Liebe und Zärtlichkeit umfingen ihn. Abgesehen davon war ihm durchaus klar, daß er vor eine Wahl gestellt war, die für den Rest seines irdischen Daseins und in alle Ewigkeit sein Verhältnis zu Gott bestimmen mußte. »Wahrlich, wahrlich ich sage dir: Der Hahn wird nicht krähen, bis du mich dreimal habest verleugnet.« Und doch war aus Petrus der Kirchengründer und Stellvertreter Christi auf Erden geworden. Ein so feiger und gezeichneter Mann hatte das Vermächtnis von Jesus Christus auf Erden verwaltet.

Zandstra war stets der Meinung gewesen, er hätte seinen Herrn nicht verraten, sondern seinen römischen Herausforderern getrotzt, wäre er auf diese Probe gestellt worden. Jetzt stand er vor der Wahl, entweder den Erlöser zu verleugnen oder als Märtyrer seines Glaubens zurückzubleiben – und das in der sicheren Gewißheit, entweder zu verhungern oder von den Japanern getötet zu werden.

Warum tat Gott ihm das an? Was wollte Gott von ihm? Was war sein Wille?

Es war, als entfernten ihn diese Überlegungen von dem mystischen Erlebnis, von dem Gefühl der Unzulänglichkeit und Unwürdigkeit, die ihm die lebendige Nähe Gottes beschert hatte. Rational gesehen hatte kein Eid Gültigkeit, der unter Zwang geleistet wurde. Wie ein in der Folter erpreßtes Geständnis, diente er nur der Befriedigung sadistischer Gelüste des Folterknechts selbst. Wie jeder vernünftige Mensch würde auch Gott erkennen, daß es hier nicht um die Frage ging, ob er ihn verleugnete oder sich zu ihm bekannte. Der böse Zwerg war zweifellos von Sinnen. Verantwortlich aber für seine Gemeinde, jene hilflose Herde, die Gott ihm anvertraut hatte, war er. Zweifellos war es Gott allein gewesen, der ihn in den vergangenen Tagen am Leben erhalten hatte. Anderenfalls hätte er nie die Kraft gefunden, das alles durchzustehen, wäre nie ohne den Beistand des Heiligen Geistes über sich selbst hinausgewachsen. Inmitten der kleinen, allein und verlassen der Wildnis ausgelieferten Gruppe von Menschen war er im wahrsten Sinn der »Erlöser« gewesen. Jetzt konnte er sie nicht einfach im Stich lassen.

Niemand würde ihm Vorwürfe machen, wenn er den Forderungen dieses Mannes nachkam, um Hirte seiner Herde zu bleiben. Gott würde ihm vergeben. Gott würde ihn verstehen. Gott würde ihn nicht zwingen, seine Gemeinde in der Stunde der Not im Stich zu lassen. Vielleicht war dies das Opfer, welches Gott von ihm verlangte.

Als er sich schließlich erhob, winkte, die Hände zu Trichtern formte und schrie: »Ich tu's! Ich tu's!«, hatte er sich eingeredet, daß dies der einzig gangbare Weg war. Aber zu diesem Zeitpunkt war er längst nicht mehr der demütige, unwürdige Mystiker, der im heißen Sand kniend in der Tiefe der Verdammung die Liebe erfahren hatte, jene Liebe, die über jedes rationale Verstehen hinausgeht.

Wie hatte die rein theologische Rechtfertigung des Eides, den er zu schwören bereit war, ihn von der Gegenwart Gottes und seiner Liebe ausschließen können? Das war eine Frage, die es später zu beantworten galt. Vorerst war seine Aufgabe klar umrissen: Er durfte jene nicht im Stich lassen, die seiner Obhut anvertraut waren, selbst wenn ihn das seine Seele kosten sollte.

Er schrie, gestikulierte und brüllte, doch von dem mit Zweigen getarnten Schiff, das draußen in der Bucht lag, kam keine Antwort.

Panische Angst erfaßte ihn und voller Entsetzen fiel er erneut auf die Knie.

10

Es war keine leichte Aufgabe gewesen, die völlig entkräfteten Flüchtlinge dazu zu bewegen, die Strickleiter an der Bordwand der *Henny* hinaufzuklettern, wo sie dann von Kwan Chan und dem Koch über die Reling geholt wurden. Als das Rettungsboot schließlich leer war, wurde es zusammen mit dem Schlauchboot, aus dem man die Luft herausgelassen hatte, ebenfalls an Bord gehievt.

Drüben am Strand kniete der Pfaffe im Sand, das Gesicht in den Händen verborgen. Nach einem flüchtigen Blick auf die einsame Gestalt, watschelte der Kapitän in Richtung Offiziersmesse davon. Die Passagiere folgten verwirrt Kwan Chan, der sie zu dem ihnen zugewiesenen Platz an Deck brachte. Die Flüchtlinge waren über das, was mit ihrem Oberhirten geschehen war, sehr aufgebracht und unterhielten sich scheu im Flüsterton, doch es wurden keine Proteste laut, als sie sich zwischen den etwas welken grünen Zweigen und Ästen der Tarnung niederließen.

Mittlerweile hatte Krasser eine neue Flasche Genever geöffnet und genoß das zweite Glas, indem er jeden Schluck lange im Mund bewegte. Kwan Chan klopfte an den Türrahmen. »Tuan…«

»Was gibt's?«

»Der Mann am Strand macht Zeichen.«

»Gut. Der Bootsmann soll ihn holen.«

»In Ordnung, Tuan.«

Baradja steckte den Kopf in die Kabinentür. »Was ist los?« fragte sie. »Was sind das für Leute?«

»Passagiere«, sagte Krasser.

»Sollen die vielleicht an Deck campieren?« erkundigte sich Amu über Baradjas Schulter hinweg.

Krasser musterte die Frauen resigniert. »Was steht ihr beide da rum? Deckt gefälligst den Tisch!«

Baradja ging zu Krasser, schmiegte sich an ihn und küßte ihn auf den Kopf. »Schrei mich doch nicht gleich an.«

Sie streichelte ihn zärtlich, als draußen ein Pfiff ertönte. Krasser trank sein Glas aus, sprang vom Stuhl und watschelte an Deck. Das Boot mit dem Geistlichen kam zurück. Krasser stellte sich oben an die Gangway und schrie über die Schulter: »Kwan Chan!«

»Ja, Tuan?«

»Hol die Passagiere her! Und zwar alle, ohne Ausnahme!«

»In Ordnung, Tuan.«

Laut rufend begann die chinesische Mannschaft die Flüchtlinge zusammenzutreiben. Als

Zandstras Kopf über der Reling auftauchte, erwartete ihn seine verschüchterte, ängstliche Gemeinde.

Kwan Chan half dem Geistlichen an Bord, und Krasser holte seine Bibel hervor. Als sie sich gegenüberstanden, fragte er: »Sind Sie bereit, zu schwören?«

Der Pastor schluckte und erwiderte gepreßt: »Ich möchte meinen Freunden erklären...«

»Quatsch!« unterbrach Krasser ihn. »Legen Sie die Linke auf die Bibel.«

Der Geistliche gehorchte.

»Heben Sie die rechte Hand.«

Zandstra schloß die Augen und tat, wie ihm geheißen.

»Sprechen Sie mir nach: Es gibt keinen Gott.«

»Es... es gibt keinen Gott.«

»Religion ist reiner Aberglaube.«

»Religion ist reiner Aberglaube.«

»Ich bin ein Lügner und Heuchler.«

Der Pastor schlug die Augen auf und warf Krasser einen grimmigen Blick zu, bevor er schließlich flüsterte: »Ich bin ein Lügner und Heuchler.«

Krasser steckte seine Bibel wieder ein. »Na, prima«, bemerkte er. »So weit, so gut. Aber vergessen Sie nicht: Sobald Sie hier Unruhe stiften, fliegen Sie über Bord. Sie wären nicht der erste, den ich ersaufen lasse. So, und jetzt könnt ihr allesamt verduften.«

Die anderen Passagiere, für die Krasser ganz offensichtlich nur zu einem weiteren Symbol des

Wahnsinns geworden war, der sich Krieg nannte, liefen hastig davon. Einige Frauen hatten schützend die Arme um ihre Kinder gelegt.

Als Krasser in die Offiziersmesse zurückkam, entdeckte er, daß der Tisch für vier Personen gedeckt war. »Für wen ist das vierte Gedeck?« erkundigte er sich und deutete auf den Teller.

»Für den netten Mann«, antwortete Baradja.

»Welchen netten Mann?«

»Na, deinen Freund Mr. Stotyn.«

»Der ißt nicht mit uns.«

Sein Verhalten kam Baradja merkwürdig vor. Auch Amu, die jüngere, die sich vorsichtig im Hintergrund hielt, konnte sich ebensowenig wie Fifi einen Reim darauf machen.

»Hast du heute noch was vor, oder ist jetzt Schluß?« erkundigte sich Baradja schüchtern.

»Es ist Schluß«, antwortete Krasser. »Und jetzt bringt gefälligst das Essen.« Kaum war er allein, rieb er sich die Hände.

Beruhigt wagte sich Fifi endlich wieder näher, und ihre Krallen waren auf dem Linoleumfußboden deutlich zu hören.

Zweiter Teil

Die Feuerprobe

1

Die lang auseinandergezogene Schlange der Männer aus Rauwatta erreichte den Fuß der Berge am Abend des zweiten Tages. Sam Hendriks, der zusammen mit seinem alten Dajak die Kolonne anführte, ließ darüber abstimmen, ob man Rast machen oder weitermarschieren sollte. Obwohl die Männer mittlerweile so erschöpft waren, daß sie auf der Stelle hätten umfallen können, waren alle dafür, den Weg in die Berge fortzusetzen, um dadurch die eingeborenen Flüchtlinge abzuschütteln, die wie die Kletten an ihnen hingen.

Am Anfang des Marsches der Männer durch die Außenbezirke der Stadt und die weiter auseinanderliegenden Kampongs war der Auszug der Weißen von den vor den Hütten oder in Gruppen am Straßenrand sitzenden Eingeborenen mit Hohn und Spott begleitet worden. Als sie sich jedoch weiter von der Stadt entfernt hatten, folgten immer mehr Frauen in panischer Angst ihrem Treck, die weinende Kinder hinter sich herzerrten, von dürren

Hunden begleitet wurden und ihre Habseligkeiten auf Schultertragen oder zweirädrigen Karren transportierten. Aus der ursprünglichen Marschkolonne war zunehmend ein ungeordneter langer Flüchtlingstreck geworden. Obwohl die Männer ständig das Tempo forcierten, um die Frauenschar mit den Karren und Kinderhorden abzuhängen, die aus der Luft so leicht auszumachen waren, waren diese Versuche bisher erfolglos gewesen.

Sam Hendriks hatte die Männer nie im Zweifel darüber gelassen, daß sie eine lange und mühselige Wegstrecke vor sich hatten, doch niemand hatte seine Warnung ernstgenommen. Herman war eigentlich sicher gewesen, daß der sonst so fröhliche Mr. Imhof, ein Weinhändler, der nur noch unsicher wie ein kleines Kind durch die Gegend wankte, am Straßenrand sitzen bleiben und erklären werde, er gehe keinen Schritt mehr weiter. Doch selbst er erhob sich und taumelte wie ein Schlafwandler, den Blick unverwandt auf den Bergkamm hoch oben vor ihnen gerichtet, über dem jetzt flammend die Abendsonne lag, hinter den anderen her. Die Berge sahen schroff und unnahbar aus. Der Kamm war kahl, ohne jede Vegetation, und wirkte wie eine zerklüftete, unüberwindliche Festungsmauer aus Granit. Doch spätestens dort würden sie die jämmerliche Armee aus Frauen und Kindern endlich vom Halse haben.

Sam Hendriks erwies sich als der geborene Führer. Jedem einzelnen der erschöpften Männer, die ihrem Schicksal in der Mondlandschaft dieser Bergwelt entgegengingen, flößte er Selbstvertrauen und Mut ein. Hendriks und der alte Dajak mit dem kahlen, glatten Schädel ergänzten sich großartig. Der Eingeborene hatte nur noch ein gesundes Auge. Das andere war durch eine Augenkrankheit zu einer milchigen Kugel geworden. Zusammen mit den beiden langen, gelben Schneidezähnen, die sich in seine rote Unterlippe gruben, verlieh ihm dies das Aussehen eines Dämons, den man aus einer Flasche befreit hatte. Außerdem hatte er große, schuppige Plattfüße und einen watschelnden Gang. Sobald die sengende Sonne die Luft über der Landschaft flimmern ließ und bei den Männern Schwindelgefühle verursachte, schien der kahlköpfige, alte Dajak an der Spitze der Kolonne eine so böse Ausstrahlung zu bekommen, daß bald alle von der Angst besessen waren, er könne sie in einen Hinterhalt führen. Sam Hendriks mußte ihnen mehrmals täglich versichern, daß er der beste Führer in ganz Borneo und dem weißen Mann treu ergeben sei, daß er die Berge wie die Linien seiner Hand kenne, und daß sie mit ihm die Küste in weniger als einer Woche erreichen würden.

Keiner fragte: »Was dann?« Angenommen, sie schafften es, bis zur Küste zu kommen, was hatten sie damit gewonnen? Sam Hendriks allerdings schien sich seiner Sache so sicher zu sein, schien so fest daran zu glauben, daß am Ende ihres Fegefeuers ein herrlicher Friede winkte, daß sie sich seinem mutigen Optimismus unterwarfen.

Für die meisten Männer war es die erste echte Begegnung mit der Wildnis. Sie waren zu Beginn ihres Aufenthalts in Borneo mit dem Flugzeug nach Rauwatta gekommen, hatten jedoch das Bild des endlos sich dahinziehenden Regenwaldes, das sich ihnen vom Flugzeug aus bot, nach ihrer Ankunft bald wieder vergessen. Sie waren in Autos herumgefahren, hatten holländischen Genever in klimatisierten Clubs getrunken und nie mehr vom Dschungel gesehen als die bereits kultivierten Banyanbäume, die die Straßen säumten, und die Bougainvilleas, die sich an den Mauern des Clubgebäudes emporrankten. Jetzt mußten sie plötzlich ohne die Annehmlichkeiten der Zivilisation auskommen, was sie lebhaft an die Sommerlager ihrer Jugend erinnerte. Regeln, wie sich die Fußnägel knapp und gerade abzuschneiden, keine Blase aufzustechen und sich den Mund mit Wasser nur auszuspülen, ohne es hinunterzuschlucken, um nicht mehr zu schwitzen, fielen ihnen wieder ein. Hermans bleibendste Erinnerung an jene Zeit im Sommerlager war die grenzenlose Langeweile gewesen, die ihn befallen hatte, wenn er auf endlosen Streifzügen in die Natur hinter einem Führer hergetrottet war und von Eiskrem, Schokolade und einem Bett geträumt hatte.

Der joviale Mr. Imhof schien sich aus dieser Vergangenheit noch nicht ganz befreit zu haben, denn er schlurfte jammernd und maulend wie ein Vierjähriger vor Herman in der Kolonne her. Das allerdings hörte abrupt auf, als der Aufstieg begann. Der unebene Pfad führte steil bergan. Bald legte sich dumpfes Schweigen über die ganze Kolonne von Männern, die langsam in der Abenddämmerung den zerklüfteten Hang hinaufstieg. Die einzigen Geräusche waren das Rattern und Rumpeln der Steinbrocken, die bei einem unsicheren Schritt losgetreten wurden. Herman, für den Mrs. Bohm zu jemandem geworden war, der nur eine undeutliche Rolle in einem unruhigen Traum gespielt hatte, war plötzlich von Dankbarkeit gegen sie erfüllt, als er feststellte, wie praktisch der Bergstock war. Je weiter er sich nun keuchend und mit unsicheren Schritten von ihr entfernte, desto verklärter wurde die Erinnerung an sie. Das Idealbild von zärtlicher Fürsorge und ruhiger Stärke, verbunden mit erregender Sinnlichkeit, formte sich in ihm. Es war so traumgleich wie die Kombination von Mutter Erde und gestiefelter Amme, die ebensoviel Bezug zur Wirklichkeit hatte, wie die idealisierten Tiger des Zöllners Rousseau.

Ein dunstiger Mond stieg über dem dampfenden Dschungel auf, der bereits unter ihnen lag, verschwand jedoch bald im Nebel. Dann schienen sie sich plötzlich mitten in einer Wolke zu befinden. Stunden schienen vergangen zu sein, bis endlich der flüsternd von Mann zu Mann weitergegebene Befehl von Sam Hendriks an die Spitze der Marschkolonne kam, haltzumachen, und alle sanken auf der Stelle zu Boden, wo sie gerade standen. Sam Hendriks ging die Reihe erschöpfter Männer entlang und versuchte sie aufzumuntern. Er teilte ihnen mit, daß sie in wenigen Stunden die Straße nach Rokul erreicht haben würden, die sie noch vor Sonnenaufgang überqueren mußten. Jenseits der Straße sollten sie dann in einem paradiesischen, versteckt liegenden Flußtal mit üppigen wilden Bananenstauden tagsüber sich ausruhen dürfen. Hendriks erzählte, daß er dort oft auf Wochenendausflügen mit Gästen gewesen sei, und malte diese Erlebnisse in den schönsten Farben aus, als wolle er damit die Mondlandschaft um sie herum etwas zivilisierter erscheinen lassen. Aber die ihm anvertrauten, völlig erschöpften Männer waren zu keinen menschlichen Regungen mehr fähig. Die Anstrengungen der vergangenen Stunden hatten sie zu einer willenlosen Herde gemacht, die sich auf Kommando niederlegte, weiterzog oder aufstand.

Nach der kurzen Rast setzte sich die Kolonne unter Sam Hendriks Führung erneut schwankend durch die Wolke in Marsch. Alle konzentrierten sich nur noch auf das einzig Wichtige: den Rücken des Vordermannes. Bei Herman war das Mr. Imhof, der inzwischen sein Hemd ausgezogen hatte. Und Herman lernte den Rücken des Mannes bald intimer kennen als vermutlich Mrs. Imhof ihn je gekannt hatte. Es war ein speckiger, rosiger Rücken mit einigen unschuldigen Grübchen und einer Reihe kleinerer Erhebungen, die die Wirbelsäule markierten. Stundenlang starrte er auf diesen Rücken, der vor ihm hin- und herwabbelte und im fahlen, schattenlosen Licht der vom Mondlicht erhellten Wolke glänzte. Anzunehmen, daß Gott Mr. Imhof nach seinem Vorbild geschaffen haben könnte, erschien Herman beinahe Gotteslästerung zu sein. Gott war in jener Nacht ein sehr ferner, völlig abstrakter Begriff. Gelegentlich spielte Herman sein Unterbewußtsein einen Streich, er trat plötzlich neben sich und sah sich als kämpferische Ameise in einer langen Reihe von Ameisen, die über Grashalme, Kieselsteine und schlammig-trübe Pfützen krabbelten und nur von einer selbstmörderischen Vitalität getrieben wurden. Kaum war die Vision vorbei, kehrte Herman wieder in die Wirklichkeit und zu Mr. Imhof zurück, der vor ihm den Hang hinaufstolperte. Mr. Imhof war nichts weiter als ein feister Cherubin, den er sich gut vorstellen konnte, wie er von einer molligen Frau im Bett mit Maraschinokirschen gefüttert wurde. Vom talgig weißlichen Rücken Mr. Imhofs aus betrachtet, wurde die geschlechtliche Liebe zur Kopulation von zwei krötenartigen Wesen, die instinktiv nur vom Zwang getrieben wurden, eine nutzlose Art fortzupflanzen. Er konnte sich Mr. Imhof und seine Frau weder in einer von wütender Leidenschaft geprägten Umarmung vorstellen, wie Tiger sie vollziehen, noch in der nahezu bewegungslosen Umklammerung sich begattender Mollusken. Für ihn waren sie ebenso geschlechtslose, dickliche Cherubine wie jene, die bei Rubens reihenweise Brokatvorhänge hochhalten oder Wolken öffnen, damit Aurora endlose Marmorstufen herabschreiten kann, um den französischen Botschafter zu begrüßen. Herman sann über Rubens' Vorliebe nach, die Versammlungen solider Bürger reich mit nackten, feisten Frauen auszustatten. Er sah vor seinem geistigen Auge den Künstler ein Gerüst hinaufkletten, um noch mehr schwebende Säuglinge in seine Variation der Verkündigung einzufügen; einen flämischen Bäcker, der eine Kundin über seine besonderen Backwaren anläßlich des Osterfestes informierte. Herman erinnerte sich, zu welcher Begeisterung Professor Hennings sich angesichts dieses Bildes in seiner Vorlesung *Theologie in der Kunst* hatte hinreißen lassen. Der zierliche alte Herr mit dem weißen Spitzbart und den Spuren eines Junggesellenfrühstücks auf der Krawatte stand plötzlich wieder lebhaft vor ihm, wie er die blassen Hände gegen die Decke des Hörsaals reckte, während er im geheimnisvollen Flüsterton sagte: »Hier, meine Herren, haben Sie die Grundkonzeption des Christentums vor sich, wie es auf diesem Planeten völlig neu ist. Der Mensch löst sich aus prähistorischer Finsternis, und Gott steigt zur Erde herab. Sterblichkeit verbindet sich mit Unsterblichkeit.« Damals war ihm diese Auffassung sehr interessant erschienen, aber von einem Berghang in Borneo um Mitternacht aus betrachtet, nahm sich diese Deutung ausgesprochen absurd aus. Wo sollte sich Gott je mit Rubens' geflügelten rosigen Schweinchen verbunden haben? Worin sollte die wunderbare Offenbarung im Ausdruck des flämischen Bauernmädchens liegen, das mit dumpfem Blick auf den Engel der »Vereinigten Bäckereien« starrte? Möglicherweise hatte Rubens das Bild gar nicht selbst gemalt. Immerhin hatte er eine ganze Schar von Schülern ausgebeutet, die seinen lasziven Kohlezeichnungen Fleisch und Blut verleihen mußten. Um die Bilder zu verdrängen, wandte Herman den Blick von Mr. Imhofs Rücken und sah sich nach seinem Hintermann, dem Apotheker Mr. Palstra um. Für einen Moment stockte sein Herzschlag, als er entdeckte, daß hinter ihm niemand mehr war.

Eigentlich hätte er sofort die anderen warnen müssen, doch er tat nichts dergleichen. Er war völlig durcheinander. Panik erfaßte ihn. Merkwürdigerweise kam es ihm so vor, als sei das Fehlen des Apothekers seine Schuld. Aber bestimmt würden sie bald rasten, und dann gelang es den anderen sicherlich, wieder aufzuschließen. Außerdem drängte ihn eine innere Stimme! »Geh weiter! Sag nichts! Geh weiter!« Wenn er die Marschkolonne stoppte, mußte der Dajak umkehren und versuchen, die anderen zu finden. Das konnte Stunden dauern und sie alle in Gefahr bringen. Hendriks hatte gesagt, daß sie die Straße nach Rokul vor dem Morgengrauen überqueren mußten. Vielleicht zwang ihn nur noch der stumpfe Herdentrieb vorwärts.

Jedenfalls behielt er sein Geheimnis für sich. Möglicherweise löste sich alles in Wohlgefallen auf, wenn er es einfach ignorierte.

Kurz vor Tagesanbruch hielten sie an. Sam Hendriks ging von einem zum anderen und erklärte jedem, daß sie die Straße erreicht hatten, die man noch vor Sonnenaufgang überqueren wolle, da sie möglicherweise von japanischen Patrouillen überwacht wurde. Man würde in etwa fünfzehn Minuten erneut aufbrechen, nachdem der Dajak-Führer einen Weg zum dunstigen Tal auf der anderen Seite ausgekundschaftet hatte. »Also gut, Männer! Ihr habt noch eine Viertelstunde. Ruht euch aus! Wo ist Palstra?«

Herman sah sich um.

»Großer Gott, wo ist Palstra?« rief Hendriks und seine bislang ruhige und beherrschte Stimme bekam einen schrillen Ton. »Wo sind die anderen?«

»Ich... ehm...«, begann Herman. »Sie müßten doch da sein...«

»Aber das sind sie nicht! Haben Sie ihn denn nicht rufen gehört?«

»Nein...«

»Verdammte Scheiße! Das bringt unseren ganzen Plan durcheinander! Arula! Komm her!«

Der alte Dajak kam im Laufschritt aus dem blauen Morgendunst. Hendrik ging ihm entgegen. Sie unterhielten sich einige Minuten im Flüsterton. Die anderen achteten gar nicht auf die beiden. Sie waren alle zu Boden gesunken und lagen vor Erschöpfung regungslos zwischen den Steinen des ausgetrockneten Flußbetts. Der feiste Mr. Imhof lag zusammengekauert mit angezogenen Knien unter einem sargförmigen Felsen und schlief fest.

»Alle mal herhören!« rief Hendriks unvermittelt. »Wir haben die Hälfte der Gruppe unterwegs verloren! Es liegt bei Ihnen, zu entscheiden, was wir jetzt tun. Wir können jetzt gleich die Straße überqueren und Arula später auf die Suche nach den anderen zurückschicken oder hier warten, während Arula den Rest unserer Gruppe wieder einsammelt. Also, was sollen wir tun?«

Keiner sagte ein Wort. Alle lagen nur regungslos auf der Erde. Gewissen, Kameradschaft, Entscheidungen, all diese Dinge kümmerten sie nicht mehr.

»Wer weitermarschieren möchte, hebt die Hand!« rief Hendriks in der Morgendämmerung.

Niemand rührte sich.

»Na, gut«, seufzte er schließlich. »Vermutlich ist das der anständigste Weg. Arula, du gehst zurück und holst die, die wir verloren haben.«

Herman erkannte in seiner physischen und geistigen Ermattung gerade noch, daß diese Entscheidung heller Wahnsinn war. Der Dajak hätte sie eigentlich zuerst über die Straße geleiten und dann erst zurückgehen und die übrigen holen sollen. Jetzt liefen sie Gefahr, daß jede Patrouille, die die Straße entlangkam, sie entdeckte. Er hätte sich ein sicheres Versteck suchen müssen, solange dazu noch Gelegenheit war. Aber sein Körper gehorchte ihm längst nicht mehr. Wie die anderen auch, war er ein willenloses Herdentier geworden. Nach dem Abstieg in die Anonymität war er nicht mehr in der Lage, eine eigene Entscheidung zu fällen.

Eine Stunde später kam der alte Dajak mit Palstra und jenen völlig erschöpften Männern zurück, die den Anschluß an die Gruppe verloren gehabt hatten. Aber inzwischen war es bereits taghell. Hendriks drängte trotzdem zum Aufbruch. »Los, Männer! Steht auf! Verliert jetzt nicht den Mut, wir haben es ja schon beinahe geschafft.« Aber auch er war erschöpft, und seine Stimme klang längst nicht mehr so überzeugend wie zuvor. Keiner rührte sich. Palstra und seine Kameraden waren wie alle anderen zu Boden gesunken und augenblicklich eingeschlafen. Nach wenigen Minuten gab Hendriks seine Bemühungen auf. »Okay«, seufzte er. »Lagern wir erst mal hier. Es ist sowieso zu spät, um über die Straße zu kommen. Männer, verhaltet euch ruhig, wenn ihr nicht gesehen werden wollt.«

Obwohl es noch früh am Tag war, brannte die Sonne sengend vom Himmel auf sie herab. Bis zum späten Nachmittag, wenn die Sonne langsam hinter dem Bergkamm über ihnen verschwand, würde es keinen Schatten geben. Unter ihnen begannen sich die letzten Morgennebelschwaden zu verflüchtigen, und zum ersten Mal wurde die Schotterstraße als graues Band sichtbar.

Herman lag mit geschlossenen Augen und geöffnetem Mund auf dem Rücken. Allmählich verstärkte sich in ihm das Gefühl, sich bereits im Zustand der Verwesung zu befinden. Es war, als zersetze die Sonne seinen Körper. Mit äußerster Willensanstrengung schlug er die brennenden Lider auf, starrte zum erbarmungslos grellblauen Himmel hinauf und hob unter Schmerzen den Kopf. Sein Blick schweifte über das Flußbett, die menschlichen Gestalten, die dort ausgestreckt lagen, und die Straße. Dabei wurde ihm klar, daß sie für jeden, der diese Straße entlangkam, wie auf dem Präsentierteller lagen. Sie mußten den Hang wieder hinaufklettern und sich hinter dem ersten Höhenrükken verstecken. Unter großen Schmerzen gelang es ihm, sich aufzusetzen. Er beugte sich über Mr. Imhof und rüttelte ihn bei den Schultern. Der Weinhändler wandte sich stöhnend ab, um den Störenfried loszuwerden. Mit dem Gefühl der Verzweiflung wurde Herman bewußt, daß etwas geschehen mußte. Er sackte vornüber auf die Knie und begann auf allen vieren an der langen Reihe schlafender Männer entlang den Hang hinaufzukriechen. Palstra war für alles, was um ihn herum vor sich ging, ebensowenig empfänglich wie Imhof und all die anderen. Nur einer zeigte wenigstens die Reaktion eines Schlafwandlers. Der dickliche Pastor, der vor dem Aufbruch Gottes Segen für das Unternehmen erbeten hatte, schien so weit bei Bewußtsein zu sein, daß Herman versuchte, ihm im Flüsterton klarzumachen, daß sie unbedingt Deckung suchen müßten, wenn sie mit dem Leben davonkommen wollten. Doch der Pastor starrte nur mit blutunterlaufenen Augen auf die Gestalt, die den grellen Himmel über ihm verdunkelte und murmelte: »Bitte... bin so müde... schlafen...« Herman streckte die Hand aus, um ihn aufzurütteln, unterließ das jedoch im letzten Augenblick, da er befürchten mußte, daß der völlig leb- und willenlose Mann bei der Berührung seine Lage soweit verändern könnte, daß er den Hang hinunterrollte.

Herman starrte das steinige Ufer des öden Flußbetts hinauf, in dem es weder Schutz noch Deckung gab. Eine geradezu tierische Angst trieb ihn weiter bergauf. Kriechend zerrte er Mrs. Bohms Bergstock und seinen Proviantsack hinter sich her. Bald ging sein Atem nur noch keuchend, und sein Herz klopfte, als wollte es zerspringen, während er, an den Schlafenden vorbei, immer höher hinaufkrabbelte, bis er den letzten hinter sich gelassen hatte. Doch eine innere Stimme trieb ihn erbarmungslos weiter, höher hinauf, dem Grat entgegen, der nicht näher zu kommen schien. Schließlich wurde er so müde, daß vor seinen Augen alles verschwamm. Das gleißende Licht der Sonne brannte in seinen tränenden Augen, bis er wie geblendet war. Da wurde ihm klar, daß er sich ausruhen, seinem erschöpften Körper eine Pause gönnen mußte, bevor er seinen Weg fortsetzte. Die innere Unruhe, die ihn vorwärtstrieb, war keineswegs schwächer geworden; im Gegenteil, sie hatte sich zu einer existentiellen Angst gewandelt, die tonnenschwer auf seiner Brust lastete. Doch sein Körper gehorchte ihm längst nicht mehr. Eine Pause, war sein einziger Gedanke, nur eine kleine Pause...

Herman sah sich um und entdeckte einen großen Felsquader, der wie ein überdimensionaler Betonklotz gefährlich überhängend über dem Uferrand des Flußbetts lag. Dort im Schatten des Felsblocks, so schien es ihm, konnte er ein paar Minuten rasten, ohne von der Straße aus gesehen zu werden. Schluchzend vor Erschöpfung und Angst kroch er die letzten, steilen Meter hinauf, zog sich mit einer fast unmenschlichen Willensanstrengung über die Kante und in den Schatten des Quaders. Keuchend warf er einen letzten Blick auf das Flußbett, die in der Hitze flimmernde graue Straße und die endlos grüne Wildnis hinunter, die sich dahinter ausbreitete. Dann sank er mit einem Stöhnen zu Boden.

Er wachte durch ein merkwürdiges Geräusch auf, das wie das Rumpeln eines Güterzuges klang. Im nächsten Augenblick zerriß ein Schuß die Stille und hallte vielfach von den Hängen es Tales wider. Da erst wurde ihm klar, daß das Rumpeln von Steinen verursacht worden war, die diejenigen unter ihm lostraten, die sich in Sicherheit zu bringen versuchten.

Was dann passierte, war ihm nicht ganz klar, denn er hatte starr vor Schreck das Gesicht in den Händen vergraben. Er hörte Schüsse, Rufen, Schreie, und eine Papageienstimme krächzte:

»Stopp! Hört auf, ihr Schweine! Hört auf!« Maschinengewehre ratterten los, und Hunde begannen wütend zu heulen.

Herman lag wie gelähmt vor Schreck mit dem Gesicht nach unten unter dem Fels und war völlig hilflos. Ganz in seiner Nähe hörte er einen Schrei, und wieder polterten Steine hangabwärts. Und mit einem kläglichen Rest von Denkvermögen betete er, daß derjenige, wer immer das auch sein mochte, aufgeben und den Hang hinunterrollen möge, bevor die Hunde auch ihn fanden.

Ein Schuß peitschte durch die Luft, ein markerschütternder Schmerzensschrei folgte, und etwas Schweres stürzte von einem Steinhagel begleitet das Flußufer hinunter.

Nach einer Weile fielen nur noch selten Schüsse. Das Hundegebell verstummte. Es gab keine Schreie mehr, keine polternden Steine. Herman lag, ohne einen Gedanken fassen zu können, unter seinem Fels. Um ihn herum war es vollkommen still geworden.

Während einer endlos langen Zeit wagte er nicht, sich zu bewegen. Schließlich hob er vorsichtig den Kopf und sah nach oben. Am Himmel kreisten lautlos schwarze Drachen. Es waren Geier. Er beschloß, sich so lange nicht zu rühren, bis die Totenvögel sich heruntertrauten. Das war das sichere Zeichen dafür, daß niemand mehr da war.

Die Geier kamen erst bei Einbruch der Nacht. Die untergehende Sonne tauchte die Berghänge in goldenen Glanz, als der letzte schwarze Drachen am Himmel verschwand. Herman wartete noch eine weitere halbe Stunde, dann kroch er vorsichtig unter dem Fels hervor und starrte in das Flußtal hinunter. Im ausgetrockneten steinigen Flußbett sah er ein paar undefinierbare weiße Punkte, auf denen schwarze Vögel saßen, und die dadurch merkwürdig lebendig wirkten. Dahinter, auf der anderen Straßenseite, glaubte er eine geduckte Gestalt von Fels zu Fels huschen zu sehen – den Dajak-Führer.

Und plötzlich wurde er sich seiner verzweifelten Lage bewußt. Er sprang auf die Beine und schrie: »Arula! Arula! Halt! Nimm mich mit!« Die Geier begannen mit den Flügeln zu schlagen und versuchten mit ihren vollgefressenen Leibern loszufliegen. Sie hüpften grotesk von Stein zu Stein, bis sie endlich abhoben und sich schwerfällig in die Lüfte hinaufschraubten.

Was sie im Flußbett verstreut zurückließen, waren zahllose Leichen, die in der Haltung verharrten, in der der Tod sie überrascht hatte. Einige lehnten an Felsen, andere saßen aufrecht oder lagen, die Arme von sich gestreckt oder die Hände vors Gesicht geschlagen, auf dem Rücken und der Seite.

Herman wagte sich nur langsam die Uferböschung hinunter. Das Bild, das sich ihm bot, war so grauenvoll, daß er sich wie in Trance fortbewegte, bis er Mr. Imhof erreicht hatte. Der dicke, kleine Mann lag am Fuß des Felsbrockens, wo Herman ihn zuletzt gesehen hatte. Mr. Imhof fehlte etwas: die Augen.

Die meisten Toten hatten leere Augenhöhlen. Herman kletterte langsam weiter hangabwärts, bis er Mr. Palstra sah. Auch ihm fehlten die Augäpfel. Um daran zu kommen, hatten die Geier ihm die Brille auf die Stirn geschoben, in der sich jetzt die Abendsonne spiegelte und das Glas funkeln ließ.

Mehr fallend als gehend bewegte sich Herman den Hang hinunter. Seine Hose war zerfetzt und von Blut getränkt, doch er fühlte keinen Schmerz. Er überquerte die Straße und rannte von blinder Angst getrieben in die grüne Wildnis auf der gegenüberliegenden Seite.

2

Als Herman am nächsten Tag gegen Mittag wieder zu sich kam, hatte er keine Ahnung, wo er sich befand und wie lange er dort schon gelegen hatte.

Er kauerte am oberen Rand einer niedrigen Felswand. Unter ihm lag ein kahles, felsiges Tal mit einem Fluß, der kühl und einladend aussah. Mit einem Gefühl der Erleichterung entdeckte er ein schmales, weißes Haus am Flußufer. Vorsichtig, um nicht wieder zu fallen, kletterte er den Felshang hinunter.

Von oben gesehen schien das Haus in gutem Zustand zu sein. Es mußte sich dabei um ein sogenanntes *passang-grahan* handeln, eine der vom Staat errichteten Unterkünfte für Ingenieure der Ölgesellschaften. Herman vergaß seine Wunden, seinen Durst, seine Erschöpfung und stolperte auf das Haus zu. Es war unbewohnt, und die Türen und Fensterläden waren fest verschlossen. Plötzlich packte ihn eine unbändige Wut, und er nahm seinen Stock und schlug mit aller Kraft auf die Tür ein.

Doch das Haus klang nur leer und hohl und schien ihn zu verspotten. Erst als seine Hände schmerzten und sein Stock zu splittern begann, wurde ihm erschreckend klar, daß er auf einen von der Sonne ausgebleichten Feldquader einschlug. Das Haus war nichts als eine Halluzination gewesen. Weit und breit gab es kein Haus, keinen Baum, keinen Strauch. Auch der Fluß, den er von oben gesehen zu haben glaubte, existierte nicht. Sein Bett, durch das nur während der Monsunzeit Wasser floß, war trokken und mit runden Kieseln übersät.

Auf der Suche nach Schatten ging er um den Steinblock herum, doch es war vergebens. Die Sonne stand senkrecht am Himmel. Unendlich müde setzte er sich. Wo war er? Wie lange schon wanderte er phantasierend durch diese Mondlandschaft? Er erinnerte sich, nachts durch einen silbrig-schwarzen Wald von Baumfarnen gelaufen zu sein, deren Wipfel sich im Wind zwischen den Sternen am Himmel bewegt hatten. Es fiel ihm auf, daß er dabei mit Leuten gesprochen hatte, die unter diesen Baumfarnen gesessen hatten... und zwar über die Sünde, Amsterdam und Isabel. Er hatte irgendwann ein Zündholz angezündet und erkannt, daß er mit einem Maulwurf redete, der mit seinen großen, rosafarbenen Händen im Mondschein gestikuliert hatte. Soviel er wußte, hatte er den Sonnenaufgang vom Eingang einer Höhle aus beobachtet.

War es wirklich der Zugang zu einer Höhle gewesen? Herman lehnte sich gegen den heißen

Fels, schloß die Augen und sah überrascht die blutroten Flimmerkreise im Innern seiner Lider. Über eines mußte er sich klar sein: Seine Lage war verzweifelt. Halluzinationen, so hatte er irgendwo gelesen, waren ein Selbstschutz der Natur, um das Sterben zu erleichtern. Der Maulwurf, die Baumfarne im Mondschein, der Bach, der zwischen vermoosten Steinen dahinplätscherte, waren Teil einer Traumwelt, in der es weder Schmerz noch Durst oder Unbequemlichkeiten gab. Sie war das Tor zum Tod. Wenn er überleben wollte, mußte er aufstehen, weiterkämpfen und versuchen Schatten zu finden. Doch eine innere Stimme versuchte, ihn zum Bleiben zu verleiten, seine blutverkrusteten Beine auszuruhen, seine geschwollenen Knöchel und die zerschundenen Füße in den zerfetzten Stiefeln zu schonen. Er hob den Kopf. Die Sonne schien sengend und grell vom Himmel. Herman legte sich nieder, um zu schlafen.

Schmerzen weckten ihn. Er hatte plötzlich den Eindruck, über der Erde zu schweben und auf sich selbst herabzublicken. Wie eine zerbrochene Puppe sah er sich am Fuß des Felsens liegen. Irgendwie hatte ihn der animalische Selbsterhaltungstrieb verlassen, der ihn so weit getrieben hatte. Außer einem Proviantsack und einem gesplitterten Stock besaß er nichts mehr. Er mußte wieder in den Körper der zerbrochenen Puppe schlüpfen, aus dieser angenehmen Traumwelt zurückkehren und weiterkämpfen – oder sterben. Herman griff nach dem

Proviantsack und zog ihn zu sich her. Er kam ihm so unendlich schwer vor, daß er beschloß, ihn zurückzulassen. Es war sowieso nichts mehr drin, das ihm noch nutzen konnte. Herman ließ ihn liegen und versuchte, auf die Beine zu kommen, doch diese taten so weh, daß er sich ausruhen wollte, bis er den Inhalt des Proviantsacks doch noch einmal inspiziert hatte. Als er den Sack zu öffnen versuchte, merkte er, daß seine Finger geschwollen und die Nägel eingerissen waren. Ohne daß er sich daran erinnern konnte, mußte er nachts in seiner panischen Angst irgendwelche Steilhänge hinaufgeklettert sein. Schließlich gelang es ihm, den Sack zu öffnen und seinen Inhalt auszuschütten. Es roch leicht nach Pfefferminz, doch außer einigen zerbröselten Zuckerstückchen, die einen Sturz wohl nicht überstanden hatten, einigen Glasscherben, einem Korken und einem zerknitterten Büchlein mit dem Titel *Die eßbaren Wildfrüchte des Malaiischen Archipels* fiel nichts heraus.

Herman erinnerte sich, daß Mrs. Bohm ihm die Broschüre gegeben hatte, und er versuchte, sich ihr Gesicht mit den delftblauen Augen vorzustellen. Die Erinnerung an sie erfüllte ihn mit solcher Trauer, solchem Lebenshunger, daß er unwillkürlich laut aufstöhnte. Der merkwürdige Laut, der sich wie das traurige Jaulen eines Hundes anhörte, ließ ihn auflachen. Er, der an der Universität von Amsterdam studiert hatte und jetzt sterbend auf einem Berghang in Borneo saß, jaulte wie ein liebeskranker Hund. Dann fiel ihm ein, daß Mrs. Bohm behauptet hatte, die Broschüre könne ihm das Leben retten.

Er schlug sie an einer x-beliebigen Stelle auf. »Ein Genuß für diejenigen, die Knoblauch mögen. Noch besser schmeckt er, wenn man ihn auf kleinem Feuer sanft röstet, doch auf langen Märschen bannt man den Durst, indem man eine kleine Zehe kaut. Man darf ihn allerdings nicht mit einem Nachtschattengewächs verwechseln, das absolut tödlich giftig ist. Einem Neuling sei daher geraten, kein Risiko einzugehen.« Ein Schatten glitt über die Seite. Ohne aufzusehen, wußte Herman, daß es der Schatten eines Geiers war. Er ließ das Buch fallen und griff nach dem Stock. »Also gut, mein Begleiter, machen wir, daß wir hier wegkommen!«

Mühsam rappelte er sich auf. »Los geht's, alter Freund!« Damit wankte er stolpernd und sich mit dem Stock wie ein Blinder unter gleißender Sonne vorwärtstastend über die kahle Mondlandschaft. »Auf in den Wald, alter Freund! Auf in den üppigen, kühlen Dschungel!« Irgendwo mußte der Urwald schließlich wieder beginnen. Kühl und grün: lange, glänzende Blätter, Baumfarne, ein schwarz-orangerot gestreifter Tiger mit erstaunten, runden Augen, mit dem er sich niedersetzen und das Brot zu Ehren ihres Schöpfers teilen konnte: der Zöllner Rousseau. Wie angenehm diese Reise durch den Spiegel war. Der Tod als ein Museum voller gerahmter Türen auf blaßgrauen Wänden. Türen zu

Urwäldern, zum *Place du Tertre* im Regen, zum *Déjeuner sur l'Herbe* mit den fröhlichen, nackten Mädchen beim Picknick. Welche würde er wählen? Die gute alte Josie Bohm im Rokoko-Schlafzimmer oder eine Badende von Renoir, die sich das Haar aufsteckte? Früher hatte er sich nie etwas aus den crèmefarbenen Klecksen weiblichen mit Goldstaub überpuderten Fleisches gemacht; doch jetzt, da er alles im Leben entbehrte, wirkten Modiglianis flachbrüstige Wesen mit den Achataugen so tot wie Sargnägel auf ihn. Nein, gebt mir die Berge vom Paradies der Perlenfischerin Josie Bohm, die Krebse fing, die wie die kleinen Kameras japanischer Spione aussahen; gebt mir das Tal, das Salomo im Hohelied besingt: »Mein Freund ist mir ein Büschel Myrrhen, das zwischen meinen Brüsten hanget.«

Ja, dorthin wollte er gehen. Genau dorthin. Nur noch ein bißchen länger, alter Stock, nur noch ein bißchen weiter, und dann war sie da: »Siehe meine Freundin, du bist schön; schön bist du, deine Augen sind wie Taubenaugen.« Ja, das hatte sie: Taubenaugen. Der gute alte Salomo hatte wieder mal alles gewußt.

Komm, alter Stock. Nur noch ein bißchen länger, ein bißchen weiter auf dem Weg quer über den Mond, und dann sind wir im üppigen Dschungel mit den lanzettförmigen Blättern, dem Tiger, ja Tiger, und dem langen, kühlen Bett.

»Siehe, mein Freund, du bist schön und lieblich. Unser Bett grünt.«

Nach einem langen Zwischenspiel mit Sternen und Geräuschen, nach unruhigem Schlaf und lauten Schreien kam das Morgengrauen: Blau und unheilverkündend enthüllte es einen geraden, anthrazitfarbenen Kanal mit steilen Ufern.

Für einen Augenblick, in dem sein Herz auszusetzen drohte, hatte er das Gefühl, tatsächlich aufzuwachen. Es war die Straße! O mein Gott, dachte er, die Straße.

Kilometerweit war er gelaufen, hatte sich kaum noch auf den Beinen halten können, war gefallen und hatte sich doch immer wieder aufgerafft. Er war durch tiefe Schluchten, über Wüsten, Mondlandschaften und durch Täler gewandert, und da saß er nun neben der Straße nach Rokul und starrte auf das unter ihm liegende Tal hinab.

Herman konnte es nicht fassen. Schnell war ihm klar, daß es sich nicht nur um eine weitere Halluzination, sondern um die schreckliche Wirklichkeit handelte. Er wollte sich weigern, die Straße zu erkennen, sich einreden, sie sei nicht vorhanden, und sich auf das Tal konzentrieren. Dort zogen Nebelschwaden dahin, Vögel schrien und zwitscherten, und ein Güterzug ratterte. Die Wolken, die das Tal fast ausfüllten, wirkten so weich und flauschig, daß er versucht war, die Arme auszustrecken, einen solchen Wolkenschwan zu nehmen und hineinzutauchen.

Doch er beschloß, auszuruhen. Er wußte, der Dschungel war da. Er wußte, daß er ihn endlich doch erreicht hatte. Jetzt mußte er nur warten, bis er aus dem Nebel trat.

Dann verzogen sich die Wolken, und hinter ihnen tauchten Baumwipfel auf. Hoffnungsvoll begann Herman in den Dschungel hinabzusteigen. Dort war es kälter, als er erwartet hatte. Er betrat einen klammen, dunklen Blätterkeller, in dem er sich rutschend, schlitternd und manchmal affengleich hindurchkämpfte. Immer tiefer drang er in die grüne Wildnis vor, verhedderte sich in Schlingpflanzen, stolperte über Wurzeln, und wurde von tausendfachem Vogelgezwitscher, dem Schreien der Affen und dem dumpfen Rattern eines Güterzugs verfolgt.

Der Dschungel wurde immer dunkler und undurchdringlicher. Er versuchte, die Nerven zu behalten, sich den Glauben an das rettende Ziel des Schienenstrangs zu bewahren. Die Schlingpflanzen griffen nach ihm, fingen ihn in ihrem Netz, und er konnte die Erkenntnis nicht länger verdrängen, daß er ein Wahnsinniger war, ein todgeweihter Irrer, der wild entschlossen durch einen Spiegelsaal schritt und am Ende seiner Weisheit angekommen war. Herman gab auf, fiel auf Hände und Knie und entdeckte wimmernd, daß er unter den Schlingpflanzen hindurchkriechen konnte, die ihm den Weg versperrten. Vielleicht entdeckte er auf diese Weise einen Weg, einen Wildpfad, der ihn zu den Schienen führte, wo der Güterzug vorüberratterte. Weinend kroch er stundenlang weiter. Dann fand er sich mit der Plötzlichkeit des freien Falls am Ufer eines Flusses wieder.

Und diesmal war es ein echter Fluß, dessen Wasser glasklar an ihm vorüberzog. Überwältigt von Erschöpfung, Dankbarkeit und Angst starrte er darauf. Dann schweifte sein Blick flußaufwärts, entdeckte das schäumende Wasser von Stromschnellen und begriff wenigstens, woher das Geräusch eines vorbeifahrenden Güterzuges gekommen war.

Diese Erkenntnis war niederschmetternd. Er wäre völlig gebrochen gewesen, hätte er im weißschäumenden Wasser nicht etwas Gelbes entdeckt. Es sah groß und lebendig wie ein verwundetes Tier aus, das in die Strudel geraten war und verzweifelt versuchte, sich zu befreien. Erst dann wurde ihm klar, daß das, was er sah, ein gelbes Schlauchboot war.

Wild entschlossen stürzte er ins Wasser, kämpfte sich blindlings flußaufwärts zu den Stromschnellen. Dabei stolperte er oft, verlor das Gleichgewicht und wäre um ein Haar ertrunken. Schließlich gelang es ihm mit übermenschlicher Anstrengung das Seil zu ergreifen, das im Wildwasser herumwirbelte. Er zog und zerrte, und plötzlich verlor er den Halt unter den Füßen und trieb wie eine Feder durchs Wasser wirbelnd mit der Strömung flußabwärts. Dabei klammerte er sich verzweifelt an das Schlauchboot, fand endlich sogar die Kraft, sich hineinzuziehen, fiel kopfüber in eine flache, warme Wasserpfütze, die dort träge hin- und herschwappte, und schlief völlig erschöpft sofort ein.

Er wachte wieder auf, weil ihm schrecklich übel war, und er mußte sich über die Bordwand übergeben. Danach war ihm wohler, und er konnte wieder klar denken. Herman setzte sich auf und betrachtete prüfend das Schlauchboot, in dem er stromabwärts glitt. Dann entdeckte er asiatische Schriftzeichen auf der Innenwand des Schlauchboots und plötzlich sah er wieder die bunten Blüten vom Himmel fallen und hörte, wie der Major erklärte, man würde die Brücke sprengen, doch die Japaner könnten Schlauchboote abwerfen. Das mußte eines dieser Gummiboote sein. Die Japaner hatten es offenbar benutzt, um den Fluß bei Rauwatta zu überqueren und es dann zurückgelassen.

Herman hatte plötzlich Hunger und versuchte, eine der fleischigen Pflanzen abzureißen, die am Flußufer wuchsen. Schließlich gelang es ihm, eine junge Palme herauszuziehen. Er kaute eine Weile lustlos auf dem Palmenmark herum, das, wie er gelesen hatte, eßbar war, doch es schmeckte faulig. Der Hunger war ihm vergangen. Dafür benutzte er die Palmblätter als Sonnenschirm gegen die gleißenden Strahlen, die, sobald sie ihn trafen, wie Feuer auf seiner Haut brannten.

Im Lauf des Tages kam das Fieber. Dieser Zustand war Herman nicht unangenehm. Er unterhielt sich angeregt mit den Passagieren eines anderen

Schlauchboots, das im Begriff war, ihn zu überholen. Er erkundigte sich durch lautes Rufen, wer sie seien und wann sie gestorben seien, denn mittlerweile war ihm klar geworden, daß er tot sein mußte. Einer von ihnen, ein alter Mann, rief zurück, er habe ein Fahrradgeschäft in Rauwatta besessen, das von einer Bombe getroffen worden sei und ihn unter sich begraben habe. Eine Frau war bemüht, einen Pullover vor der Ankunft im Himmel fertigzustricken. Die Vorstellung, daß sie sich auf dem Weg ins Jenseits befinden könnten, erschien ihm so einfach, daß sie ihn schon wieder erheiterte. Es kam ihm allerdings nur zu logisch vor, daß sie am Ende des Flusses das letzte Gericht erwartete. Die netten Insassen des anderen Schlauchboots sahen dem offenbar sehr zuversichtlich entgegen. Herman jedoch war sich im klaren darüber, daß bei ihm kein Grund zum Optimismus bestand. Ihn erwartete die Strafe dafür, daß er nicht gemeldet hatte, daß die Männer hinter ihm plötzlich nicht mehr dagewesen waren. Er wußte, daß ihn die Schuld daran traf, daß Mr. Palstras Augen hinter seiner Brille fehlten. Dabei war das nicht in böser Absicht, sondern nur aus Angst und Feigheit geschehen. Wenn Gott wirklich nur Liebe und Barmherzigkeit walten ließ, dann verstand er ihn vielleicht, aber galt das auch für Imhof und Palstra und die anderen? Oder würden sie ihn mit ihren schwarzen, leeren Augenhöhlen erwarten? Vielleicht konnte er sich hinter den Insassen des anderen Schlauchboots verstecken, das jetzt schnell an ihm vorbeiglitt? Aber weshalb sollte er das überhaupt tun, da sie sowieso nicht mehr sehen konnten?

Herman mußte sich erneut übergeben und lehnte sich diesmal über die andere Bordwand. Danach sank er in die warme, schwappende Pfütze zurück und hatte einige helle Augenblicke, in denen er merkte, daß er gar nicht tot war. Doch jedesmal, wenn er sich übergab, wich wieder ein Stück Leben aus ihm. Stunde um Stunde wurde er schwächer. Immer häufiger versank er in wohltuende Bewußtlosigkeit.

Dann schlief er mit Unterbrechungen, war sich undeutlich bewußt, daß das Schlauchboot auf Äste und Baumstämme prallte und an Schilfbulben und ineinander verschlungenen, im Wasser hängenden Luftwurzeln entlangschabte. Gelegentlich wurde er vom wilden Rauschen der Stromschnellen geweckt. Oft tanzte das Schlauchboot darin herum, und es kam ihm wie Stunden vor, bis die Kraft des Wassers es wieder weiter flußabwärts trieb.

Schließlich weckte ihn eine ungewöhnliche Stille. Kein Schilfgras raschelte mehr an der Gummiwand des Schlauchboots entlang, keine überhängenden Äste strichen über ihn hinweg und ließen Insekten und faulige Blätter auf ihm zurück. Das Wasser rauschte nicht mehr um im Fluß treibende und von der Strömung hin und her gerissene Palmen. Er wachte mit dem Gefühl der unendlichen Weite auf, spähte über den Bootsrand, erblickte den Horizont, das Meer und eine kleine Insel.

Langsam glitt er darauf zu. Es war eine kleine Insel voller überhängender Palmen und Mangroven. Als er näher kam, glaubte er plötzlich, Gesichter zwischen den Blättern der Äste und Zweige zu erkennen. Und dann wußte er, daß er das alles schon einmal gesehen hatte: Auf der Jugendstil-Lithographie einer dunklen Insel voller dichter Bäume und Trauerweiden. Arnold Böcklins *Toteninsel* war also keine Erfindung des Künstlers. Es gab sie wirklich.

Die Strömung trieb ihn schnell aufs offene Meer hinaus. Die Insel, die Menschen, die stumm zwischen den Blättern zu ihm herüberstarrten, waren seine letzte Chance, am Leben festzuhalten. Er versuchte zu rufen, brachte aber keinen Ton heraus. Er wollte aufstehen und winken, doch seine Beine trugen ihn nicht mehr. Dann probierte er zu paddeln, aber seine Hände waren gegen die Strömung machtlos. Er schrie, und sein Schrei verhallte so kläglich wie der eines Vogels in der einsamen Weite des Himmels und des Meeres.

Herman schloß die Augen. Das war das Ende. »Vater«, begann er, »in Deine Hände befehle ich meine Seele.« Doch selbst in diesem allerletzten Augenblick war ihm bewußt, daß das nichts als eine literarische Phrase war. So wie er gelebt hatte, wollte er sterben: als Phrasendrescher.

Wie würde das Sterben sein? War es ein Einswerden mit dem Licht oder dem Himmel. Löste sich seine Persönlichkeit einfach in Luft auf? Wie immer es auch sein mochte, er mußte sich wenigstens darauf vorbereiten.

Herman streckte sich in der warmen Lache auf dem Boden des Schlauchboots aus. Die Sonne brannte grausam auf seinem Gesicht. Er tastete nach dem Palmwedel, legte ihn über den Kopf und wartete. Er hatte aufgegeben. Plötzlich stieß etwas gegen das Schlauchboot, und er wurde heftig hin und her geschüttelt.

Herman warf das Palmblatt zur Seite. Über ihm tauchte der Bug eines anderen Bootes auf. »Hilfe!« krächzte er.

Hände zogen ihn hinein. Er klammerte sich an ein dünnes, sehniges Männerbein, als er auf die Planken sank. Der Mann war ein Chinese. Das Boot glitt in den Schatten, schlug gegen eine Wand. Eine Strickleiter führte eine steile Klippe hinauf. Gesichter starrten auf ihn herab. Man versuchte, ihn auf die Beine zu stellen, doch er konnte weder stehen, geschweige denn die Strickleiter hinaufklettern. Ein Seil wurde heruntergelassen und unter seinen Armen befestigt. Dann zogen sie ihn hinauf. Er weinte. Mit tränennassem Gesicht stand er schließlich vor einer Tür. Ein weißer Zwerg fragte ihn: »Na, wen haben wir denn da?«

Mit letzter sterblicher Schlauheit antwortete er: »Herman Winsum, Redakteur für Religionsangelegenheiten bei der *Borneo Times*.«

»Aha!« rief der Zwerg. »Schon wieder ein Theologe! Ich bin gleich wieder da.«

Er lag wie auf glühenden Kohlen und wartete. Ihm war übel und er drohte, bewußtlos zu werden.

Dann kam der Zwerg zurück. »Also gut. Legen Sie die linke Hand auf die Bibel, heben sie die rechte zum Schwur und sprechen Sie mir nach: Es gibt keinen Gott!«

Obwohl er wußte, daß er wieder eine Halluzination hatte, sagte er heiser vor Tränen: »Es gibt keinen Gott.«

»Religion ist Aberglaube.«

Er fuhr sich mit der Zunge über die trockenen Lippen und versuchte, die Worte nachzusprechen, doch die Anstrengung war zuviel für ihn. Schließlich gelang es ihm, sie kaum hörbar zu flüstern.

»Ich bin ein Lügner und Heuchler«, fuhr die Stimme fort.

Da wurde ihm mit Entsetzen klar: Das war die Stimme Gottes. Das war die Wahrheit. »Ja«, krächzte er. »Ich war ein Lügner und ein Heuchler.« Dann schloß er die Augen und fügte flüsternd hinzu: »Vergib mir. Ich war schwach.«

»Bringt ihn zu den anderen!« befahl die Stimme verächtlich.

Hände packten ihn und trugen ihn weg. Er schrie auf, doch jetzt konnte er nur noch nach seiner Mutter rufen. Er rief ihren Namen immer wieder und glaubte dann, eine Tür quietschen zu hören. Dann sah er ein Licht in der Dunkelheit und wartete weinend darauf, daß ihre Hand über sein Haar strich, und ihre Stimme ihm beruhigend versicherte, jetzt könne ihm nichts mehr zustoßen. Dann hörte er einen merkwürdigen Pfeifton und eine irre Stimme krächzte: »Ich liebe dich!«

Er vergrub das Gesicht in den Händen und wußte, daß er in der Hölle gelandet war.

3

Die Kinder hatten gerade probiert, mit Schwester Ursula zusammen das Lied *Flow Gently, Sweet Afton* zu singen, als Adinda über den Hof gerannt kam.

Schwester Ursula sah sie durch die offene Seite ihres Klassenzimmers. Das Bild der mit fliegenden Haaren, ihren Sarong festhaltenden Eingeborenen, die über den Hof rannte, auf dem die Sonne purpurrote Schattenmuster malte, prägte sich ihr unauslöschlich ins Gedächtnis ein. Sie beobachtete, wie Adinda eine ihrer Sandalen verlor, ohne darauf zu achten. Wie ein großer, aufgescheuchter Vogel flog Adinda über den Hof, um im nächsten Augenblick aus dieser traumgleichen Vision auszubrechen, ins Klassenzimmer zu stürzen und zu schreien: »Sie kommen! Sie kommen!«

Schwester Ursula fühlte, wie sie an den Armen eine Gänsehaut bekam. Sonst blieb sie jedoch ruhig und gefaßt. Jetzt, da der Moment gekommen war, den sie in nächtlichen Angstträumen so oft durchlebt hatte, stellte sie fest, daß es in ihrer Vorstellung viel schlimmer gewesen war. In ihrer Phantasie war sie meistens in panischer Angst davongerannt und hatte versucht, sich zu verstecken. Alles hatte in blindwütigem Terror geendet. Jetzt befahl sie Adinda gelassen, die Kinder in das Versteck im Wäldchen zu bringen, und dort auf sie zu warten.

Adinda starrte sie fassungslos an. »Aber Sie müssen mitkommen!« schrie sie. »Sie haben ja keine Ahnung, was die mit Ihnen machen, wenn Sie hierbleiben! Sie dürfen nicht bleiben! Sie müssen mitkommen, *njonja,* Sie müssen!«

Schwester Ursula unterdrückte die aufkommende Angst und sagte: »Mach dir wegen mir keine Sorgen. Jesus beschützt mich. Und jetzt beeil dich. Ich möchte vermeiden, daß die Soldaten die Kinder hier finden, bevor ich mit ihrem Kommandanten gesprochen habe.«

»Aber, *njonja,* die sind nicht...«

»Sssscht! Tu, was ich dir sage! Ich möchte, daß sie mich hier finden. Auf diese Weise kann ich sie so lange aufhalten, bis du die Kinder versteckt hast! Also los! Geh endlich!«

Zu Schwester Ursulas Entsetzen begann die sonst so willige und folgsame Adinda hysterisch zu schluchzen. Ohne zu wissen, was sie tat, verabreichte sie der Eingeborenen eine Ohrfeige. Das half zwar, brachte aber Schwester Ursula selbst jedoch völlig aus der Fassung. Gewalttätigkeit begann im kleinen, und sie hatte die Saat dazu ausgelegt.

Nachdem die Kinder singend und hüpfend fortgegangen waren, kniete Schwester Ursula im leeren Klassenzimmer nieder und betete. In dem Augenblick, da sie Gottes Liebe erflehte und sich ganz in seine Hände gab, spürte sie, wie alle Angst von ihr wich. Im Missions-College hatte sie sich mit Inoma Kyushi ein Zimmer geteilt. Inoma war ein liebes Mädchen gewesen, und sie waren gute Freunde geworden. Schwester Ursula hatte viel über die Japaner gelernt. Sie stand auf und sah über den Hof. Er war verlassen. Alle Eingeborenen waren geflohen. Plötzlich fühlte sie sich unsicher, und sie machte sich auf den Weg zur Toilette, wo sie sich schon einmal versteckt hatte.

In dem Moment, da sie in das Sonnenlicht hinaustrat, wurde der Dschungel um sie herum lebendig. Ein schrecklicher Schrei voller unmenschlicher Wut ließ ihr das Blut in den Adern erstarren. Männer in gestreiften Pyjamas sprangen mit Macheten, Speeren und Schlagstöcken bewaffnet hinter den Bäumen hervor und rannten auf Schwester Ursula zu. Jetzt erst wurde ihr klar, daß es sich nicht um japanische Soldaten, sondern um entsprungene Strafgefangene handelte. Sie hatte sie gelegentlich an der Straße arbeiten sehen, aneinandergekettet wie Tiere. Jetzt sah sie deren wahnsinnigen Haß. Sie versuchte sie mit Blicken aufzuhalten, versuchte sie mit dem Zeichen des Kreuzes zu segnen, und als sie ein paar Meter von ihr entfernt stehenblieben, fragte sie in ihrem besten Malaiisch: »Wer ist euer Anführer?« In diesem Moment öffnete einer von ihnen seine Pyjamahose. Schwester Ursula machte kehrt und rannte schreiend davon. Doch es war nur ein Teil von ihr, der rannte und schrie, den man einholte, der sich wehrte, biß und um sich schlug, und dem man schrecklich weh tat. Ihr wahres Selbst, die echte Ursula, wußte sich eins mit Christus und erlebte als Erfüllung ihrer Berufung, ihr Privileg auf Erden, die Qualen seiner Kreuzigung. Sie fühlte sich von unerträglichen Schmerzen auseinandergerissen, doch indem sie »Jesus, Jesus, Jesus« betete, fand sie in der Liebe zum Kreuz die Erlösung von allen Qualen und Schrecken.

Schwester Ursula, die Betreuerin der geistig behinderten Kinder der Herz-Jesu-Missionsschule wurde siebzehnmal vergewaltigt, bevor man ihren fast leblosen Körper zum Flußufer zerrte und ihn dort ins Schilf den Krokodilen zum Fraß vorwarf.

Dort fand Lieutenant Hin sie, den man losgeschickt hatte, sie zu suchen, als er sich schließlich nahe genug herangewagt hatte, nachdem die Mission zum Schluß in Brand gesetzt worden war und der marodierende Haufen seinen furchtbaren Zug durch den Urwald fortgesetzt hatte.

4

Schwester Ursula wachte allmählich aus ihrer Bewußtlosigkeit auf und schlug die Augen auf. Die Streifen des Himmels, die sie zwischen den dunkelgrünen Baumwipfeln über sich sah, waren tiefblau. Als sie wieder zu sich kam, galt ihr erster Gedanke den Kindern. Die Angst um sie packte sie mit solcher Heftigkeit, daß sie versuchte, sich auf den Ellbogen aufzurichten, und feststellte, daß sie sich nicht bewegen konnte. Vom Hals an abwärts war ihr Körper gefühllos und schwer, als läge er unter einer nassen Sanddecke begraben. Lediglich den Kopf konnte sie bewegen.

Sie sah zur Seite und erkannte einen eingeborenen Soldaten am Ruder eines Bootes. Dann beugte sich eine Männergestalt über sie, und eine Stimme fragte: »Schwester? Wie geht es Ihnen?« Es war der junge Lieutenant.

Schwester Ursula wollte etwas sagen, doch obwohl sich ihre Lippen bewegten, brachte sie keinen Ton heraus. Es kam ihr so vor, als habe sie zusammen mit der Kontrolle über ihre Muskeln auch die Stimme verloren. Ihre Augen füllten sich mit Tränen, so daß sie nun auch nichts mehr sehen konnte. Plötzlich streichelte eine Hand über ihr Haar. Als sie merkte, daß sie ihre Haube nicht mehr aufhatte, hatte sie das Gefühl, nackt zu sein.

Dann kehrte langsam die Erinnerung wieder: der Strafgefangene, der auf sie zukam, sie packte, ihr Ordenskleid zerriß. Voller Entsetzen begann sie zu beten: »Christus, geliebtes Herz Jesu, hilf mir!« und sofort kehrte Friede bei ihr ein. Obwohl die sich überstürzenden Bilder der Gewalt vor ihrem geistigen Auge und die Erinnerung an den Schmerz nicht auszulöschen waren, schwand doch das Entsetzen. Sie hatte Jesu Christi letzte irdische Qualen geteilt. Jetzt wünschte sie sich nur noch, mit diesem blauen Himmel über ihr eins zu werden, mit jenem Ozean des Lichts und der Liebe. Sie fühlte, wie ihre Seele drängte, den gelähmten, geschundenen Körper zu verlassen, doch dann hielt etwas sie zurück: das Bild des kleinen Saidja, der durch den Dschungel stolperte und seinen Schuh verlor. Sie sagte sich, sie müsse aufstehen. Sie dürfe nicht tatenlos liegenbleiben und selbstsüchtig für die Erlösung ihres mißhandelten Körpers beten, sondern müsse aufstehen und zu ihm zurücklaufen, laufen, laufen...

Indem sie jedoch in Gedanken zu ihren Kindern zurückrannte, lief sie auch wieder zu dem zurück, was in der Mission passiert war, und diesen

Bildern des nackten Entsetzens war sie nicht gewachsen. Völlig verängstigt, ganz benommen von Schock und Schmerzen schlief sie schließlich wieder ein.

Sie wachte auf, als sie von vielen Händen hochgehoben wurde. Dann erkannte sie die Gesichter von Pater Sebastian, der Mutter Oberin und Schwester Anna. In ihren Augen las sie, wie sie aussehen mußte: physisch vernichtet, besudelt, ohne Haube, ihr Ordenskleid zerrissen und blutverkrustet. Unsagbare Scham erfaßte sie. Sie schloß die Augen und betete mit verzweifelter Inbrunst. Sie konzentrierte sich intensiv auf die Wundmale Christi, auf seine Dornenkrone, die zu tragen ihr als Gnade zuteil geworden war. Trotzdem löste dies längst nicht mehr das Glücksgefühl bei ihr aus, das ihr noch in der Mission beschert gewesen war.

Die Schwestern umsorgten sie liebevoll. Sie bauten einen kleinen Unterstand aus Palmenblättern am Strand auf, um sie vor der Sonne zu schützen. Sie beteten an ihrem Lager, versicherten ihr, daß sie bald in ein Krankenhaus gebracht werden würde, doch Schwester Ursula empfand nur erdrückende Scham. Sie konnte nur mit geschlossenen Augen auf ihrer Bahre liegen, im Sand vergraben, ohne Stimme und blind vor Tränen.

Dann brach die Nacht herein. Der kleine Sonnenschutz wurde entfernt, und Schwester Ursula lag unter freiem Himmel. Als sich schließlich alle schlafen gelegt hatten, schlug sie die Augen auf und betrachtete die Sterne, ein Anblick des Friedens und ewiger Weite. Mit geöffneten Augen betete sie um Vergebung. Sie war auserwählt worden, die Leiden Christi zu teilen, und hatte sich dieser Gnade als unwürdig erwiesen. Jetzt lag sie hier, sorgte sich um die Kinder, war wie besessen von dem verzweifelten Wunsch, zu ihnen zu laufen, anstatt sie Gott zu überlassen, der keinen Sperling vergaß. Und doch konnte sie sich nicht dazu durchringen, zu glauben, daß die Kinder ohne sie behütet sein sollten. Selbst wenn es Adinda gelungen war, sie wieder einzusammeln, nachdem sie sich im Wald versteckt hatten, würde sie sie lediglich wieder in jene Dunkelheit zurückführen, aus der sie gekommen waren. So konnte der kleine Saidja seinen Schuh nie wiederfinden.

Sie mußte unbewußt einen Laut von sich gegeben haben, denn plötzlich tauchte die Silhouette eines Menschen zwischen den Sternen auf, und eine Männerstimme sagte: »Machen Sie sich keine Sorgen, Schwester. Wir sind bei Ihnen. Morgen, spätestens übermorgen werden wir hier abgeholt. Mein Kommandeur weiß, wo wir sind und schickt ein Boot. Sie kommen bald in ärztliche Behandlung. Möchten Sie einen Schluck Wasser trinken?«

In diesem Moment tauchten die Umrisse einer zweiten Gestalt unter den Sternen auf, und Schwester Ursula hörte die Stimme der Mutter Oberin. »Danke, Lieutenant. Wir kümmern uns schon um

Schwester Ursula. Gehen Sie ruhig auf Ihren Posten.«

Als Schwester Ursula wieder allein mit den Sternen war, betete sie inständig, von der Sünde mangelnden Glaubens erlöst zu werden. Sie betete mit solcher Inbrunst, daß sie Frieden fand. Christus gab ihr die innere Ruhe. Solange sie sich auf die Zwiesprache mit Jesus Christus konzentrierte, dessen Leiden sich an ihrem Körper wiederholen durften, mußte sie nicht mehr an Saidja denken, der durch den Dschungel stolperte und seinen Schuh suchte, und konnte ihn Gottes Obhut überlassen.

Der Lieutenant hatte recht gehabt: Bei Tagesanbruch kam Schwester Anna aufgeregt zu Schwester Ursula und berichtete ihr, ein Schiff sei über Nacht in der Flußmündung vor Anker gegangen.

Sie wurde auf ihrer provisorischen Bahre zu einer Anlegestelle getragen. Ein Boot legte mit Pater Sebastian, der Mutter Oberin und einer der Schwestern ab; die anderen blieben zusammen mit den Soldaten bei ihr und warteten auf die Rückkehr des Bootes.

Es dauerte lange. Als es zurückkam, kniete die Mutter Oberin neben Schwester Ursula nieder. Sie wirkte erregt. »Schwester Ursula«, begann sie mit bemüht ruhiger Stimme. »Du mußt jetzt sehr tapfer sein und darfst dich nicht aufregen. Das Schiff, das uns holen soll, ist der Küstenfrachter mit dem schrecklichen Zwerg, der uns damals so hart zugesetzt hat, als wir vor vier Jahren hierher gekommen sind. Er ist eine arme, verlorene Seele, und inzwischen völlig verrückt geworden. Schwester, um an Bord dieses Schiffes aufgenommen zu werden, mußt du einen gotteslästerlichen Eid schwören.«

Schwester Ursula fühlte sich krank und schwach. Sie hatte Zwiesprache mit Jesus gehalten, und war in die Besinnung auf seine Wunden vertieft gewesen. Die Mutter Oberin war eine unwillkommene Störung.

»Um an Bord des Schiffes gehen zu können«, wiederholte die Mutter Oberin mit bebender Stimme, »fordert dieser ungläubige Irre, daß wir auf seiner Bibel schwören, unsere Religion sei Aberglaube, daß es keinen Gott gebe und wir Lügner und Heuchler seien. Es ist unvorstellbar. Wenn ich je einem Antichristen begegnet bin, dann in Gestalt dieses Gott lästernden Ungeheuers.«

Das einzige, was in Schwester Ursulas Bewußtsein vordrang, war die Wut der Mutter Oberin, und diese traf sie wie ein physischer Schmerz. Sie schloß die Augen.

»Natürlich haben wir uns zuerst geweigert«, fuhr die Mutter Oberin mit ärgerlicher Stimme fort. »Aber nachdem wir Zwiesprache mit Gott gehalten hatten, haben Vater Sebastian und ich beschlossen, daß es sich hier um eine Situation handelt, für die die heilige Kirche einen Ausweg weist. Nämlich durch die sogenannte Reservatio mentalis. Du weißt doch, was das ist, Schwester, oder?«

Mit geschlossenen Augen schüttelte Schwester Ursula den Kopf.

»In meiner Unwissenheit habe ich diesen Begriff aus unserer Moraltheologie früher eine ›fromme Lüge‹ genannt. Jetzt weiß ich es besser. Er ist Weisheit und Gnade in der Folter, Gottes Mittel, uns, seine Kinder, in der größten Not zu beschützen. Schwester, wenn du diesen bösen Eid schwörst, mußt du ganz allein für dich in Demut sprechen: ›Jesus Christus, vergib, daß mein Fleisch schwach ist. Mein Geist bewundert dich, mein Herz bleibt dein Diener, nichts von dem, was ich sage, kann der Wahrheit abträglich sein, die ich in meiner Seele trage.‹ Sobald du das tust, sind deine Worte vor Gott bedeutungslos. Hast du mich verstanden, Schwester Ursula? Du darfst den gotteslästerlichen Eid schwören. Pater Sebastian, als dein Beichtvater, erlaubt es dir. Danach nimmt er dir die Beichte ab und erteilt dir die Absolution. Hast du verstanden?«

Nur um die harte, drängende Stimme nicht mehr hören zu müssen, nickte Schwester Ursula mit geschlossenen Augen.

»Nun gut«, sagte die Mutter Oberin. Sie stand auf, und ihr gestärktes Ordenskleid raschelte.

Die Bahre wurde hochgehoben und an Bord des Motorboots gehievt, wobei Schwester Ursulas gelähmter Körper so unsanft hin- und herschwankte, daß sie aus ihrem Dämmerzustand erwachte. Das Boot tuckerte zum Küstenfrachter hinaus, dessen Bordwand bald steil und hoch neben der kleinen Nußschale auftauchte. Seile mit Schlingen an den Enden wurden heruntergelassen, die Bahre darin befestigt und langsam und schwankend in die schwindelnde Höhe hinaufgezogen. Mehrmals prallte die Bahre gegen die Bordwand des Küstenfrachters, dann streckten sich ihr viele Arme entgegen, zogen die Bahre über die Reling und stellten sie auf Deck ab. Menschen drängten sich um sie. Sie erkannte die weißen Ordenskleider der Schwestern und die Soutane von Pater Sebastian. Dann wurden sie von einem kleinen Mann in zerknitterter Tropenuniform und mit Kapitänsmütze verscheucht, der sich über sie beugte.

»Mir macht sie aber einen recht gesunden Eindruck«, sagte er zu jemandem, den Schwester Ursula nicht sehen konnte. »Alle zurücktreten!« Er hockte sich neben ihr nieder. »Also los!«

Sie versuchte zu lächeln.

Der Mann betrachtete sie prüfend. Seine Züge waren hart und brutal. »Ihre Mutter Oberin hat behauptet, Sie wüßten Bescheid. Sie müssen nur die Hand auf die Bibel legen und mir nachsprechen...«

Sie blickte in das Gesicht über ihrer Bahre und schüttelte lächelnd den Kopf.

Der Mann erwiderte den Blick gleichgültig. »Auch gut. Kwan Chan!«

Neben ihn trat ein junger Chinese. »Ja, Tuan?«

»Bring diese Frau an Land zurück.«

Im Hintergrund wurde wütendes Stimmengewirr laut. Dann schrie eine Stimme: »Halt! Ich bin Offizier in der Armee Ihrer Majestät der Königin. Und ich befehle Ihnen im Namen von Königin Wilhelmina der Niederlande, diese Frau in Ruhe zu lassen. Das ist ein Befehl! Zwingen Sie mich nicht, Gewalt anzuwenden!«

»Kwan Chan, schaff mir diesen aufgeblasenen Witzbold aus den Augen und sperr ihn in den Farbenspind«, sagte der Zwerg darauf gelassen.

Schwester Ursula horchte ängstlich auf die folgenden Geräusche eines Kampfes: das Scharren von Stiefeln, ein unterdrückter Schrei. Sie schloß die Augen. Dann hörte sie erneut die ruhige Stimme des Kapitäns: »Was ist mit den beiden Soldaten, die bei ihm waren?«

»Die sind in der Kombüse und essen, Tuan.«

»Gut«, ertönte die Stimme des kleinen Mannes. »Möchte jemand vielleicht versuchen, die Frau auf der Bahre umzustimmen?«

»Ja, ich«, meldete sich Pater Sebastian.

»In Ordnung. Fangen Sie an. Sie haben genau drei Minuten.«

Pater Sebastian kniete neben der Bahre nieder, nahm Schwester Ursulas Hand und flüsterte eindringlich: »Schwester Ursula, sei doch nicht so eigensinnig! Dieser Mann ist verrückt. Er ist imstande und läßt dich allein an Land zurück. Für Vernunftgründe ist er überhaupt nicht zugänglich. Ich und etliche Geistliche anderer Konfessionen, die an Bord sind, haben vergeblich versucht mit ihm zu reden. Du mußt gehorchen, Schwester Ursula. Sprich den Eid und vergiß dabei nicht, was die Mutter Oberin dir gesagt hat. Tust du das, Schwester Ursula? Du rettest damit dein Leben.«

Sie schlug die Augen auf und flüsterte: »Ich kann Jesus nicht verleugnen. Er ist mein Leben.«

Pater Sebastian zögerte einen Augenblick, dann machte er das Zeichen des Kreuzes über ihre Stirn, stand auf und verschwand aus ihrem Blickfeld. Sie hörte ihn sagen: »Ich weiß nicht, wo diese Reise enden wird, Kapitän, aber ich will persönlich dafür sorgen, daß Sie den zuständigen Behörden übergeben werden. Sie sind ein Unmensch.«

»Nein, Sir!« rief eine lachende Stimme. »Er ist der einzige, der Gott wirklich ernst nimmt.«

Der kleine Mann tauchte wieder neben ihr auf, und plötzlich hatte sie Mitleid mit ihm. »Ich wollte Ihre Gefühle nicht verletzen«, murmelte sie. Es klang matt und ein wenig albern.

Den Blick, den er ihr daraufhin zuwarf, konnte sie nicht deuten. Er sah aus, als wolle er etwas sagen, dann tauchte hinter ihm ein hagerer, grauhaariger Mann auf, der ihn weit überragte, und sagte: »Hören Sie, Krasser. Sie sind ein verdammt guter Seemann, und ich weiß, daß Sie vor den Passagieren Ihre Autorität wahren müssen. Aber diese Frau ist sehr krank. Sie ist vom Hals an abwärts gelähmt. Sie können doch nicht von einer Gelähmten verlangen, daß sie diesen Eid schwört.«

Der kleine Mann betrachtete sie eine Weile nachdenklich mit einem unergründlichen Ausdruck in den Augen, dann rief er: »Kwan Chan!«

Wieder war der Chinese sofort zur Stelle. »Ja, Tuan?«

»Stellt sie ganz vorn in die Back, neben die Ankerwinde. Sagt dem Mann im Ausguck, daß niemand sie besuchen oder mit ihr sprechen darf.« Dann drehte er sich um. »Habt ihr gehört? Solange sie den Eid nicht geschworen hat, befindet sie sich sozusagen in Quarantäne. Schafft sie weg!«

Chinesische Matrosen hoben die Bahre hoch und trugen sie fort. Hinter ihr schrie jemand: »Teufel!« Es klang nach der Stimme der Mutter Oberin.

Schwester Ursula hatte keine Ahnung, wohin man sie brachte, und es ging ihr viel zu schlecht, um sich darüber den Kopf zu zerbrechen. Sie hatte nur den Wunsch, daß das Schütteln und Stoßen, das ständige Auf und Ab endlich aufhören würde. Schließlich wurde sie unter dem Aufbau des Vorderdecks abgesetzt. Neben ihr befand sich eine große Winde mit einer schweren Kette. Ein Chinese in schmutzigen Shorts und einem Trikothemd saß darauf und reinigte die Fußnägel mit einem Messer.

Sie sah ihn lächelnd an. Der Chinese hob das Messer zum Gruß, und beschäftigte sich dann wieder mit seinen Fußnägeln. Schwester Ursula war schwindelig, als sie zu beten begann.

5

Krasser saß auf dem Sessel in der Offiziersmesse und wollte gerade das zweite Glas Schnaps hinunterkippen, als jemand an den Türpfosten klopfte. »Darf ich reinkommen?« fragte Stotyn.

Krasser grunzte lediglich.

»Danke.« Stotyn stieg über die hohe Schwelle, setzte sich und goß sich ein Glas ein. Dann steckte er den Korken quietschend wieder in den Flaschenhals. »Das mit der Nonne meinen Sie doch nicht ernst, oder? Ich meine, Sie wollen sie doch nicht allein und ohne Betreuung dort vorn stehen lassen.«

Krasser warf ihm einen stoischen Blick zu und entkorkte die Flasche. »Waren Sie eigentlich der Witzbold, der behauptet hat, ich nähme Gott ernst?« erkundigte er sich und schenkte sich sein drittes Glas ein.

»Nein, das ist Dr. Homans, der Geschichtslehrer gewesen. Ich wünschte, nebenbei gesagt, ein Arzt wäre an Bord. Diese Nonne muß dringend in ärztliche Behandlung.«

»Die ärztliche Behandlung, die sie braucht, kriegt sie bei mir.«

»Kommen Sie, Krasser! Welche Erfahrung haben Sie schon in der Behandlung vergewaltigter Nonnen?«

»Das schlage ich in meinem medizinischen Handbuch nach. Das mache ich immer, wenn jemand an Bord krank ist. Und jetzt trinken Sie aus und verduften Sie.«

Stotyn stand auf. »Sie können Sie nicht einfach dort draußen allein liegen lassen, Krasser«, wiederholte er. »Ich respektiere Ihre Überzeugung... aber weshalb quälen Sie eine Unschuldige?« Er ließ die Frage im Raum stehen und ging.

Krasser genehmigte sich noch ein viertes Glas Genever, bevor er sich in den Kartenraum hinüberbegab und ein Buch mit dem Titel *Das medizinische Handbuch für den Kapitän* aus dem Regal holte. Er sah unter dem Stichwort »Vergewaltigung« im Index nach, doch zwischen »Verfettung« und »Vergiftung« gab es nichts. Vergewaltigungen kamen eben nicht häufig genug an Bord eines Schiffes vor, und wenn, dann spielten sie sich auf homosexueller Ebene unter den Matrosen ab. Baradja und Amu klapperten in der Offiziersmesse mit dem Geschirr. Nach einer Weile streckte Baradja den Kopf zur Tür herein und sagte: »In fünf Minuten gibt's Mittagessen.«

»Komm her!« befahl Krasser.

»Aber das Essen...«

»Ich will dich was fragen.«

Baradja stieg über die Schwelle, und gleich darauf tauchte Amu hinter ihr auf.

»Bist du schon mal vergewaltigt worden?« erkundigte sich Krasser.

Baradja machte ein erschrockenes Gesicht.

»Ich kenne 'ne Menge, denen das schon passiert ist«, flötete Amu.

»Du hältst dich da raus!«

Amu verschwand augenblicklich.

»Weißt du vielleicht, wie man eine Frau behandelt, die vergewaltigt wurde und jetzt gelähmt ist?« fuhr Krasser fort.

»Warum?«

»Wir haben eine gelähmte Nonne an Bord, der das passiert ist... und sie braucht... also sie braucht Pflege. Du und Amu, ihr müßt euch um sie kümmern... ihre Kleidung wechseln, sie auf den Topf setzen... und so weiter.«

»Mit Nonnen kenne ich mich nicht aus.«

»Eine Nonne ist eine Frau wie jede andere auch. Los, mach schon. Sie liegt vorn in der Back.«

»Aber das Mittagessen...«

»Gut, dann essen wir erst. Aber danach gibt's keine Widerrede mehr.«

Nachdem Baradja gegangen war, klopfte Krasser gegen das Barometer, bevor sein Blick auf Fifi fiel, die ihn über die Kante der Türschwelle mit angelegten Ohren aufmerksam musterte, als wolle sie herausfinden, in welcher Stimmung er war. »Also gut, alte Bestie«, murmelte er. »Komm rein.«

Nachdem die Hündin annehmen durfte, daß er milde gestimmt war, sprang sie über die Schwelle. Er hob sie hoch und rieb seine Nase an ihrer nassen, kalten Schnauze. Dann setzte er sie wieder auf den Fußboden und sagte: »Es gibt Mittagessen! Wer weiß, vielleicht fällt auch für dich was dabei ab.«

Fifi lief schwanzwedelnd vor ihm her in die Offiziersmesse.

6

Als Stotyn zu den anderen Passagieren zurückkehrte, um ihnen von seinem Gespräch mit dem Kapitän zu berichten, kam Mrs. de Winter laut schreiend aus der Kombüse gerannt, wo sie versucht hatte, etwas Eßbares für die arme Nonne zu ergattern. »Mein Gott! Wissen Sie, was ich gerade entdeckt habe? Diese köstlichen Frühlingsrollen!«

»Was ist denn damit?« fragte Dr. Homans.

»Wissen Sie, woraus die bestehen?«

»Sagen Sie's mir lieber nicht«, wehrte Dr. Homans ab.

»Aber selbstverständlich tue ich das!« entgegnete Mrs. de Winter mit dramatischer Mimik und wartete, bis sie sich der Aufmerksamkeit aller sicher sein konnte, bevor sie voller Entsetzen rief: »Aus Hundefutter!«

Herman Winsum wandte sich ab. Er hatte sich von Anfang an unter den Flüchtlingen als Außenseiter gefühlt, aber jetzt ekelten sie ihn an. Wie war es möglich, daß Menschen, die gerade Zeugen beschämender menschlicher Größe geworden waren, sofort alles vergessen konnten, wenn sie erfuhren, daß ihr chinesisches Lieblingsgericht aus Hundefutter bestand?

»Winsum, sind Sie seekrank?« erkundigte sich Zandstra, der Pfarrer aus Tjelok Barung. »Überraschen würde es mich nicht. Mir ist auch nicht besonders wohl. Man stelle sich vor! Hundefutter!«

»Bisher hat's uns doch allen verdammt gut geschmeckt«, antwortete Herman. »Schlecht ist keinem geworden.«

„Aber jetzt wird's uns schlecht werden!« entgegnete Zandstra nachdrücklich. »Lieber verhungere ich, als daß ich noch einen Bissen von dem Fraß zu mir nehme. Wer weiß, was da überhaupt drin ist.«

Herman beschloß, ihm seine Meinung zu sagen. »Ich finde es viel wichtiger, daß sich die Nonne geweigert hat, den Eid zu schwören. Sie hat uns damit alle beschämt.«

Zandstras Miene wurde starr. »Von ihren Oberen hatte sie den Befehl, den Eid zu schwören und die Sache zu vergessen. Der Priester und die Mutter Oberin sind der Meinung, daß ihr Seelenheil weit stärker dadurch gefährdet ist, daß sie den kirchlichen Gehorsam verweigert, anstatt unser aller Überleben zu gewährleisten, indem sie einem Wahnsinnigen seinen Willen läßt.«

Herman wußte, daß es sinnlos war, weiter zu diskutieren, fuhr jedoch trotzdem fort: »Sie hat uns den Spiegel vors Gesicht gehalten. Wir sind feige und schwach in unserem Glauben.« Daß Herman »wir« gesagt hatte, war ein reiner Akt der Höflichkeit.

Während Zandstra das erst einmal verdaute, war es peinlich still. Schließlich erwiderte er: »Ich glaube, Sie erliegen einem Irrtum, mein Freund. Als Pfarrer und Hirte einer Gemeinde ist es meine erste Pflicht, für das Wohlbefinden der mir Anvertrauten zu sorgen. Wenn ich zum Beispiel diesen Eid nicht geschworen hätte, hätte ich meine Schäfchen im Stich gelassen. Wenn man natürlich keine Gemeinde hat, kann man es sich leisten, die Märtyrerin zu spielen.« Damit stapfte er davon und ließ Herman allein bei der Betrachtung der glitzernden Weite des Meeres zurück, das sich hinter der Blätterwand ausbreitete.

Während er noch an der Reling stand und auf die leere Wasserfläche hinaussah, wurde ihm das ganze groteske Ausmaß ihres idiotischen Verhaltens angesichts der einsamen Standhaftigkeit der Nonne erst richtig bewußt. Hier waren sie beisammen, die zufällig Überlebenden einer Apokalypse, die die Welt zerstört hatte. Und was taten sie? Sie regten sich auf, weil jemand sie heimlich dazu gebracht hatte, Hundefutter zu essen, anstatt darüber nachzudenken, welches Schicksal sie hinter dem nächsten Küstenabschnitt erwartete. Was stand diesem Schiff voller Irrer mit seiner Karnevalsmaskerade eigentlich bevor? Morgen oder übermorgen hatten sie das Ende der Küstenlinie erreicht und waren gezwungen, sich aufs offene Meer in Richtung Java oder sonstwohin zu wagen. Und was dann? Bis jetzt hatten sie einfach nur Glück gehabt. Weshalb sollte das so weitergehen? Weshalb?

Auf diese Frage gab es keine intelligente Antwort, denn aus irgendeinem unerfindlichen Grund schien die Nonne in der Back wie das Leuchtfeuer der Hoffnung zu sein. Er wußte, daß es purer Aberglaube war, daß er dem Zauber geheimer Kräfte aus grauer Vorzeit der Menschheit erlag, doch er hatte das Gefühl, es sei von entscheidender Wichtigkeit, daß er mit dieser Frau sprach. Oder vielleicht nicht einmal das... vielleicht genügte es schon, zu ihr zu gehen und wieder die geheimnisvolle Macht zu spüren, die ihm entweder seine Phantasie oder das kollektive Unterbewußtsein oder... vielleicht seine Seele suggerierte.

Niemand beachtete ihn. Alle hockten in kleinen Gruppen beieinander und diskutierten die unerhörte Sache mit den Frühlingsrollen. Er schlenderte die Wand aus Palmblättern an der Reling entlang. Als er gerade die Stufen zur Back hinaufsteigen wollte, rief eine scharfe Stimme: »Winsum! Wo wollen Sie hin?«

Es war Zandstra, der ihn düster wie ein Kerkerknecht anstarrte. »Sie haben doch gehört, was der Kapitän gesagt hat. Keiner darf Kontakt mit ihr aufnehmen. Wenn Sie sie besuchen wollen, bitten Sie ihn gefälligst erst um Erlaubnis!«

»Das ist eine gute Idee«, sagte Herman, dessen Entschlossenheit zu wanken begann. »Vielleicht sollte ich das wirklich lieber tun.«

Er wollte gerade den Aufgang zur Brücke hinaufgehen, als ihm das Schicksal in Gestalt der beiden Dajak-Frauen des Kapitäns zu Hilfe kam, die herunterstiegen. Die eine hatte eine Waschschüssel, die andere Handtücher und Seife in den Händen. Als sie an ihm vorbeiliefen, stieg Herman der Geruch von Schweiß, Haaröl und der widerlichen Süße des Opiums in die Nase. Er beobachtete, wie sie das Deck überquerten und zur Back gingen.

Das Auftauchen der Frauen rüttelte sämtliche Flüchtlinge an Deck auf. »Mein Gott!« sagte Zandstra und unterbrach aufgeschreckt seine Unterhaltung mit Mr. Faber, dem Leichenbestatter, der ausgestreckt auf einer Ladeluke lag. »Jetzt schickt er ihr auch noch seine Huren!«

Dr. Homans musterte die beiden barbusigen Frauen verächtlich, die lautlos die wenigen Stufen zur Back hinaufhuschten. »Er hat sie überrumpelt, Zandstra!« rief er. »Eins zu null für den Teufel!«

Der Augenblick für eine Unterredung mit dem Kapitän schien nicht günstig. Vielleicht, überlegte Herman, sollte er lieber nach dem guten, alten Hin sehen, der bei Wasser und Brot seit dem Vortag in dem Spind für Farben eingesperrt war, die man für den Bootsanstrich hernahm. Der Besuch bei einem Gefangenen erschien ihm für sein Seelenheil allerdings weniger vielversprechend als der bei einer für

Christus leidenden Nonne, aber er war noch immer besser, als die Gedanken an Frühlingsrollen.

Als er über das Achterdeck ging, spielten die Kinder dort zwischen den Palmen Verstecken und lachten und kreischten ausgelassen. Mr. Faber, der Leichenbestatter, der sich wieder auf der Ladeluke ausgestreckt hatte, richtete sich auf und rief ärgerlich: »Seid gefälligst ruhig! Bleibt bei euren Müttern, wo ihr hingehört!«

Mrs. de Winter entgegnete mahnend: »Ein Kind gehört ebenso zu seinem Vater wie zu der Mutter, Mr. Faber.«

»Meine sind's jedenfalls nicht!« konterte Mr. Faber wütend.

»In diesen apokalyptischen Zeiten sind wir Erwachsene für alle Kinder dieser Welt verantwortlich«, belehrte Mrs. de Winter ihn salbungsvoll.

Die Kinder kreischten, als sie vorbeistürmten. Mr. Faber brummte Unverständliches und breitete ein Taschentuch über das Gesicht. Dann stolperte ein Kind, fiel hin und begann mörderisch zu schreien. Herman lief hastig weiter.

7

Schwester Ursula hörte in ihrem Dämmerzustand wie von fern die Geräusche spielender Kinder, einen dumpfen Schlag, als sei jemand hingefallen, Stille und dann hysterisches Weinen. Sie versuchte automatisch aufzustehen, um herauszufinden, was geschehen war, doch sie konnte sich nicht bewegen. In diesem Augenblick überkam sie erneut die Angst und die Sorge um ihre durch den Dschungel irrenden Kinder mit solcher Macht, daß sie zu weinen begann.

Eine der eingeborenen Frauen, die sie von ihrer Bahre hoben, fragte: »Tun wir Ihnen weh, *njonja*?«

Sie schüttelte den Kopf.

»Weshalb weinen Sie dann, *njonja*?« wollte die Frau wissen.

»Gibt es etwas, das ich für Sie tun kann?«

Sie schlug die Augen auf, sah durch die Tränen hindurch die Silhouette der über sie gebeugten Frau und plötzlich löschte die Sorge um die Kinder alles andere aus. Noch vor wenigen Minuten war sie bereit gewesen, mit dem unendlichen Ozean des Lichts und der Liebe eins zu werden; jetzt war sie wieder im Dschungel, rief nach ihnen und lief und lief...

»Machen Sie sich keine Sorge, *njonja*«, versicherte ihr die eingeborene Krankenschwester. »Wir kümmern uns um Sie.« Die Frauen stellten ihre Bahre sehr sanft und vorsichtig an Deck ab, doch Schwester Ursula achtete kaum auf sie. Alles an und in ihr schien in Tränen zu zerfließen. Dann strich eine Hand über ihre Stirn.

Sie wußte nicht, was es eigentlich war: die Zärtlichkeit der Geste, das Mitgefühl, das sie ausdrückte, oder nur die Tatsache, daß sich ihr eine Hand entgegenstreckte, während sie trostlos und verzweifelt dalag, doch es brachte Trost. Diese Hand durchbrach ihre Einsamkeit und das Gefühl der Isolation.

Die Hand strich weiter langsam und sanft über ihre Stirn. Sie hatte das Gefühl, als führe man sie aus einem düsteren Tal. Es war nicht nur der Trost, den diese freundliche Frau spendete, es war die Erkenntnis, daß die Gnade, den Geist Gottes zu verbreiten, nicht allein auf katholische Nonnen beschränkt war. Und wenn Gott in seiner unendlichen Güte ihr eine Hand schicken konnte, die sie in ihrer schrecklichen Verzweiflung tröstete, dann würde er auch ihre kleinen, verirrten Schäfchen in der Wildnis beschützen.

8

Der Farbenspind war ein rostiger, viereckiger Eisenkasten auf dem Achterdeck, wo die Frauen ihre Lager aufgeschlagen hatten. Dieser Teil des Schiffs war für die Männer tabu, doch ein Redakteur für Fragen der Religion und Theologie der *Borneo Times* war schon fast ein Geistlicher, und Priester und Pfarrer hatten Zutritt zu diesem Deck. Trotzdem fühlte sich Herman nicht ganz wohl in seiner Haut. Überall lagen halbbekleidete Frauen, die sich hastig bedeckten, als er näherkam. Mrs. de Winter schoß wie der Blitz hinter ihm her, baute sich wie eine Walküre vor ihm auf und ließ ihn erst passieren, als sie ihn erkannte. Den Blick starr geradeaus gerichtet ging er, vorsichtig darauf achtend, wohin er trat, zum Spind und sagte durch das kleine offene Loch in der Tür in die dahinter liegende Dunkelheit: »Hin? Sind Sie da?«

Das war eine ziemlich dämliche Frage, denn Hin konnte praktisch nur dort sein. Die Tür war mit einer Kette und Vorhängeschloß gesichert.

Aus dem Spind, in dem die Luft nicht zirkulieren konnte und Backofentemperaturen herrschen mußten, meldete Hin sich erfreut. »O ja! Danke! Nett, daß Sie mich besuchen kommen!« Sein Gesicht erschien hinter der Öffnung in der Tür. Er sah schlecht und stoppelbärtig aus. »Was gibt's Neues?«

»Nicht viel. Schwester Ursula liegt noch immer in der Back.«

»Dieser Saukerl!« Hin klang äußerst wütend. »Warten Sie ab, bis wir in Java sind. Bevor der Bursche auch nur piep sagen kann, lasse ich ihn in Eisen legen.«

Armer Hin, dachte Herman. In seinem brütend heißen und nach Teer und Farbe stinkenden Kerker mußte man ihm die hochfahrenden Träume von seiner eigenen Bedeutung lassen. »Ich weiß, es ist hart«, bemerkte Herman unsicher, »aber unter diesen Umständen können wir nicht viel tun, was? Es ist vielleicht besser, sich zu biegen, als zu brechen.«

Hin schnaubte verächtlich. »Lieber erwürge ich ihn mit bloßen Händen, als daß ich dem Schwein den Hintern küsse!«

»Richtig«, stimmte Herman zu. »Trotzdem würde ich Sie lieber wieder draußen an der frischen Luft sehen. Denken wir doch mal darüber nach, wie...«

»Alles, woran ich denken kann, ist meine Schwester!« unterbrach ihn Hin heftig.

»Wie bitte?« murmelte Herman verlegen.

»Ich möchte nicht, daß die Geschichte die Runde macht, aber sie… sie ist im Alter von neunzehn Jahren von einer Horde Weißer ver… vergewaltigt worden. Sie wollte Cellistin werden und hatte vor, an der Musikakademie in Batavia zu studieren. Statt dessen ist sie ins Kloster gegangen.«

»Das tut mir leid…«

Es entstand eine peinliche Stille. Nur Hins schwere Atemzüge waren zu hören. Dann sagte er: »Vielleicht verstehen Sie jetzt, weshalb ich diese Mißgeburt umgebracht hätte, falls ich nur die Gelegenheit dazu gehabt hätte.«

»Was… was sind das für Leute gewesen, die sich an Ihrer Schwester vergangen haben?«

»Pflanzer, die nach einer Party stockbesoffen waren. Natürlich sind sie dann mangels Beweisen freigesprochen worden… wie immer.«

»Das tut mir leid.«

»Lassen Sie mal. Ich bin hier ganz zufrieden und kann meinen Haß pflegen. Wie geht es der armen Nonne?«

»Das weiß ich nicht genau. Die… hm… die Gefährtinnen des Kapitäns kümmern sich gerade um sie.«

»Warten Sie nur, bis wir in Java sind!« schnaubte Hin drohend. »Ich lasse den Kerl an den Füßen an einem Banyanbaum aufhängen.«

Für Hermans Geschmack fielen Hins Worte zu leidenschaftlich hitzig aus. Er suchte nach einem Vorwand, um sich zu verabschieden. »Ich sehe mal, ob ich irgendwo eine Flasche Bier für Sie auftreiben kann«, schlug er vor. »Das wäre doch was, oder?«

»Sehr nett von Ihnen, alter Junge. Aber geben Sie sich keine Mühe. Ich kriege meine tägliche Ration Wasser. Mit Flüssigkeit gehe ich lieber vorsichtig um. Sie wissen doch: Je mehr man trinkt, desto durstiger wird man.«

»Tja, also dann... ich muß jetzt gehen, aber ich komme bald mal wieder.«

»Bitte, tun Sie das.«

»Machen Sie's gut.«

»Sie auch. War verdammt nett von Ihnen, mal vorbeizuschauen.«

»War mir ein Vergnügen.« Mit züchtig gesenkten Augen und starrer Miene trat der Redakteur der *Borneo Times* den Rückzug an, drückte sich an der Schar ruhender Frauen und an den Kleinkindern vorbei, die wie Puppen auf einer Ladeluke herumsaßen. Als er an Mrs. de Winter vorbeikam, sagte diese: »Wenn Sie wieder mal einen Besuch machen wollen, Mr. Winsum, dann kommen Sie lieber später. Um diese Zeit stillen die meisten Mütter ihre Babys und andere möchten sich zum Mittagsschlaf ausziehen.«

Mrs. de Winter machte sich wirklich immer schrecklich wichtig. »In Ordnung, Mrs. de Winter«, murmelte er. »Ich werd's mir merken.«

Damit ging er zu seinem Ausguck auf dem Männerdeck in der Nähe des Ladebaums zurück und starrte durch Blätter und Mangrovenzweige auf das Meer hinaus. Sie hielten auf die Küste zu, und der Geruch des Dschungels umfing ihn. Und plötzlich waren sie wieder da: Die Männer von Rauwatta starrten ihn aus dunklen, leeren Augenhöhlen an.

Übelkeit stieg in ihm auf. Er verbarg das Gesicht in den Händen. Zum ersten Mal wurde ihm klar, daß nichts mehr in seinem Leben so wie früher sein würde, daß diese Bilder ihn bis an sein Lebensende... und noch darüber hinaus verfolgen würden.

9

Die ganze Nacht hindurch hörte Schwester Ursula Flüstern und leise Geräusche am Fuß der Stufen zur Back. Sie hoffte, daß niemand zu ihr kommen und sie zwingen würde, doch noch den gotteslästerlichen Eid zu schwören.

Dann, kurz vor Sonnenaufgang, wurde ihr bewußt, daß sie im Begriff war, zu sterben. Sie nahm diese Erkenntnis undramatisch und emotionslos hin. Der Tod hatte keine Schrecken für sie, hatte es nicht mehr gehabt, seit sie den Schleier genommen hatte. Alle ihre Lieben warteten im Jenseits auf sie, obwohl sie inzwischen ihre Gesichter schon beinahe vergessen hatte. Es war lange her, seit sie sie zum letzten Mal gesehen hatte. Sie war sicher, Gott würde für eine Frau mit ihrer Erfahrung und praktischen Begabung im Himmel eine Aufgabe finden. Der einzige Wehmutstropfen war der Gedanke an ihre Kinder.

Schwester Ursula hatte sich mittlerweile damit abgefunden, sie allein Gottes Schutz überlassen zu müssen. Es blieb ihr ja auch einfach gar nichts anderes übrig. Mit äußerster Willensanstrengung war es ihr gelungen, die Sorge und den Schmerz wenigstens an den Rand ihres Bewußtseins zu verbannen. Jetzt, da sie vielleicht noch vor Ende des Tages sterben würde, mußte sie zu Gott beten, ihr ein kleines Zeichen zukommen zu lassen, daß er sich wirklich um ihre Schützlinge kümmerte. Aber schon das war Sünde. Sie sollte glauben und vertrauen, anstatt um Zeichen zu bitten. Aus diesem Grund mußte sie zu Gott beten, ihr diesen letzten Zweifel zu vergeben, da er aus der Liebe entsprang. Sie konnte nur noch persönlich, wenn sie vor ihm und seinem Sohn stand, für die Kinder Fürbitte leisten. Schließlich kannte sie sie schon ihr ganzes Leben. Sie brauchte das Wunder der Begegnung nicht, um die Großartigkeit des Königs der Könige zu begreifen.

Sie wußte, daß sie sterben würde, daß ihr Körper den Kampf aufgegeben hatte und sich auf das Ende vorbereitete. Es war weder der Schmerz noch die Lähmung. Das einzige, was sie bisher noch am Leben gehalten hatte, war die Sorge um ihre Kinder gewesen, der dringende Wunsch, etwas zu unternehmen. Jetzt hatte sie endlich akzeptiert, daß sie auf Erden nichts mehr für die Ihren tun konnte. Ihre irdischen Pflichten waren erfüllt.

Während sie auf ihrer Bahre lag und zusah, wie ein neuer Tag anbrach, fühlte sie sich heiter und gelassen; ihr war nur ein wenig schwindelig, so als träume sie noch halb. Als die beiden eingeborenen Frauen kamen, um ihre Wäsche zu wechseln und sie zu waschen, wie sie das schon am Vortag getan hatten, wachte sie schließlich auf, und die Sonne schien hell. Sie hoffte, daß man sie hinaus in die Sonne stellte, denn sie fror.

»Dürfen wir die Laken wechseln, *njonja*?« fragte die ältere der beiden Frauen. Die jüngere sah mit strahlend weißen Zähnen lächelnd auf sie herab.

Schwester Ursula nickte und flüsterte: »Danke.«

Vielleicht war allein die menschliche Nähe der beiden Frauen, vielleicht auch die Pflege daran schuld, die sie ihrem geschundenen Körper zuteil werden ließen, daß Schwester Ursula plötzlich das Bedürfnis überwältigte, mit ihnen wieder über ihre Kinder zu sprechen. Während die beiden lautlos und geschickt hantierten, erzählte sie ihnen leise alles über Saidja und seinen Schuh: wie sie mit ihm gearbeitet hatte, von seinem Triumph an dem Tag, da die Flugzeuge gekommen waren, und wie er auf der Flucht in den Dschungel seinen Schuh verloren haben mußte.

Sie mußte einfach darüber sprechen, doch indem sie es tat, gab sie den gerade wiedergewonnenen Seelenfrieden und den Vorsatz auf, den Willen Gottes geschehen zu lassen. Sorge und Verzweiflung schnürten ihr erneut die Kehle zu. Sie fühlte sich wieder in den Dschungel zurückversetzt, wo sie nach den Kindern rief und rannte und rannte…

»Machen Sie sich keine Sorgen, *njonja*«, beruhigte die jüngere Dajak-Frau Schwester Ursula und massierte ihre Schultern. »Irgend jemand sucht die Kinder bestimmt.«

»Nein, nein! Für Adinda sind sie nur... nur Tiere!«

»Können Sie denn nicht jemand bitten, sich um die Kinder zu kümmern?« fragte das Mädchen.

»Aber wen denn?« stieß Schwester Ursula verzweifelt hervor. »Wer würde denn schon in den Dschungel gehen, um nach geistig behinderten Kindern zu suchen? Der Krieg und...« Sie konnte nicht weitersprechen.

»Keine Angst, *njonja*«, sagte die ältere Dajak-Frau. »Ich kann Kapitän Krasser bitten, es zu tun, sobald wir die Flüchtlinge auf Java abgesetzt haben. Wenn überhaupt jemand die Kinder finden kann, dann er. Ich sage ihm, daß er einen Schuh für den kleinen Saidja mitnehmen soll, ja?«

Schwester Ursula schlug die Augen auf und sah die beiden Frauen an. Hoffnung keimte in ihr auf, doch diese Illusion war nur von kurzer Dauer. Der Kapitän war ein brutaler, skrupelloser Mann. Er würde nach keinem Kind der Welt suchen, und ganz bestimmt nicht, um jemandem einen Gefallen zu tun, der sich seinem Willen widersetzt hatte.

Nachdem die Frauen fertig waren und sie mit einem frischen Leintuch auf der sauberen, trockenen Bahre zugedeckt hatten, versuchte Schwester Ursula in inbrünstigen Gebeten, sich wieder in den

Willen Gottes zu fügen, ihre Einigkeit mit Jesus Christus wiederherzustellen. Aber etwas war anders geworden. War es vielleicht doch möglich, daß der Kapitän nach Borneo zurückkehrte, um die Kinder zu suchen? Wie konnte sie ihn nur dazu verleiten? Mit Geld? Sie besaß nichts. Materielle Vorteile konnte sie ihm nicht bieten. Das einzige war der Eid.

Entsetzt schreckte sie allein vor dem Gedanken zurück. Das war Gotteslästerung. Und diese Sünde konnte sie nicht begehen, ohne die Hoffnung auf das ewige Leben zu verwirken. Wenn sie Jesus Christus als Erlöser verriet und leugnete, daß es Gott gab, war ihre Seele zu ewiger Dunkelheit und Qual verdammt. Aber wie hatte doch die Formel gelautet, die die Mutter Oberin und Pater Sebastian ihr ans Herz gelegt hatten? Eigentlich sollte sie deren Behauptung akzeptieren, daß sie, ohne Schuld auf sich zu laden, den Eid schwören könne, solange sie ihn in Gedanken für nichtig erklärte. Verzweifelt versuchte sie, diesen Weg als den richtigen zu erkennen, doch sie war dem Ende ihres Lebens schon zu nahe, um die Stimme in ihrem Herzen zum Schweigen zu bringen, die sagte: »Es ist nicht richtig.« Wenn man am Abgrund des Todes stand, hatte nur noch die absolute Wahrheit Geltung. Jetzt blieb ihr nur noch die Möglichkeit, die heilige Jungfrau Maria um Fürsprache zu bitten. Für Wortspielereien, die sie vor jeder Verantwortung schützen sollten, war es zu spät. Es würde ihre letzte Handlung auf dieser Welt sein. Sie konnte nicht mit diesen Worten aus dem Leben scheiden, denn dann wäre sie schlimmer noch als Petrus, und es würde keine Vergebung geben. Am Anfang war das Wort; und wie es am Anfang gewesen war, war es auch am Ende. Für sie wäre es eine Todsünde, den Eid zu sprechen. In diesem Punkt hatte sie keine Zweifel.

Dann, als die beiden Dajak-Frauen die Stufen der Back hinuntergegangen und aus ihrem Blickfeld entschwunden waren, wurde ihr mit atemberaubender Klarheit eines deutlich: Sie hatte um ein Zeichen gebetet und es erhalten.

Gott würde den Kapitän ausschicken, um ihre Kinder zu retten, wenn sie einen schrecklichen Preis dafür bezahlte: Sie mußte ihren Platz im Paradies opfern und die ewige Dunkelheit und trostlose Einsamkeit der Hölle ertragen.

Dieser Gedanke machte die kleine Back, auf der sie im Schatten von Palmen lag, zu ihrem Garten Gethsemane.

10

»Benji«, begann Baradja am darauffolgenden Morgen, als Krasser auf der Back erschien, um den Anker zu inspizieren. »Die Nonne möchte mit dir sprechen.«

Der Kapitän hatte wegen des unsicheren Ankerplatzes die ganze Nacht auf der Brücke verbracht, und das letzte, was Krasser sich in diesem Augenblick wünschte, war ein Schwätzchen mit einer Nonne.

Er verpaßte dem Mann im Ausguck einen gehörigen Anschiß und drohte ihm an, er werde ihm die Schnauze polieren, falls er ihn wieder beim Würfeln hinter der Ankerwinde erwischen würde. Baradja zupfte ihn am Ärmel und deutete auf die Nonne auf der Bahre.

»Was will sie denn?« fragte er widerwillig.

»Frag sie doch selbst.«

Die Frau auf der Bahre hatte Mühe, den Blick auf ihn zu konzentrieren. Man brauchte kein Arzt zu sein, um zu sehen, daß es mit ihr zu Ende ging.

Ihre Augen glänzten fiebrig, ihr Gesicht war wachsbleich und ihr wirres Haar schweißnaß.

»Ich… ich möchte… unter vier Augen… mit Ihnen reden, Kapitän«, sagte sie leise, und es war unverkennbar, welch eine Anstrengung das Sprechen für sie bedeutete.

»Ihr habt's gehört, Mädchen«, seufzte er und wandte sich dem Matrosen im Ausguck zu. »Verpiß dich!« zischte er ihn an und war Sekunden später mit der Nonne allein. »Also, was gibt's?«

»Ich… will… den Eid schwören.«

Krasser war eigentlich mehr nach einem anständigen Schluck zumute, doch die Frau auf der Bahre sah aus, als meine sie es ernst. »Gut, ich hole die Bibel«, sagte er deshalb brummig und wandte sich zum Gehen. Schwester Ursula murmelte etwas, das er nicht verstand. »Was ist?« fragte er.

»Ich tu's… aber nur unter einer Bedingung…« Ihr Atem ging nur noch stoßweise. Sie sah aus, als seien ihre Minuten gezählt.

»Und die wäre?«

»Wenn… Sie das Schiff nach… Java gebracht haben…«

»Was ist dann?«

»Dann fahren Sie zurück… und suchen meine Kinder…«

»Ihre was?«

»Meine behinderten Kinder… Dajak-Kinder… in der Mission…«

Ihre Augen hinderten ihn daran, das auszusprechen, was ihm auf der Zunge lag. Er nahm sich zusammen und fragte statt dessen: »Wie sind Sie denn auf diese verrückte Idee gekommen, Lady?«

»Eine Ihrer... Krankenschwestern...«

Er schüttelte den Kopf. »Tut mir leid, Schwester, aber da sind Sie irgend etwas aufgesessen. Die beiden sind strohdoof. Die zwei dämlichen Dajak-Blondinen sind Gefangene ihrer eigenen Blödheit.«

Ihr Blick sagte ihm, daß sie nichts von dem, was er damit sagen wollte, begriffen hatte. »Die beiden sind beschränkt, verstehen Sie? Die kapieren nicht die Bohne, was sich um sie herum tut. Sie wissen nicht mal, daß Krieg ist, und leben in ihrer eigenen Welt, ähnlich wie mein Hund.«

Krasser merkte, daß er sie nicht allzu ernst nehmen mußte. Sie war so schwach, wie ein verletzter Vogel. Allerdings wollte er ihren Zustand nicht ausnutzen. »Ich will Ihnen mal was sagen«, begann er. »Bisher haben wir verdammt viel Glück gehabt. Ich befahre diese Küste seit dreißig Jahren und kenne sie besser als die Japse. Aber demnächst verlassen wir den Schutz der Küste und müssen aufs offene Meer raus. Ich schätze, unsere Chancen Java jemals zu erreichen, stehen eins zu hundert. Allerdings habe ich nun mal keine andere Wahl, als das Risiko einzugehen. Aber nehmen wir mal an, es gelingt mir, diesen Kahn sicher nach Java zu bringen. Glauben Sie wirklich, ich bin dann so verrückt, umzukehren und das Ganze noch mal mitzumachen?«

Ihre Augen hingen unverwandt an seinem Gesicht, und sie sah so verloren aus, daß er fortfuhr: »Hören Sie, falls ich es bis Java schaffen sollte, beschlagnahmt die Armee das Schiff, um damit Bier, Waffen oder sonstwas zu transportieren. Aber eines ist ganz sicher: Man schickt mich bestimmt nicht nach Borneo zurück. Das Flittchen wußte gar nicht, wovon es redete. Die beiden Süßen taugen nur zu einem... hm... zur Krankenpflege. Haben sie gut für Sie gesorgt?«

»Wie... wie... stehen die Chancen..., daß Sie zurückfahren?«

Krasser runzelte die Stirn. Etwas ging von dieser Frau aus, das ihn nicht mehr losließ. »Eins zu einer Million, Lady.«

»Das Risiko nehme ich auf mich«, flüsterte sie. »Ich... schwöre den Eid..., wenn Sie versprechen... es zu versuchen.«

Das war es also. Wie alle anderen hatte sie für sich einen Ausweg gefunden. Selbst in ihrem Zustand, im Angesicht des Todes verlangte sie sein Versprechen, um ihr Gewissen zu erleichtern. Er wollte schon ablehnen, doch die Frau lag im Sterben. Daran gab es keinen Zweifel. Es war besser, sie zu ihren Leuten auf das andere Deck zu bringen, als sie allein mit einem chinesischen Matrosen sterben zu lassen, der hinter der Ankerwinde würfelte. »Gut«, murmelte er. »Ich hole die Bibel.«

Am Fuß des Niedergangs ertappte Krasser Pater Sebastian, der gerade mit einer Schimpftirade loslegen wollte, doch Krasser schnitt ihm schroff das Wort ab: »Ihre Nonne will den Eid schwören. Sagen Sie lieber den anderen Bescheid. Sie sollen sie holen. Sie ist verdammt krank.«

Als er mit der Bibel zurückkam, hatte sich am Fuß des Niedergangs eine kleine Menschenmenge versammelt.

»Sie... und... Sie«, sagte Krasser und deutete auf den Priester der Nonne und den Mann, den er in der Mündung des Kali Woga aus dem Wasser gefischt hatte. »Sie kommen als Zeugen mit.«

Als er in die Back kam, dachte er, sie sei gestorben. Sie lag auf ihrer Bahre wie eine Tote: mit geschlossenen Augen, in majestätischer Pose. Doch als er neben ihr niederkauerte, schlug sie die Augen auf. »Versprechen Sie es mir«, flüsterte sie.

»Gut, ich verspreche es. Legen Sie die linke Hand auf die Bibel.«

Sie bewegte sich nicht. Krasser hatte sofort den Verdacht, daß das ein Trick war, doch dann sagte der Priester hinter ihm: »Sie ist gelähmt. Sie kann die Hand nicht heben.«

Krasser beschloß, die Bibel aus dem Spiel zu lassen. »Sprechen Sie mir nach: Ich schwöre.«

Sie schloß die Augen und wisperte: »Ich schwöre.«

»Es gibt keinen Gott.«

»Es... gibt... keinen... Gott.«

»Religion ist Aberglaube.«

»Religion... ist Aberglaube.«

»Ich bin eine Lügnerin und Heuchlerin.«

»Ich bin… eine Lügnerin… und Heuchlerin.«

Krasser stand auf. »In Ordnung, Gentlemen. Sie gehört Ihnen.« Damit verschwand er eilig. Er brauchte jetzt einen Schnaps.

Fifi erwartete ihn auf der letzten Stufe des Niedergangs zur Brücke. Sie hatte die Ohren aufgestellt und den Kopf leicht zur Seite geneigt. Offenbar versuchte sie seine Laune zu erraten. »Schon gut, alte Töle, wie wär's mit einem Küßchen?«

Er rieb die Nase an ihrer Schnauze. Fifi tänzelte vor ihm her, als er zur Kajütentür ging. Dort schrie er: »Meinen Liegestuhl und den Schnaps her! Amu, bring auch den Fächer!«

Der Liegestuhl wurde aufgestellt, die Armlehnen eingehakt, dann ließ Krasser sich mit einem erleichterten Seufzer hineinfallen, öffnete seine Hose, legte ein Bein über die Armlehne und sagte: »Fangt an!«

Amu, die betäubend nach »Heaven Scent« roch, begann ihm geschickt Luft zuzufächeln. Die kühle Brise tat seinen Lenden gut. Baradja reichte ihm ein Glas Schnaps. »Braves Mädchen«, murmelte er gähnend.

In der Palme hinter der Brücke stieß der Beo sein Pfeifen aus und krächzte: »I love yew!« Krasser kippte den Schnaps hinunter und döste ein.

Schwester Ursula starb drei Stunden später, während die Nonnen unaufhörlich an ihrer Bahre beteten.

Dritter Teil

Die Gespenster

1

Eigentlich hätte es durch das Beichtgeheimnis geschützt werden müssen, doch irgendwie sickerte die Wahrheit durch: Schwester Ursula hatte den Eid nur geschworen, nachdem der Kapitän ihr versprochen hatte, nach Borneo zurückzukehren und sich um ihre Kinder zu kümmern. Pater Sebastian berichtete, er habe bis zur letzten Minute versucht, sie davon zu überzeugen, daß Gott ihr diesen gotteslästerlichen Eid vergeben würde, doch sie war im eigensinnigen Glauben gestorben, ihre Seele sei auf ewig verdammt.

Ihr Leichnam wurde noch in derselben Nacht durch Pater Sebastian auf See bestattet. Das Schiff stoppte in einiger Entfernung von der Küste die Maschinen. Die mit einem weißen Leintuch abgedeckte Bahre wurde kurz im Mondschein auf der Reling abgesetzt. Kapitän Krasser stand am Kopfende der Trage. Er hatte seine Ausgehuniform an und sah aus, als wolle er die Angelegenheit so schnell wie möglich hinter sich bringen.

Pater Sebastians weihevolle Stimme hallte durch die Nacht. Vom Land her wehte eine leichte Brise, die die Blätter der Palmen über ihnen leise rascheln ließ. Nachdem die kurze Totenmesse vorüber war, richteten sich die Blicke der hinter den Blättern nur schemenhaft erkennbaren Anwesenden auf den Kapitän.

»Los, *klootzakken*!« befahl Krasser.

Die beiden chinesischen Matrosen hoben den Lukendeckel an, auf den man die Bahre gestellt hatte.

»Eins, zwei, drei. *Ajo, lekas*!«

Segeltuch schabte über Holz, als die sterblichen Überreste hinunterglitten. Das weiße Leintuch blieb geisterhaft flatternd auf der Bahre zurück. Stimmen der Entrüstung wurden laut, weil Krasser die übliche Floskel »In Gottes Namen« nicht gesprochen hatte.

»Kwan Chan! Volle Fahrt voraus! Wir sind zu weit draußen. Das kann gefährlich werden. Ich will hinter das Tiger-Riff!« Damit kehrte Krasser auf die Brücke zurück. Sekunden später begannen die Maschinen der *Henny* wieder zu stampfen, und das Schiff glitt langsam auf die mit Palmen und Mangroven gesäumte Küstenlinie zu.

Das also war vollbracht. Er hatte es geschafft. Sämtliche Priester, Pfarrer und Nonnen an Bord hatten unter Eid bezeugt, daß ihre Religion nichts als heiße Luft war, die zu eigennützigen Zwecken benutzt wurde, um Gutgläubige auszubeuten. Nur das hatte er beweisen wollen, und das war oder sollte das Ende seiner Mission auf Erden werden. Wie manch anderer seine Bequemlichkeit, Freundschaften und Kameradschaften für seinen Gott geopfert hatte, so hatte er alles darum gegeben, zu beweisen, daß es keinen Gott gab. Weshalb war er dann jetzt so deprimiert? Warum blieb jedes Triumphgefühl aus? Weshalb gab es keine Fanfaren, warum hatte er keine Lust, sich zu betrinken und die leere Flasche gen Himmel zu schütteln, der nun, nachdem der Alte Mann und seine Scharlatane für immer ausgeflogen waren, leer war? Vermutlich nur, weil er jetzt andere Dinge im Kopf hatte. Vielleicht hatte ihm auch diese bedauernswerte Frau zugesetzt. Es war ihm fast so vorgekommen, als habe er von einem Kind ein Bonbon genommen.

Doch während er auf der Backbordseite seiner Brücke stand, das rhythmische Dröhnen der Maschinen unter seinen Fußsohlen spürte und den Blick angestrengt übers Meer schweifen ließ, wurde es ihm plötzlich klar. Sein letzter und endgültiger Sieg war ein schäbiger Sieg gewesen: einer Sterbenden zu versprechen, etwas zu tun, obwohl er nicht im Traum daran dachte, sein Versprechen einzulösen, ja es nicht einmal einlösen konnte, selbst wenn er dies wollte, weil es einfach ganz unmöglich war. Lieber hätte er mit einem Fuß auf der Brust eines niedergestreckten Kardinals stehend unter dem Gejohle der Menge seinen Triumph genossen. Aber alles konnte man eben nicht haben. Er konnte froh sein, daß alle bezeugen mußten, was geschehen war.

Und jetzt sollte er lieber sehen, daß er zur Back kam, um diesen Chinesen, der das Lot in der Hand hatte, zu beaufsichtigen, wenn sie nicht auf das Tiger-Riff auflaufen wollten.

Wenige Stunden später, während er neben dem Matrosen stand, der die schmale Fahrrinne durchs Tiger-Riff auslotete, glaubte Krasser plötzlich das Geräusch eines näherkommenden Bootes zu hören. Er horchte angestrengt, griff nach dem Bordtelefon und befahl Kwan Chan, der auf der Brücke stand, dem Maschinisten zu sagen, er solle die Maschinen drosseln. Dann wandte er sich an den chinesischen Bootsmann: »Du machst weiter mit dem Lot.«

»Ja, Tuan.« Der Mann, der in der Dunkelheit kaum zu sehen war, schwang das Lot auf und ab. Es tauchte platschend ins Wasser. »Eins Komma drei Faden«, rief er.

Krasser griff erneut nach dem Telefon. »Kwan Chan, Feind nähert sich von der Backbordseite. Sag den Passagieren, daß keiner einen Mucks von sich geben darf. Kinder und Babys müssen um jeden Preis stillgehalten werden. Sei vorsichtig!« Damit hängte er den Hörer in den wasserdichten Kasten zurück und starrte angestrengt in die Dunkelheit hinaus. Das Tiger-Riff, ein zerklüftetes Korallenriff stellte für jedes Schiff eine tödliche Gefahr dar.

Krasser war der einzige Seemann, der sich, abgesehen von den Dajak-Fischern, dort hineinwagte. Er konnte jetzt nur die Geschwindigkeit und Fahrtrichtung stetig beibehalten und hoffen, daß alles gut ging.

Zu seinen Füßen scharrte etwas auf den Planken. Er hob Fifi hastig hoch, um sicherzugehen, daß sie nicht zu bellen anfing. Mittlerweile hörte er deutlich das dumpfe Brummen eines langsam laufenden Dieselmotors näherkommen. Auf See war nichts zu sehen. Das Licht des Mondes hinter den Wolken war selbst für seine guten Nachtaugen zu schwach, um irgend etwas zu erkennen. Dem Motorengeräusch nach zu schließen konnte es sich um ein Patrouillenboot handeln, das langsam die Küste entlangtuckerte. Ein bestimmtes Ziel schien es allerdings nicht zu haben, denn sonst wäre es wesentlich schneller gefahren. Statt dessen kroch es verstohlen und langsam dahin. Das konnte nur bedeuten, daß es etwas suchte. Waren es nun Niederländer? Oder Japaner? Krasser hatte keine Ahnung.

Der Matrose bediente weiterhin eifrig das Lot, flüsterte jedoch die Tiefenangaben fast lautlos. Über das Schiff hatte sich eine unheimliche Stille gelegt. Das einzige Geräusch war das Rascheln der Blätter der Tarnung der *Henny*, als vom Land her eine frische Brise aufkam.

Als das Brummen des Dieselmotors weiter näherkam, griff Kapitän Krasser erneut zum Bordtelefon und sagte: »Maschinen stopp!« Kwan Chan gab den Befehl über den Maschinentelegraphen an den Maschinenraum weiter. Krasser fühlte unter den Fußsohlen, wie die Maschinen aufhörten zu vibrieren. Erschrocken stellte er fest, daß gleichzeitig auch der Dieselmotor stoppte.

Wer dort draußen auch sein mochte, er hatte die Maschinen ebenfalls gestoppt, um zu beobachten oder zu horchen. Krasser packte Fifis Schnauze und preßte sie ihr zu. Das Tier begann zu zittern.

Was zum Teufel hatte das verdammte Patrouillenboot veranlaßt, die Maschinen zu stoppen? Hatten die anderen etwas gesehen? Die *Henny* lag bewegungslos im Wasser. Gegen die Vegetation der Küstenlinie war der mit Ästen und Blättern getarnte Küstenfrachter unmöglich auszumachen. Hatten sie vielleicht etwas gehört? Das war eigentlich nur möglich, wenn sie ein unter Wasser installiertes elektronisches Horchgerät besaßen, das die langsamen Umdrehungen der Schiffsschraube der *Henny* registriert haben könnte. Vielleicht war es auch nur Zufall. Patrouillenboote stoppten gelegentlich die Maschinen, um Ausschau zu halten und zu horchen. In diesem Fall würden sie in ein paar Minuten weiterfahren.

Dann stieg Krasser ein leicht ätzender Geruch in die Nase, und er wußte, was passiert war: Auf dem Patrouillenboot mußte man den Rauch aus seinem Schornstein gerochen haben, den vermutlich die vom Land her aufkommende frische Brise aufs Meer hinausgetragen hatte. Und Kohlenfeuerrauch im Dschungel konnte nur eines bedeuten: ein Dampfschiff. Man hatte ihn entdeckt.

Während er weiterhin angestrengt in die Dunkelheit hinausstarrte, glaubte er draußen auf See einen Schatten erkennen zu können. Der Mond warf kurz einen schwachen, bebenden Lichtschein auf die Wasseroberfläche. Krasser sah die Silhouette eines Schiffs mit aufwärtsgeschwungenem Steven und niederem Heck langsam über den Widerschein des Mondes gleiten. Es war ein japanisches Torpedoboot. Vermutlich handelte es sich um dasselbe, das er zwei Tage zuvor von seinem Versteck im Dschungel aus durch das Fernglas beobachtet hatte. Es hatte zwei Torpedorohre und ein Luftabwehrgeschütz an Bord. Falls der Japaner die *Henny* entdeckte, konnte er sie mit einem Torpedo versenken. Alles, womit Krasser das Feuer erwidern konnte, waren sechs antiquierte Gewehre.

Etwas rann warm über seine Brust. Der verdammte Hund pißte vor Angst. Kein Wunder. Es konnte nur noch Minuten dauern, bis die Japaner beidrehten und ihren Suchscheinwerfer anstellten. Plötzlich kam ihm ein verrückter Gedanke. Es war ein Akt der Verzweiflung. Sie lagen hier sowieso für den Japaner wie auf dem Präsentierteller. Mit dem Gefühl, russisches Roulette zu spielen, ließ er Fifis Schnauze los und sagte: »Los, bell schon!«

Der zitternde kleine Köter gab ein schrilles Bellen von sich.

»Los, weiter!«

»Wau-wau! Wau-wau! Wau-wau!«

Der Bug des Torpedoboots schwenkte direkt auf die *Henny* zu, ein Suchscheinwerfer flammte auf, und ein Motor begann zu heulen. Im Widerschein des Schweinwerferlichts wurde eine schäumende hellbräunliche Bugwelle sichtbar. Die Passagiere an Deck der *Henny* begannen laut zu schreien. »Mund halten!« brüllte Krasser, und es wurde augenblicklich still.

Der Scheinwerferkegel glitt über die Küstenlinie, während das Torpedoboot mit dröhnenden Motoren losraste, um das Schiff zu versenken, das es dort irgendwo in einem Versteck vermutete. Der Bug des Torpedoboots rammte bei voller Fahrt splitternd und krachend das Tiger-Riff. Der Suchscheinwerfer erlosch. Ein greller Blitz zuckte über die Wasseroberfläche, dem eine ohrenbetäubende Detonation folgte. Im nächsten Augenblick stand der aufgeblähte Feuerball brennenden Treibstoffs über dem Wasser.

Krasser griff nach dem Schiffstelefon und brüllte: »Langsam Fahrt aufnehmen! Kurs halten!« Und zu seinem Bootsmann gewandt: »Du bleibst am Lot! Wenn wir bei fünf Faden sind, rufst du rauf!«

Damit lief er auf die Brücke zurück. Die Passagiere klatschten begeistert, als er an ihnen vorbeikam, doch er schenkte ihnen keine Beachtung. Krasser ging ins Ruderhaus, um den Kurs zu überprüfen, kletterte zum Kompaß hinauf und fauchte: »Einen Strich abfallen!«

»Einen Strich abfallen«, wiederholte Kwan Chan gehorsam am Ruder.

Dann erschien Baradja in der Tür und flötete: »Drinks gefällig?«

»Ja«, erwiderte Krasser. »Braves Mädchen! Eine Runde Schnaps!«

Krasser watschelte in den Kartenraum hinüber, zog eine Schublade auf und bot Fifi einen Keks von einem Priester an. Sie verschmähte ihn stolz so lange, bis er von einem Atheisten kam.

2

Für Krasser war der gute Ausgang des Zwischenfalls mit dem japanischen Motortorpedoboot einfach nur großes Glück gewesen. Hätte sich die *Henny* nicht ausgerechnet hinter der unsichtbaren Barriere des Tiger-Riffs befunden, wäre sie von den Japanern versenkt worden. Ihre Rettung als Wunder zu bezeichnen, war lächerlich. Aber genau das taten die Passagiere, wie Krasser am darauffolgenden Tag feststellen mußte, als sie tagsüber in der Sappo-Lidi-Bucht ankerten.

Krasser saß im Kartenhaus und hörte Radio, als Baradja mit dem morgendlichen Rachenputzer hereinkam. »Mach die Räucherspirale gegen die Moskitos aus!« sagte Krasser brummig. »Wenn Japaner in der Gegend sind, dann riechen sie das penetrante Zeug im Umkreis von einer Meile.«

»Ich brenne keine Räucherspiralen ab«, wehrte sich Baradja.

»Was ist das dann für ein Gestank?«

»Muß von den Passagieren an Deck kommen. Vielleicht rösten sie Erdnüsse.«

Krasser trat auf die Brücke hinaus, zog scharf die Luft ein, kletterte auf seine Aussichtsplattform und entdeckte an Deck eine kleine Gruppe von dicht beieinander knienden Leuten. Er schlich den Niedergang hinunter, zwängte sich durch Bäume und Äste zum Aufgang, der zur Back führte, tauchte plötzlich hinter der Versammlung auf und fragte barsch: »Was zum Teufel ist hier eigentlich los?«

Die andächtig Betenden sahen überrascht auf. In ihrer Mitte qualmte auf einem Teller eine Räucherspirale.

»Macht gefälligst das Zeug aus!« befahl Krasser. »Und laßt euch ja nicht wieder mit so was erwischen. Den Gestank riecht man meilenweit. Außerdem hat niemand von euch was auf der Back zu suchen. Also verschwindet!«

Trotz blitzte in ihren Augen auf, doch schließlich machte einer von ihnen das glimmende Ende der Räucherspirale mit Daumen und Zeigefinger aus und jammerte dabei vor Schmerz.

»Werft das Zeug über Bord!« schnaubte Krasser. Der Mann gehorchte. Dann machte Krasser dem katholischen Priester ein Zeichen, zu ihm zu kommen. »Sie gehen mit mir. Ich möchte mich mal mit Ihnen unterhalten.«

Der Priester stand widerwillig auf und folgte ihm über das dichtbevölkerte Deck in eine Ecke unter der Brücke, wo niemand sie hören konnte.

»Was denken Sie sich eigentlich dabei, an Bord einfach eine Andacht abzuhalten?« begann Krasser. »Sie haben einen Eid darauf geschworen, diesen Unsinn zu unterlassen. Halten Sie sich lieber daran, mein Freund, wenn Sie nicht wieder im Dschungel landen wollen.«

Der Priester musterte Krasser trotzig. »Es war ein Gedenkgottesdienst für Schwester Ursula. Eine Andacht zum Dank für ihre Fürsprache bei Gott. Sie hat unser Leben gerettet.«

»Sie hat euer Leben gerettet?«

»Ja, indem sie das Kanonenboot in die Luft gesprengt hat. Wenn das kein Wunder gewesen ist, dann...«

»Junge, Junge!« Krasser schüttelte den Kopf. »Nichts als Aberglaube! Wenn Sie schon jemanden nach diesem Wunder danken wollen, dann bedanken Sie sich bei meinem Hund.«

Der Priester ging steifbeinig davon und ließ Krasser mit sehr zweispältigen Gedanken zurück. Sollte er jede Art der Religionsausübung an Bord untersagen oder nur die Benutzung von Räucherspiralen gegen Moskitos verbieten? Vielleicht war es das beste, ihnen noch ein bißchen etwas von ihrem Hokuspokus zu lassen. Es war ihm lieber, sie starben auf den Knien und zu einer toten Nonne betend, als schreiend in den Aufbauten hängend, wenn die japanischen Scharfschützen sie aufs Korn nahmen.

Sollten sie doch ihrem Gott huldigen. Er jedenfalls brauchte jetzt einen Schnaps.

3

Herman Winsum, der diese Szene von seinem privaten Ausguck in seinem Garten der Phantasie aus beobachtete, war fasziniert.

Trotz der strengen Mißbilligung des Kapitäns wurden täglich ein Gedenkgottesdienst für Schwester Ursula und dreimal Betstunden abgehalten. Der Kapitän hatte die Back für Passagiere sperren lassen, so daß sich die Leute zur Andacht am Fuß des Aufgangs versammelten, der dort hinaufführte.

Man hatte das Gefühl, die Geschichte der Christenheit im Zeitraffer mitzuerleben. Die dunkelsten Kapitel waren erreicht, als Mr. Faber, der vielleicht durch seinen makabren Beruf eine sehr realistische Einstellung zur Gläubigkeit der Menschen hatte, emsig damit begann, Zigaretten gegen kleine Stoffstückchen zu tauschen, die angeblich von Schwester Ursulas blutbeflecktem Ordenskleid stammten, das die Nonnen nach ihrer Ankunft mit einem sauberen vertauscht hatten. Pater Sebastian und die Mutter Oberin, denen diese Transaktionen nicht entgangen sein konnten, stellten sich taub und blind. Mr. Fabers Geschäft florierte. Bereits nach wenigen Tagen besaß nahezu jeder an Bord, mit Ausnahme der Kinder, ein solches Stoffstückchen, das wie eine Art Talisman gehütet wurde. Der Grund für die Vergötterung Schwester Ursulas war die Tatsache, daß sie die Zukunft ihrer Seele dem Versprechen des Kapitäns geopfert hatte, nach Borneo zurückzukehren und ihre Kinder zu suchen. Schon deshalb also mußte sie ein Interesse haben, ihn am Leben zu erhalten, damit er sein Versprechen auch erfüllen konnte. Also besaß das Schiff jetzt einen Schutzengel: die heilige Nonne, die wie ein Albatros über ihm schwebte.

Herman konnte es sich leisten, diese Vorgänge mit distanziertem Interesse zu verfolgen. Für Zandstra als Pfarrer bildeten sie allerdings ein Problem, da seine Schäfchen in diese papistischen Geschäfte verwickelt waren. Schließlich jedoch fügte er sich getreu dem Sprichwort »Wenn du sie nicht schlagen kannst, schließ dich ihnen an« und ließ die Seinen schulterzuckend gewähren. Immerhin führten letztendlich alle Wege zu Gott.

Die Ursache für Hermans distanzierte Haltung zu alledem waren Schuldgefühle. Ihn verfolgten die Bilder des kleinen dicken Mr. Palstra mit den leeren Augenhöhlen, in dessen Brillengläsern sich die Sonne spiegelte. Herman war der einzige Überlebende von achtundvierzig Männern, die in den Bergen in den Tod marschiert waren. Es war beinahe so, als hielte ihn das Bewußtsein, für ihr Schicksal verantwortlich zu sein, davon ab, sich wirklich lebendig zu fühlen. Er war sich ihrer Gegenwart ständig bewußt.

Was sollte aus ihm werden? Was sollte er tun, falls die *Henny* je Java erreichte? Konnte er das Leben einfach an dem Punkt wieder aufnehmen, an dem er es im Hotel mit der Nachricht des Managers von der Landung der Japaner unterbrochen hatte? Sollte er Kriegsberichterstatter werden? Und was war mit Mrs. Bohm? Ein unbestimmtes Gefühl sagte ihm, daß sie ebenfalls tot war. Herman war vollkommen allein mit siebenundvierzig Begleitern, die alles beobachteten, was er tat, und jeden seiner Gedanken lasen.

Gelegentlich verspürte er den Wunsch, ihnen in den Tod zu folgen. Es gab Momente, in denen er versucht war, sich durch die Blätterwand der Schiffstarnung zu zwängen und ins Meer zu springen. Was ihn zurückhielt, war die Vorstellung vom Unterwasserleben, nicht wie Odilon Redon es gemalt hatte, sondern Hieronymus Bosch: weiche Saugmünder kugeläugiger Fische, die sich an seiner Haut festsetzten, an den Lippen knabberten, die Josephine Bohm geküßt hatte, und die Augen auffraßen, die soviel Schönes und auch soviel Grauenvolles gesehen hatten.

Er hatte keine Lust mehr weiterzuleben. Es interessierte ihn nicht, ob sie Java letztendlich erreichten, und folglich war er immun gegen den Zauber der heiligen Nonne. Er konnte die Vorstellung nicht akzeptieren, daß ihre Seele das Schiff jetzt beschützte. Die ganze Geschichte hatte nichts Mystisches für ihn: Schwester Ursula hatte mit dem Kapitän ein ganz reelles Geschäft gemacht und würde dafür sorgen, daß er noch so lange lebte, um seine Verpflichtungen zu erfüllen.

An jenem Abend fand er völlig unerwartet Zerstreuung bei Lieutenant Hin, der noch immer im Farbenspind des Bootsmanns im Achterdeck schwitzte und mittlerweile einen Rasputinbart hatte. Der Zwischenfall mit dem japanischen Torpedoboot hatte Hin überraschenderweise veranlaßt, zu kapitulieren. Bis zu jener Nacht hatte er großartige Pfadfindereide geschworen, daß er Krasser enthaupten, erschießen, vergasen oder auf den elektrischen Stuhl setzen lassen wolle, sobald er ihn nur in die Finger bekam. Doch plötzlich sagte er: »Winsum, würden Sie mir einen Gefallen tun? Gehen Sie bitte zu dem Zwerg rauf und richten Sie ihm aus, daß ich mit ihm sprechen möchte. Ich will mich entschuldigen.«

»Wie bitte?«

»Wenn Sie es für sich behalten, erkläre ich Ihnen, was ich vorhabe. Ich möchte dem Kapitän ein Angebot machen: Sobald wir Java erreicht haben, bin ich bereit zu behaupten, ich hätte dieses Schiff offiziell im Namen der Königin beschlagnahmt und Krasser befohlen, Flüchtlinge entlang der Küste aufzunehmen. Natürlich werde ich dafür sorgen, daß Krasser am Ende seine gerechte Strafe bekommt, aber vorher muß er sein Versprechen gegenüber der Nonne einlösen. Und so lange weiche ich nicht von seiner Seite. Danach ist es mir ein Vergnügen, ihn persönlich über den Haufen zu schießen.«

Auf diese Weise wurde Herman nolens volens der Emissär des reuigen Sünders im Farbenspind. Er kletterte die Stufen zur Brücke hinauf und fühlte sich sehr mutig. Es war sein erster Besuch beim Kapitän, und als er oben angekommen war, wußte er nicht, wohin er sich wenden sollte. Sollte er an eine der verschlossenen Türen klopfen? Schließlich ging er zum vorderen Teil der Brücke und sah ins Ruderhaus hinein, das leer zu sein schien. Doch plötzlich fragte eine melodische Stimme: »Ja, bitte?« und eine Gestalt trat aus einer dunklen Ecke. Es war der stets lächelnde chinesische Bootsmaat.

»Ich möchte gern mit dem Kapitän sprechen.«

»Kapitän sehr beschäftigt... Tut mir leid.«

»Es ist wichtig. Richten Sie ihm bitte aus, daß ich ihn unbedingt sprechen muß. Es dauert nicht lange.«

Der Chinese trat ins Sonnenlicht hinaus, warf ihm einen listigen Blick zu, während er unverwandt lächelte, trat vor eine der geschlossenen Türen auf der Brücke und klopfte an. Eine Stimme rief etwas, und der Chinese trat ein. Wenige Minuten später kam er wieder heraus: »Der Kapitän erwartet Sie.«

Herman stieg über eine hohe Schwelle in einen

stockdunklen Raum. Als erstes stieg ihm ein Geruch in die Nase, der ihn an den der Kampong von Banjarmasin erinnerte. Sobald sich seine Augen einigermaßen an den Helligkeitsunterschied gewöhnt hatten, sah er zwei halbnackte Frauen, die auf dem Tisch unter dem Bullauge mit der Schere an einem großen Bogen Papier herumhantierten, aus dem offenbar das Schnittmuster für ein Kleid entstehen sollte. Der Kapitän saß in zerknitterter Hose und Unterhemd auf einem Sessel. Seine ausgestreckten Beine reichten nur knapp bis an die Kante der Sitzfläche.

»Was wollen Sie?«

»Ich ... ehm ... ich habe eine Nachricht von Lieutenant Hin für Sie, Kapitän.«

»Von wem?«

»Von Hin, Sir. Von dem Mann, den Sie in den Farbenspind gesperrt haben.« Herman sah sich in der Kajüte um. Neben der Tür stand ein kleines Harmonium, dessen Tastatur so schmal war, daß sie nur für eine Hand gemacht schien. Sein Blick schweifte weiter zu einer Kommode mit Aufsatz, einem Buffet, das wie ein Altar aussah, in dessen Mitte eine goldene Putte mit Hut und ausgestreckten Armen saß.

»Und?« fragte der Kapitän barsch. »Was hat er mir zu sagen?«

Herman richtete aus, was Hin ihm aufgetragen hatte. Währenddessen flatterte der Beo auf den Tisch, schrie »I love yew« und ließ ein weißes Häufchen auf das Papiermuster fallen, woraufhin die Frauen sofort anfingen laut zu zetern. »Ruhe!« brüllte der Kapitän. Sein Hund rollte sich auf den Rücken und leckte sich die Schnauze. »Wenn du jetzt pinkelst, du Töle, dann schneide ich dir Ohren, Schwanz und Beine ab, und du kannst dein Leben als Wurst beenden!« Krasser griff nach einer Flasche und einem Glas, goß sich einen Drink ein, klemmte die Flasche zwischen seine kurzen Oberschenkel, kippte den Schnaps hinunter und schenkte sich zum zweitenmal ein, bevor er »Kwan Chan!« schrie.

Die Tür ging auf, und der lächelnde Chinese kam herein.

»Ja, Tuan?«

»Laß den Gefangenen im Achterdeck frei.«

»In Ordnung, Tuan.«

»Sonst noch was?«

Herman merkte, daß er gemeint war. »Nein, danke...«

»Gut. Dann verduften Sie.«

Erleichtert trat Herman ins Sonnenlicht hinaus.

4

Nachdem der Chinese gegangen war, starrte Krasser nachdenklich auf die geschlossene Tür. Es war nicht schwer zu erraten, was sie im Schilde führten. Der Lieutenant, der viel von der Nonne gehalten hatte, wollte dafür sorgen, daß er sein Versprechen hielt. Was ihn allerdings verwirrte, war die felsenfeste Überzeugung des Lieutenants und der übrigen Passagiere, daß sie Java erreichen würden. Es mußte doch jedem Idioten klar sein, daß sie überhaupt keine Chance hatten. Trotzdem benahmen sich alle, als befänden sie sich auf einer Kreuzfahrt in Friedenszeiten mit festen Ankunftszeiten.

Es begann in der Kajüte heiß zu werden, und die Frauen waren in zänkischer Laune. Krasser nahm deshalb Flasche und Glas und ging auf die Brücke hinaus. Zuerst kletterte er auf die Aussichtsplattform und ließ seinen Blick prüfend über den Horizont schweifen. Als weit und breit nichts zu sehen war, stellte er zufrieden einen Liegestuhl an Deck auf, um in Ruhe seinen Schnaps genießen zu können, und streckte sich mit einem Seufzer darin aus. Dann begann Fifi neben ihm zu jaulen. Brummig stand er wieder auf, ging ins Kartenhaus, kletterte auf den Hocker, kramte in der Schublade, nahm einen Keks heraus und kehrte damit zum Liegestuhl zurück. Fifi setzte sich erwartungsvoll auf. Ihre schlauen, alten Augen waren jetzt jederzeit bereit, auf den Keks auf ihrer Schnauze zu schielen. »Also gut«, begann Krasser. »Der Keks ist von einem Priester.«

Fifi, die mit dem Keks auf der Schnauze schwankte, weil sie drauf zu schielen versuchte, schnaufte vor Erwartung. »Von einem Priester«, wiederholte Krasser. »Der Keks stammt von einem Priester.« Als Fifi schließlich umzufallen drohte, hatte Krasser Erbarmen mit ihr. »Schon gut, er ist von einem Atheisten.«

Die Hündin warf den Keks in die Luft, doch zum ersten Mal in ihrem Leben gelang es ihr nicht, ihn aufzufangen. Er fiel auf die Deckplanken und rollte davon. Fifi saß starr vor Schreck da und starrte auf etwas hinter Krasser. Der Kapitän wirbelte blitzschnell herum, da er glaubte, der chinesische Bastard stünde mit einem Messer hinter ihm, doch die Brücke war leer. Sämtliche Kajütentüren waren geschlossen, und weit und breit war niemand zu sehen. Der Hund saß weiterhin starr und aufrecht auf den Planken, mit vor Angst weit aufgerissenen Augen. Seine Nackenhaare sträubten sich, und zu seinen Füßen entstand eine Pfütze.

»Was zum Teufel ist denn mit dir los?«

Fifi knurrte und drehte sich dann langsam auf den Hinterläufen um, als verfolge sie etwas mit den Augen, das sich vom Niedergang zum Kartenhaus bewegte und ihr Angst einflößte. Dann schien sich die merkwürdige Erscheinung aus ihrem Sichtfeld entfernt zu haben, denn Fifi legte sich auf den Rükken und leckte über ihren Nasenschwamm.

Die Nummer, die sie abgezogen hatte, war so überzeugend gewesen, daß Krasser sich wieder aus dem Liegestuhl erhob und vorsichtig ins Kartenhaus schlich, um nachzusehen, was dort los war. Doch er konnte nichts Ungewöhnliches entdecken. Fifi mußte eine Wespe gesehen haben.

Schließlich kehrte Krasser zu seinem Stuhl zurück, wo Fifi mit angewidert-hochgezogenen Lefzen ihre Pfütze aufleckte. »Wenn du das noch mal machst, kommst du in die Frühlingsrollen«, schimpfte Krasser.

Fifi machte sich mit eingezogenem Schwanz davon. Krasser saß noch eine Weile in seinem Stuhl, stand dann auf, ging ins Kartenhaus zurück, schaltete das alte Funkgerät ein und schlug einmal mit der Hand darauf. Das vorsintflutliche Gerät begann sofort einen Morsezeichensalat auszuspukken, mit dem Krasser nichts anfangen konnte. Das Durcheinander aus Holländisch, Englisch oder Japanisch war nicht zu verstehen. Krasser hätte gern den Inhalt der Meldungen gekannt. Andererseits war allein die Tatsache, daß sich dort auf See eine ganze Menge von Schiffen zu jagen schien, einigermaßen beruhigend. Krasser wollte vorerst in Reichweite von Radio Batavia bleiben, obwohl er in dessen Nachrichtenmeldungen die Wahrheit über die tatsächliche Lage auch nicht erfahren würde. War Celebes inzwischen in japanischer Hand? Waren die Japaner inzwischen auch auf Java gelandet? Hatten die Holländer Sumatra noch halten können? All diese Fragen waren jetzt von lebenswichtiger Bedeutung, denn am darauffolgenden Tag mußte er endlich entscheiden, ob sie von Pulu Laut direkt Kurs auf Java nehmen oder an der Küste entlang bis zur Straße von Karimata und von dort quer hinüber nach Billiton und Sumatra fahren sollten. Der Weg durch die Javasee war zwar weiter, aber dafür herrschte dort weit weniger Schiffsverkehr als in der Straße von Karimata, einem der befahrensten Seewege in Niederländisch-Indien. Die Vorstellung, auf die offene See hinaus zu müssen, jagte Krasser einen kalten Schauer über den Rücken. Und daran waren nicht allein die Japaner schuld. Krasser war Kapitän eines Küstenfrachters und hatte seit dreißig Jahren nur Küstengewässer befahren.

Er kletterte auf den Hocker und von dort auf den Tisch, zog die große Seekarte des Malaiischen Archipels aus dem Fach, rollte sie auseinander und dachte darüber nach, welche Alternativen es für sie noch gab. Während er noch nachdenklich auf die Karte starrte, krabbelte eine kleine rote Laus von

Balik Papan in südlicher Richtung auf das Blatt. Er wollte das Insekt schon zerdrücken, hielt jedoch einem plötzlichen Impuls folgend inne und wartete, wohin es kriechen würde.

Die Laus krabbelte an der Küste von Borneo entlang nach Pulu Laut, zögerte, drehte sich nach Steuerbord und folgte der Küstenlinie weiter bis Pulu Maja. Dort machte sie erneut kurz halt, drehte sich nach Backbord und überquerte die Straße von Karimata nach Billiton. Von Billiton wandte sie sich nach Banka, krabbelte an der Küste von Sumatra bis zur Sudanstraße und marschierte in den Indischen Ozean hinaus. Dort blieb sie auf stetem Kurs, bis sie vom Tisch fiel.

»Benji?«

Baradja lehnte, eine Zigarette rauchend, im Türrahmen. »Was gibt's?« Sie inhalierte tief, hielt den Rauch eine Weile in den Lungen, atmete aus und sagte: »Die Nonne hat einem kleinen Dajak-Idioten beigebracht, einen Schuh zuzubinden. Sie hat dazu fünf Monate gebraucht. Ist das nicht was? Ich meine für eine Weiße?«

»Zieh Leine!« schimpfte er. »Ich höre Radio!«

Baradja zuckte mit den Schultern und verschwand. Die Morsezeichen überschnitten sich jetzt mit wachsender Geschwindigkeit.

Krasser schaltete das Funkgerät ab. Er war auf sich selbst wütend, weil er, der legendäre Benjamin Krasser, sich von einer Laus verunsichern ließ.

5

Zehn Tage später überquerte die *Henny* die Straße von Karimata: Mit frischen Palmen und Zweigen getarnt schwamm sie wie eine kleine Insel, die sich von der Küste gelöst hatte, über das Meer. Ihre Geschwindigkeit betrug sechs Knoten, und sie war für jedes vorbeikommende Schiff, U-Boot oder Flugzeug nicht zu übersehen. Doch es passierte gar nichts.

Zuerst erschien es allen überraschend, dann ausgesprochen erstaunlich, und gegen Ende des wolkenlosklaren, sonnigen Tages grenzte es schon beinahe an ein Wunder. Trotz des regen und unaufhörlichen Funkverkehrs im Äther kam kein Schiff, kein Flugzeug, einfach gar nichts auf der schimmernden Weite der in der Sonne glitzernden See in Sicht. Das einzige, was die Wasserfläche belebte, war das dampfende, schnaufende alte Schiff, das sich schlingernd durch die See kämpfte und schwankende Palmen, knarrende Mangroven und seekranke Kinder an Bord hatte.

Als die Nacht auf einen Tag folgte, an dem der *Henny* nur spielende Delphine und meterhoch über die Wellen gleitende Fliegende Fische Gesellschaft geleistet hatten, ergriff die Passagiere stille Andacht. Selbst diejenigen waren beeindruckt, die das volle Ausmaß der Gefahr, in die sie sich begeben hatten, gar nicht erkannt hatten. Im Gegensatz zu allen anderen war Kapitän Krasser allerdings nicht bereit, an das Wunder eines Schutzengels zu glauben. Für ihn mußte es eine rationale Erklärung für die Tatsache geben, daß mitten in einem Invasionskrieg die Meerenge frei von jedem Schiffsverkehr war, obwohl aus dem Funkempfänger pausenlos sich überlagernde, verschlüsselte und gemorste Funksprüche tönten. Wäre Krasser mit normalen Beinen geboren worden und nicht seit über dreißig Jahren in atheistischer Logik geübt gewesen, hätte er sich vielleicht wie alle anderen niedergekniet und ein Dankgebet an Schwester Ursula gesprochen.

Als im Morgengrauen die Insel Billiton in Sicht kam, lag der penetrante Geruch von Weihrauch wie eine Dunstglocke über der *Henny*, und an Deck schwirrte es von gemurmelten Gebeten wie in einem Bienenhaus. Es mußte irgendeine vernünftige Erklärung dafür geben, daß eine der befahrensten Wasserstraßen im Fernen Osten an jenem Tag wie leergefegt gewesen war. Krasser jedoch bekam keine Antwort auf seine vielen Fragen, denn in der folgenden Nacht verstummte das Funkgerät.

Die *Henny* begann ihren gemächlichen Weg an der Küste Sumatras entlang, wie sie schon Borneos Küsten befahren hatte: Sie glitt nachts am Saum des Dschungels entlang und lag tagsüber in einer versteckten Bucht oder einer Flußmündung vor Anker. Krasser empfing mit seinem Funkgerät wieder Radio Batavia, und eine Woche später klärte sich das vermeintliche Wunder schließlich auf: Am Tag, als die *Henny* in der Straße von Karimata unterwegs war, hatte in der Javasee eine Schlacht zwischen den Japanern und den Alliierten stattgefunden. Obwohl Radio Batavia das Märchen von anhaltendem Widerstand der Holländer gegen die Invasoren aufrechtzuerhalten versuchte, ging selbst aus den geschönten Meldungen hervor, daß die Alliierten auf See geschlagen worden waren, daß Java und mit ihm das gesamte Niederländisch-Indien gefallen war. Das bedeutete, daß die *Henny* den Japanern direkt in die Arme lief, wenn sie Kurs auf Java nahm.

Krasser verbrachte viele Stunden auf seinem Hocker, starrte auf Seekarten, errechnete auf kleinen Zetteln diverse Kurse, schlug Entfernungen in den entsprechenden Tabellen nach und studierte meteorologische Karten des Indischen Ozeans. Schließlich mußte er die Tatsache zur Kenntnis nehmen, daß der nächste nicht von Japanern besetzte Hafen Onslow in Australien war.

Kurs auf Australien zu nehmen, war für ein Schiff wie die *Henny* heller Wahnsinn. Abgesehen davon, daß dieser altersschwache Kübel auf dem Indischen Ozean nichts zu suchen hatte, bedeutete eine Fahrt nach Australien, daß sie sechs Tage und sechs Nächte für jedes Patrouillenschiff oder Aufklärungsflugzeug deutlich sichtbar auf offener See verbringen mußten. Die einzige Alternative für Krasser war jedoch, mit circa fünfzig Erwachsenen und Kindern an Bord irgendwo am Rand des Dschungels von Sumatra das Ende des Krieges abzuwarten, aber das war vollkommen unmöglich. Krasser blieb nur die Fahrt aufs offene Meer.

Als erstes jedoch mußte er die *Henny* sicher durch die Sundastraße bringen, und das allein war eine schwierige Aufgabe. Er kannte zwar die Küste Borneos wie seine Hosentasche, doch hier vor Sumatra mußte er ständig mit dem Lot arbeiten und die Hälfte seiner Zeit bei schlechtem Licht über seinen Seekarten zubringen und herauszufinden versuchen, welche Position sie jeweils hatten. Es gelang ihm zwar, die eingezeichneten Flachwasser und Riffe zu umschiffen, doch er mußte jeden Augenblick damit rechnen, auf ein Riff zu stoßen, das nie kartiert worden war, und das lediglich die einheimischen Fischer kannten. Allein diese Belastungen hätten ausgereicht, sich ein Magengeschwür zuzuziehen, aber wenigstens lenkten sie Krasser von düsteren Gedanken an die Japaner und ihre Spione ab, die mittlerweile ganze Stämme für sich rekrutiert haben mußten. Überall hinter der dichten, grünen Blätterwand des Dschungels oder auf

Steinen in Flußmündungen konnten sie sitzen, sich die Füße kühlen, aufs Meer hinausblicken und eine merkwürdige Insel sehen, die in gleichmäßigem Tempo vor ihnen vorbeiglitt. Krasser hoffte, sie würden auf diese Vision reagieren wie Fifi auf die Wespe: sich ihre Sarongs naß machen und eiligst im Dschungel verschwinden.

Am Abend der fünften Nacht näherte sich die *Henny* einem Riff, das Krasser auf der Karte wie der Plan eines Felsengartens anmutete. Er begann damit, einen Kurs durch dieses gefährliche Gewässer auszuarbeiten, entschied jedoch dann, daß es das geringere Übel war, das Riff in großem Bogen zu umfahren und dann wieder zur Küstenlinie vorzustoßen. Das bedeutete, daß sie sich aufs offene Meer hinauswagten, aber das war eben nicht zu ändern. Er wollte gerade den Befehl zur Kursänderung geben, als sich die *Henny* in den Wellen leicht zur Seite neigte, und Krassers Bleistift über die Karte zu rollen begann. Er sprang zum Tisch zurück, um ihn aufzufangen, bevor er zu Boden fallen konnte, mußte jedoch feststellen, daß er genau auf dem Kurs liegengeblieben war, den er bereits durch das Riff einzuzeichnen begonnen hatte. Er legte ihn in die Kartenmitte zurück und wandte sich zum Gehen. Kaum hatte er einen Fuß vom Hocker genommen, krängte die *Henny* erneut. Er hörte den Bleistift über die Karte rollen und drehte sich unwillkürlich um: Der Stift lag zum zweitenmal auf der von ihm durchs Riff gezeichneten Linie. Es war verrückt! Diesen Kurs einzuschlagen bedeutete, daß er wie ein Wahnsinniger zwischen Karte, Kompaß und Bordtelefon hin- und herlaufen mußte. Dennoch entschied er sich schließlich dafür, das Wagnis einzugehen.

Die *Henny* befand sich mitten in diesem Irrgarten, als der Ausguck drei Strich Backbord Maschinengeräusche meldete. Krasser befahl sofort, die Maschinen zu stoppen, und schickte Kwan Chan hinunter, um die Passagiere anzuweisen, sich absolut ruhig zu verhalten. Es war eine leichte Brise aufgekommen, die den Rauch aus dem Schornstein der *Henny* in Richtung Küste wehte. Auf See konnte ihn diesmal also niemand riechen. Außerdem waren sie mittlerweile so dicht an der Küste, daß man sie praktisch nicht sehen konnte.

Das Motorengeräusch stammte von einem Zerstörer, ein Japaner zweifellos, der mit halber Kraft voraus an ihnen vorbeiglitt und gelegentlich mit seinem Suchscheinwerfer die Küste ableuchtete. Alle an Deck und auf der Brücke hielten den Atem an, während sie seine Silhouette gespenstisch über die Wasseroberfläche ziehen sahen. Als der Suchscheinwerfer des Zerstörers schließlich erneut aufflammte, war er längst an der *Henny* vorbei.

Erleichtert, aber mit noch größerer Vorsicht steuerte Krasser sein Schiff auch die restliche Strecke durch das Gewirr von Felsen und Riffen. Er war schon oft genug nur mit knapper Not davongekommen, um sich Spekulationen darüber hinzugeben, was passiert wäre, wenn er an der einen oder anderen Stelle das Ruder nur ein bißchen weiter nach Backbord oder nach Steuerbord gedreht hätte. Diesmal jedoch war ihm nur allzu bewußt, daß der Zerstörer geradewegs auf die *Henny* zugelaufen wäre, wenn er das Riff in weitem Bogen umfahren hätte.

Hätte Fifi an Deck nicht die Vorstellung wegen der Wespe gegeben, hätte er keinen einzigen Gedanken daran verschwendet. Doch mittlerweile mußte er sich eingestehen, daß er seine Entscheidung bezüglich des Kurses nur aufgrund des verdammten Bleistifts geändert hatte. Der Glaube, eine Geistererscheinung könne einen rollenden Bleistift lenken, schien absurd zu sein. Und trotzdem war wohl gerade das geschehen.

Fifi spähte über die Schwelle. Sie hatte den Kopf leicht zur Seite geneigt und sah ihren Herrn demütig an. »Scher dich zum Teufel, du Biest!« schrie Krasser. »Hol dir deinen Hundekuchen beim Koch ab. Du bleibst bis Australien in der Kombüse!«

Der Hund verschwand im fahlen Licht des dämmernden Morgens.

Australien, überlegte Krasser. Das würden die nie schaffen. Sie würden alle über die Klinge springen, wenn er den undichten alten Frachtkahn auf den Indischen Ozean hinaussteuerte.

Dann fiel ihm plötzlich wieder die rote Laus ein. Sie war nach der Sundastraße in südlicher

Richtung über das offene Meer auf seiner Karte gelaufen und geradewegs über die Tischkante gekippt.

Donnerwetter, er war genauso abergläubisch wie das übrige Pack. Als nächstes würden sich ihm vermutlich noch wie Fifi die Nackenhaare aufstellen. Die verdammte Nonne hatte seinen einst stolzen und unabhängigen Verstand auf den eines Hundes reduziert.

6

Das Glück der *Henny* hielt an. Die Tatsache, daß sie unbehelligt die Küste von Sumatra und die Sundastraße passieren konnten, war Krassers seemännischem Geschick zu verdanken. Die Passagiere schrieben das Schwester Ursula zu. Während das Schiff im Schutz der Dunkelheit an der von dichtem Urwald bewachsenen Küste Sumatras entlangfuhr und sich tagsüber in Buchten und Flußmündungen versteckte, betete jeder zum Schutzengel der *Henny*.

Nachdem sie die Küstengewässer verlassen hatten, wurde die Tarnung des Küstenfrachters entfernt. Als erstes nahm man die Lianen vom Ladebaum, den Wanten und der Reling und warf sie über Bord. Während sie langsam wie Trauerkränze bei einer Beerdigung im Kielwasser versanken, löste man die Mangroven von den Winden, vom Aufgang zur Back und von den Ladevorrichtungen auf dem Achterdeck. Sie nahmen denselben Weg wie die Lianen. Zum Schluß kippte man die schlanken Palmen kopfüber ins Meer.

Herman beobachtete all das mit gemischten Gefühlen. Die letzten Reste des Dschungels im vergänglichen Kielwasser der *Henny* versinken zu sehen, gab ihm das Gefühl, eine neue Wirklichkeit habe für ihn begonnen. Plötzlich sagte neben ihm eine Stimme: »Na, Gott sei Dank, sind wir das Zeug los!«

Es war Zandstra mit triumphierender Miene. »Ich bin froh, daß es endlich soweit ist. Vielleicht fängt jetzt wieder ein normales Leben an.«

Herman wußte nicht recht, wie der Pastor das meinte, wandte sich deshalb schweigend ab und schlenderte über das leere Deck, das plötzlich viel kleiner wirkte. Auf dem Achter lehnte er sich über die Reling und starrte zum fernen Horizont hinüber. Es war, als sei Herman erst jetzt richtig erwacht. Er erlebte ein merkwürdiges Gefühl. Obwohl die Tarnung erst eine knappe Stunde zuvor abgeräumt worden war, schien es bereits, als sei das Vergangene nie geschehen. Plötzlich wurde Herman klar, daß ihm wohl niemand, der nicht selbst dabei war, die Geschichte von ihrer Fahrt zur Küste Sumatras glauben würde. Und irgendwie war auch er nicht sicher, daß sie wahr war.

Er starrte weiter aufs offene Meer hinaus, und fragte sich, welcher seltsame Zauber ihn bisher gefangengehalten hatte, als Faber, der Leichenbestatter, zu ihm trat: »Na, sind Sie nicht auch erleichtert?«

»Ich weiß es nicht«, erwiderte Herman, während sein Blick über den leeren Horizont schweifte. »Dort draußen sind irgendwo die Japaner. Und jetzt sind wir viel leichter für andere Schiffe auszumachen als zuvor.«

Faber klopfte ihm väterlich auf die Schulter. »Seien Sie nicht so pessimistisch, junger Freund. Das Schlimmste haben wir hinter uns.« Vermutlich war das die Floskel, mit der er auch die Verwandten seiner »Kunden« tröstete.

Faber schlenderte, die Hände auf dem Rücken, davon. Viele Passagiere machten jetzt Spaziergänge an Deck. Herman beobachtete, wie sie auf- und abmarschierten, Kniebeugen und Liegestützen machten. War er derjenige, der verrückt war? War die Gefahr auf einem ungetarnten Schiff allein auf dem großen Ozean im hellen Tageslicht nicht unverhältnismäßig größer, als während der Nachtfahrten auf der kleinen Insel am Saum des Dschungels entlang?

Im Lauf des Tages mußte Herman feststellen, daß alle stillschweigend übereingekommen waren, daß die Geschichte der *Henny* in der Presse erscheinen müsse. Er wurde in eine Unterhaltung zwischen Zandstra und dem katholischen Priester verwickelt und hörte Pater Sebastian sagen: »Für uns Geistliche war es eine unangenehme Erfahrung, aber ich verstehe jetzt, weshalb der Kapitän die Disziplin an Bord auf seine Weise sichern mußte.«

Wenige Stunden, nachdem man die Tarnung aufgegeben hatte, schien unter den Passagieren einhellige Meinung zu herrschen, Kapitän Krasser sei ein ungeschliffener Diamant, der sein Leben und sein Schiff aufs Spiel gesetzt hatte, um seine Landsleute vor dem sicheren Tod zu retten. Die Bemühungen des alten Seebären, die Passagiere nach den Entbehrungen der vergangenen Tage zu verwöhnen, waren ausgesprochen rührend gewesen: Es gab improvisiertes malaiisches Essen mit *bami* und *nasi-goreng*. Als erfahrener Seemann hatte er sich natürlich geweigert, eine andere Autorität neben seiner eigenen anzuerkennen. Doch wie originell er dabei vorgegangen war! Und wie weise und einfühlsam die an Bord anwesende Geistlichkeit die Notwendigkeit dieser Maßnahme erkannt und akzeptiert hatte! Wenn jemand eine Auszeichnung durch die Königin verdiente, dann der rauhbeinige Kapitän Krasser, der Seeheld bester niederländischer Tradition! So wurde mittlerweile an Bord geredet.

Was Herman dabei verblüffte, war die Tatsache, daß diesem Sinneswandel eine Abwendung von Schwester Ursula als der Schutzpatronin des Schiffes vorausgegangen war. Unterhalb der Back fanden keine stillen Gebete mehr statt, und es wurden auch keine Weihrauchkerzen mehr abgebrannt. Aus aufgeschnappten Gesprächsfetzen wurde Herman klar, daß man Schwester Ursulas Persönlichkeit auf die einer einfältigen, lieben Frau reduziert hatte, während Kapitän Krasser zum Nationalhelden avanciert war. Wie großzügig vom Kapitän, sie gewähren zu lassen, sagte man jetzt. Und natürlich konnte kein vernünftiger Mensch verlangen, daß ein Mann ein völlig absurdes Versprechen einhielt. Außerdem waren die armen, geistig behinderten Kinder sicher längst im Dschungel ums Leben gekommen.

Selbst Hin schien seine rachedurstigen Beteuerungen im Farbenspind vergessen und die Rolle als Testamentsvollstrecker Schwester Ursulas abgelegt zu haben. Im übrigen gelangte Hin bei den Damen zu großer Beliebtheit. Hin war nämlich ein virtuoser Mundharmonikaspieler. Er hatte eines Tages ein Kind auf seiner mitgebrachten Mundharmonika spielen hören, es gebeten, das Instrument einmal ausprobieren zu dürfen und daraufhin eine Interpretation einer Bachschen Toccata zum besten gegeben, die selbst Paganini in die Knie gezwungen hätte. Nach diesem großartigen Einstand entzückte Hin die Damen laufend mit Imitationen von Zigeunergeigern, abfahrenden Lokomotiven und auch Schreibmaschinengeklapper. Und das alles bewerkstelligte er auf einer billigen, mit Zwergen verzierten Mundharmonika. Seine musikalischen Darbietungen zogen die Frauen an wie der Honig die Bienen. Angesichts seiner neuen Stellung an Bord mußte es für ihn natürlich schwierig sein, seine hingebungsvolle Bewunderung für eine ansonsten fallengelassene Heilige aufrechtzuerhalten. Es war klar, daß die Allgemeinheit Kapitän Krasser von seinem Schwester Ursula gegebenen Versprechen losgesprochen hatte. Statt dessen planten die Passagiere, ein Schreiben an die Königin aufzusetzen und die Bitte vorzutragen, Kapitän Krasser als Dank für ihre bald zu erwartende legendäre Rettung in den Adelsstand zu erheben.

Herman wurde bewußt, daß zusammen mit den Lianen und den im Wind raschelnden Palmen ihrer Tarnung auch die Gespenster verschwunden waren, die auf ihrer schwimmenden Urwaldinsel gespukt hatten. Während die langsame, aber starke Schiffsschraube der *Henny* sie der Zivilisation allmählich näher brachte, schüttelten sie die Schrekken der jüngsten Vergangenheit ab. Nach drei Tagen war von alledem nur noch eine aufregende Geschichte übrig geblieben, die dazu dienen würde, die Kinder zu erbauen und die Enkelkinder wohl ungläubig schauen zu lassen. Herman gelang es, die Vergangenheit länger als die andern in realistischer Art und Weise lebendig zu erhalten, denn jedesmal wenn er in das Kielwasser des Schiffes starrte, entdeckte er in den beiden am Horizont zusammenlaufenden Schaumkämmen die Männer von Rauwatta, die mit leeren Augenhöhlen stumm bittend zu ihm aufsahen. Doch auch ihre Bilder wurden immer schwächer; während Lieutenant Hin den Hummelflug spielte, und Frauen kicherten und sich im Takt wiegten, fing Pfarrer Zandstra an, seine Memoiren zu schreiben; Mr. Faber nahm Wetten bezüglich des Datums ihrer Ankunft in Australien entgegen, und Mrs. de Winter startete eine Kampagne, die dem

Ziel diente, die beiden Frauen des Kapitäns dazu zu bewegen, vor der Rückkehr in die Zivilisation ihre nackten Brüste zu bedecken. Die Nonnen sangen rührende Liedchen über die Albigenser, die man im Namen von Jesus Christus gehängt hatte; Pater Sebastian, der Länge nach ausgestreckt in seiner Soutane, hielt auf der ersten Ladeluke seinen Mittagsschlaf und sah dabei aus wie das Steinbild eines Bischofs auf einem Grab.

Als sich Herman von der Vergangenheit abwandte, begann er vorsichtig, über die Zukunft nachzudenken. Zuerst erschien ihm diese wie eine nebulöse Vision, während er mit offenen Augen unter dem Nachthimmel lag: Er sah Josephine Bohm, die sich zwischen den Sternen auszog. Das Bild war so lebendig und verheißungsvoll, daß er plötzlich wieder glauben konnte, daß sie noch lebte.

In dem Gefühl, sie verraten zu haben, versuchte er in dieser Nacht einen Traum zu planen: Josie und er allein und nackt am weißen Sandstrand in einer friedlichen Welt.

Statt dessen träumte er, er stünde auf dem Aufgang zur Treppe und wolle mit Kapitän Krasser sprechen, werde jedoch zum Warten gezwungen, weil Schwester Ursula die Stufen herunterkam. Sie rauchte eine Pfeife, von der nur der für das Kampong typische süßliche Geruch zurückblieb, nachdem sie verschwunden war.

7

Die einzige, die an Schwester Ursulas Anwesenheit auch noch weiterhin glaubte, war Fifi, der Schiffshund an Bord der *Henny*. Bevor Krasser sich dessen allerdings bewußt wurde, gab es einige Vorfälle, die rückblickend eigentlich ganz normal erschienen, jedoch zum Zeitpunkt des Geschehens einiges Aufsehen erregten.

Zuerst passierte die Sache mit der Stahltrosse der Winde des ersten Ladebaums, mit dessen Hilfe man die großen Palmen der Tarnung über Bord befördert hatte. Während der gesamten Aktion war das Deck für die Passagiere gesperrt gewesen, doch Krasser, der aus Angst, die chinesischen Tölpel könnten die Ventilatoren beschädigen oder das Ruderhaus mit einer Palme streifen, die Aktion persönlich überwacht hatte, war unter dem Ladebaum ständig hin- und hergelaufen. Als alle Palmen über Bord gegangen waren und der Ladebaum wieder fest verankert worden war, machte sich der zweite Maschinist daran, die Stahltrosse zu reinigen und zu ölen.

Krasser schmuste mit Amu in einer Ecke des Kartenhauses, als plötzlich der Ruf des zweiten Maschinisten ertönte: »Tuan, Tuan... sehen Sie sich das an!«

Fluchend ordnete Krasser seine Kleider, trat auf die Brücke hinaus und stieg auf die Aussichtsplattform, um nachzusehen, was passiert war. Unten stand der zweite Maschinist und hielt das ausgefranste Ende der Stahltrosse in die Höhe. »Es war gerissen, Tuan!«

Daß die Trosse nicht in Ordnung war, war kaum zu übersehen. Sie war zwar nicht gerissen, wie der zweite Maschinist behauptet hatte, sondern aus der Klemmschraube gerutscht, mit der sie an der Winde befestigt gewesen war, doch nach genauer Überprüfung stellte sich heraus, daß sich dieser Vorgang schon längere Zeit angekündigt hatte. Eine logische Erklärung dafür, daß der Ladebaum stundenlang in Benutzung gewesen war, ohne herunterzukrachen und Kapitän Krasser zu erschlagen, gab es nicht. Krasser tat den Vorfall mit einem Schulterzucken als einen jener glücklichen Zufälle ab, ohne die ein Seemann in seinem Beruf nicht alt werden konnte.

Rückblickend war auch die zweite Episode nichts als Glück gewesen. Als Kapitän Krasser eines Nachts über der Reling auf der Brücke lehnte, bekam er Besuch von seinem Beo, der ein großes Bedürfnis nach menschlicher Gesellschaft bewies, seit die Tarnung der *Henny* weggeschafft worden war. Der Beo flatterte aus der Kajütentür, nachdem er von den beiden Frauen aus irgendeinem Grund vertrieben worden war, und ließ sich neben Krasser auf der Reling nieder. Nachdem er seinen üblichen Spruch »I love yew!« gekrächzt und den für ihn typischen Pfeifton ausgestoßen hatte, und damit nicht mehr aufhören wollte, brüllte Krasser: »Halt's Maul!« Doch der Vogel starrte nur unverwandt mit leicht zur Seite geneigtem Kopf und großen Knopfaugen auf den Ventilator auf der Steuerbordseite und pfiff unaufhörlich weiter, als wolle er sein Revier gegen einen Eindringling verteidigen. Würde Krasser nicht gerade an dieser Stelle gestanden und der Beo sich nicht ausgerechnet neben ihm niedergelassen haben, hätte er den Eindringling, durch den der Vogel sein Revier bedroht sah, nie bemerkt. Jetzt erst hörte er zwischen den Pfeiftönen des Beos ein rhythmisches Quietschen, das aus dem Ventilator kommen mußte. Es war so leise, daß er sich anstrengen mußte, es aus dem Zischen und Stampfen der Schiffsmaschine herauszuhören, das durch den Ventilator an Deck drang. Nach einer Weile ging er hinunter, um sich die Sache näher anzusehen.

Er stieg in die glühendheiße Hölle des Maschinenraums hinab, in dem es penetrant nach Schmieröl und verbrauchtem Dampf stank und das stetige Stampfen der Kolben alles vibrieren ließ. Aufgrund des ohrenbetäubenden Lärms dort unten war es ihm jedoch unmöglich, festzustellen, woher das Quietschen kam. Er nahm deshalb seinen ersten Schiffsingenieur mit zum Ventilator an Deck und wies ihn an, sich dessen Geräusche genauer anzuhören. Beide kamen danach zu dem Schluß, daß mit der Schiffsmaschine etwas nicht stimmen konnte. Die Frage allerdings war, wo die Ursache des Übels lag.

Gemeinsam stiegen sie wieder in den Maschinenraum hinunter und begannen sämtliche Verbindungsteile, Kolbenstangen und Kolbenstangenkupplungen zu überprüfen und fanden endlich die Quelle des seltsamen Quietschens: eines der Lager der Propellerwelle wurde nicht mehr richtig geschmiert und begann heißzulaufen. Normalerweise konnte man diesen Mangel aufgrund des geschlossenen Ölbehälters von außen nicht erkennen. Es hätte keine Stunde mehr gedauert, bis die Propellerwelle blockiert hätte und das Schiff manövrierunfähig gewesen wäre. Den Defekt mit einer Speckseite zu beheben, wie er das schon in ähnlichen Fällen getan hatte, war nicht möglich, denn sie hatten keinen Speck, sondern nur noch Büchsen mit Hundefutter an Bord.

Krasser kehrte sehr nachdenklich auf die Brücke zurück, verfütterte an den Beo eine Handvoll Erdnüsse und sann über die Begleiterscheinungen des Vorfalls nach. Die Vorstellung, mit der *Henny* manövrierunfähig im Indischen Ozean zu treiben, verdrängte er lieber. Was auch immer der Grund sein mochte, sie hatten eine Glückssträhne.

Einige Tage später richtete sich Fifi, die friedlich neben seinem Liegestuhl an Deck geschlafen hatte, plötzlich steil und mit aufgestellten Nackenhaaren auf und verfolgte eine unsichtbare Erscheinung auf dem Weg zum Kartenhaus. Es war dasselbe Schauspiel, das die Hündin schon einmal vor der Küste Sumatras geboten hatte. Die seltsame Erscheinung mußte ihr inzwischen allerdings vertrauter vorkommen, da sie diesmal keine Pfütze an Deck hinterließ. Krasser fragte sich lediglich, was zum Teufel das Tier gesehen haben könnte.

Auf hoher See gab es keine Wespen. Trotzdem beschloß Krasser nachzusehen, ob sich ein anderes Insekt ins Kartenhaus verirrt hatte. Während er noch im Türrahmen stand und sich aufmerksam umsah, hörte er plötzlich eine leise Stimme: »Achtung, Achtung! An alle Schiffe! An alle Schiffe!«

Die Stimme kam aus dem Funkempfänger. Krasser drehte die Lautstärke höher, denn der Sprecher war aufgrund zahlreicher Überlagerungen im Funkverkehr kaum zu verstehen, als er fortfuhr: »Wir unterbrechen die Funkstille nur für eine einzige Warnung. Ich wiederhole: nur für diese Durchsage: Im Indischen Ozean sind japanische Zerstörer in einem Gebiet zwischen 110° Ost, 130° West, 10° Süd und 30° Nord auf Patrouillenfahrt unterwegs. Alle Schiffe mit Kurs auf Australien werden dringend gebeten, dieses Gebiet bis auf weiteres zu meiden.« Danach tönte aus dem Funkempfänger nur noch das übliche Knacken und Knattern.

Krasser starrte zuerst ungläubig auf das altersschwache Gerät und trat dann hastig an den Kartentisch. Er mußte sofort eine Kurskorrektur vornehmen und sich von jetzt an wesentlich weiter südlich halten, was allerdings bedeutete, daß Onslow als Hafen nicht mehr in Frage kam. Er mußte in südlicher Richtung bis zum dreißigsten Längengrad, und dort war der erstbeste Hafen Perth.

Konkret hieß das, daß sie eine weitere Woche unterwegs sein würden, aber das war noch immer besser, als auf dem Weg nach Onslow von einem japanischen Zerstörer aufgebracht zu werden. Was wäre geschehen, wenn er nicht zufällig das Kartenhaus betreten und die Nachricht gehört hätte? Der Funkempfänger war so leise eingestellt gewesen, daß man ihn auf der Brücke nicht hören konnte. Kwan Chan mußte während seiner Wache daran herumgespielt haben. Krasser stellte den Chinesen deshalb zur Rede, doch der hinterlistige Kerl leugnete hartnäckig, den Funkempfänger auch nur angerührt zu haben. Wenn man diese Chinesen mit belastenden Beweisen konfrontierte, logen sie alle das Blaue vom Himmel herunter. Trotzdem mußte jemand das Radio eingestellt gelassen haben, und das konnte nur Kwan Chan gewesen sein. Aber wie dem auch sein mochte: Sie hatten wieder einmal Glück gehabt.

Während sich der Kapitän ihrer Glückssträhne nur allzu bewußt war, benahmen sich die Passagiere völlig indifferent, so als sei alle Gefahr überstanden. Die Kinder spielten ausgelassen auf sämtlichen Decks, die Frauen sonnten und unterhielten sich, die Männer saßen in Gruppen im Schatten, spielten Karten oder sprachen über die Zukunft, wobei sie offensichtlich nie daran dachten, das Schiff könne untergehen oder in Brand geraten. Allein die Vorstellung, welch erbitterten Kampf es um die Rettungsboote unter den Überlebenden geben würde, war für Krasser ein Alptraum. Unaufhörlich schweifte sein Blick besorgt und wachsam über den Horizont.

Selbst das Hundefutter wurde wieder ein Thema. Diesmal allerdings, weil die Rationen gekürzt worden waren, um auch noch für eine weitere Woche auf See Vorräte zu haben. Sollten die Männer nicht mehr erhalten als die Frauen? Konnte der Kapitän nicht noch etwas anderes Eßbares auftreiben? Befand sich an Bord keine Notration Haferflocken, wie das bei allen von der Regierung zugelassenen Schiffen obligatorisch war, wie Mr. Faber behauptete. Weshalb konnte man die Rationen nicht mit etwas Getreidebrei anreichern? Der Kapitän musterte den Abgesandten der Passagiere mit düsterer Miene. Die Menschheit war ihm würdevoller erschienen, als die Passagiere noch die Nonne verehrt hatten.

Während die Tage zäh vorübergingen, wurde Krasser immer unruhiger. Irgend etwas lag in der Luft. Er hatte das Gefühl, daß die *Henny* beobachtet wurde. Vielleicht von einem Aufklärungsflugzeug? Doch es war weder ein Motorengeräusch zu hören, noch eine Maschine am Himmel zu sehen. Vielleicht ein U-Boot? Auch dafür gab es keine sichtbaren Anzeichen, doch Krassers sechster Sinn hielt ihn rund um die Uhr auf der Brücke. Unaufhörlich beobachtete er die träge Weite des Meeres.

Am fünften Tag glaubte er schließlich bei Einbruch der Nacht ein Glitzern am Horizont zu entdecken. Krasser glaubte darin die Sonne zu erkennen, die sich im Fenster des Ruderhauses eines Schiffes spiegelte. Die Dunkelheit brach schnell herein. Krasser starrte angestrengt auf die Stelle, bis er nichts mehr sehen konnte. Sein sechster Sinn wurde fast zur Panik, als zehn Minuten später sämtliche Positionslaternen aufflammten und eine Frauenstimme rief: »Benji! Drinks sind fertig!«

»Blöde Nutte!« Krasser war mit einem Satz am Schalter im Kartenhaus. Doch bevor er ihn erreichte, flammte steuerbords ein Suchscheinwerfer auf und ein Lautsprecher krächzte: »Gut gemacht, Kapitän. Ich hätte Sie jetzt beinahe versenkt. Welche Ladung haben Sie an Bord? Wie ist Ihr Kurs?«

Mit zitternden Knien stolperte Krasser zur Reling und antwortete durch sein Megaphon: »Wir sind mit vierundfünfzig Passagieren nach Perth unterwegs. Und wer seid ihr?«

»Australische Fregatte H.M.S. *Brisbane*!« kam die Antwort über den Lautsprecher. »Stoppen Sie die Maschinen! Ich komme an Bord.«

Minuten später tauchte ein Motorboot der Marine voller Matrosen im Licht des Suchscheinwerfers auf. Kwan Chan warf die Strickleiter über die Reling, ein Korvettenkapitän der Königlich-Australischen Marine kam an Bord. Er trug weiße Shorts, weiße Kniestrümpfe, ein kurzärmeliges Hemd mit Epauletten und Tennisschuhe. »Hallo, allerseits!« begrüßte er Krasser händeschüttelnd, nachdem er sich von seiner ersten Überraschung über die Körpergröße seines Gegenübers wieder erholt hatte. »War verdammt reaktionsschnell von Ihnen, Ihr Schiff in dem Augenblick zu beleuchten, als Sie mich gehört haben! Eine Minute später hätten wir das Feuer eröffnet!«

»Aber warum denn?«

»Na, Sie müssen doch wissen, daß Schiffe unterhalb des dreißigsten Längengrades beleuchtet sein müssen, oder? Wir haben Sie für einen Japaner gehalten.«

In diesem Augenblick kam Kwan Chan mit der Schnapsflasche und Gläsern. Der Offizier kippte den Schnaps hinunter, blies die Backen auf und atmete mit Tränen in den Augen langsam wieder aus. »Donnerwetter! Was ist denn das für ein Zeug?«

Krasser erklärte ihm die Zusammensetzung seiner Hausmarke. Die beiden tranken noch einige Gläser miteinander, dann verabschiedete sich der Australier. Die *Brisbane* wollte der *Henny* solange Geleitschutz geben, bis ein anderes Kriegsschiff sie übernehmen und in den Hafen von Perth eskortieren konnte. Dem Kommandanten des Zerstörers hatte die Geschichte des holländischen Küstenfrachters, der als Insel getarnt fünfzig Überlebende der japanischen Invasion Borneos direkt unter der Nase der Japaner nach Australien geschmuggelt hatte, sehr imponiert. »Großartige Aktion, Käpt'n! Sobald ich in Fremantle bin, erzähle ich Ihre Story! In welcher Verfassung sind Ihre Passagiere?«

Krasser erwiderte, es gehe ihnen gut, und daß er hoffe, jemand würde sie ihm so bald wie möglich abnehmen.

Der Korvettenkapitän grinste. »Keine Angst, alter Junge. Die Damen des Roten-Kreuz-Korps ›St. John‹ werden sich Ihrer mit Begeisterung annehmen. Wenn Ihre Passagiere erst mal an Land sind, werden sie rumgereicht wie kostbare Schmuckstücke.«

Später in dieser Nacht, als Kwan Chan am Ruder stand und den Kurs der *Henny* am Hecklicht der Fregatte orientierte, rief Krasser Baradja zu sich und machte ihr die Hölle heiß. Das ganze Schiff wie einen Christbaum zu beleuchten, hätte sie das Leben kosten können, behauptete er wütend. Baradja wehrte sich und entgegnete, sie habe nur das Licht im Kartenhaus anmachen wollen und könne überhaupt nicht verstehen, weshalb sie die Schalter verwechselt hatte.

»Aber wie bist du nur auf die Schnapsidee gekommen, mitten während einer Wache Drinks zu servieren? Das war auf meinem Schiff immer schon tabu!«

»Aber du hast doch nach Drinks verlangt! Du hattest sie immerhin bestellt, Benji!«

»Ich habe was?«

»Du hast doch gerufen: ›Baradja, bring die Drinks!‹«

»Du bist dumm und schusselig!« schimpfte Krasser. »Eine Bedrohung für dieses Schiff. In Australien setze ich dich kurzerhand an Land.«

Baradja warf ihr Haar hochmütig zurück und erklärte: »Um so besser. Amu und ich haben sowieso beschlossen, das Schiff zu verlassen. Wir wollen Krankenschwestern werden.«

Bei der Vorstellung, zwei Dajak-Huren könnten versuchen, in das Rot-Kreuz-Korps »St. John« aufgenommen zu werden, lachte sich Krasser halb krank. Doch sein Gelächter klang merkwürdig gezwungen. Die Spukgeschichten begannen Wirkung zu zeigen. Wer zum Beispiel hatte dafür gesorgt, daß die Strahltrosse solange nicht aus der defekten Klemmschraube gerutscht war, wie sie mit dem Ladebaum gearbeitet hatten? Wer hatte den Beo auf das Quietschen der heißlaufenden Propellerwelle aufmerksam gemacht? Wen hatte Fifi ins Kartenhaus gehen sehen und ihn veranlaßt, noch rechtzeitig hineinzuschauen, um die Meldung über die japanischen Patrouillen zu hören? Wessen Stimme glich seiner so sehr, daß Baradja Drinks vorbereitet hatte, und welche Hand hatte sie geleitet, die Positionslaternen noch so rechtzeitig einzuschalten, um zu verhindern, daß der australische Zerstörer sie versenkte?

Für Krasser war die Vorstellung durchaus nicht abwegig, daß nach dem Tod eines Menschen, dessen Geist und Ausstrahlung noch eine Weile nachwirkten. Das hatte nichts mit Religion, sondern mit dem Übersinnlichen zu tun, das die Eingeborenen so oft beschworen und dessen Wirkung Krasser in den vergangenen dreißig Jahren zu oft hatte beobachten können, um die Existenz solcher Kräfte völlig von der Hand zu weisen. Die Nonne, oder wenigstens ein Teil von ihr, war also noch immer auf seinem Schiff vorhanden. Sie lebte jetzt in anderen Dimensionen und konnte Dinge sehen, bevor sie geschahen und bei einfältigen Dajak-Frauen gewisse Reflexe auslösen. Allerdings konnte es nur einen Grund für ihre hartnäckige Anwesenheit auf der *Henny* geben: Sie wollte sicher sein, daß er sein Versprechen hielt.

Offensichtlich versuchte sie ihn mittlerweile einzuschüchtern, indem sie ihn so nervös und unsicher machte, daß er freiwillig alles tat, um nach Borneo zurückzukehren. Aber an der Tatsache, daß sein Schiff in Australien beschlagnahmt und für gewisse Kriegsdienste eingesetzt werden würde, konnte auch sie nichts ändern. Und die Australier schickten ihn mit der *Henny* auf keinen Fall nach Borneo zurück. Das hatte er Schwester Ursula bereits zu erklären versucht, als sie noch lebte. Wenn man ihm vielleicht Gelegenheit gab, sich mit ihrem Geist zu unterhalten, gelang es ihm möglicherweise, ihr das endlich klarzumachen. Sie setzte auf das falsche Pferd: Nicht er, sondern sie konnte nach Borneo zurückkehren. Sollte sie doch jedem Angst einjagen, der versuchte, ihren Kindern etwas anzutun... das war doch seine vernünftige Aufgabe.

Krasser überlegte, ob Geister Gedanken lesen konnten, und beschloß dann, seine Überlegungen in einer Ecke seiner Aussichtsplattform auf der Brükke außer Hörweite des Ruderhauses laut auszusprechen. Dort stand er dann, im flackernden Schein des grünen Seitenlichts Steuerbord rechts, und sagte mit leiser Stimme: »Kommen Sie, Schwester! Seien Sie vernünftig. Versuchen Sie doch nicht, aus einem Ackergaul... Ich meine, versteifen Sie sich bitte nicht auf unmögliche Dinge. Solange Krieg ist, kann dieses Schiff nicht nach Borneo zurück. Das lassen sie einfach nicht zu. Wir kriegen sicher den Auftrag, Alkohol oder Lebensmittel an den australischen Küsten zu transportieren. Vielleicht dürfen wir ab und zu mal nach Tasmanien rüber. Aber Borneo? Das können Sie vergessen. Aufrichtigen Dank für alles, was Sie für dieses Schiff getan haben... falls Sie es wirklich gewesen sind. Und jetzt seien Sie vernünftig! Kehren Sie selbst nach Borneo zu Ihren Kindern zurück, Schwester! Sie können sie besser beschützen als es je einem Lebenden möglich wäre, wenn Sie verstehen, was ich meine. Stellen Sie sich einfach nur vor, eine Bande Japaner oder Dajaks versucht Ihren Kindern etwas anzutun. Sie brauchen nur nachts Ihr Unwesen treiben, einen Bleistift über ihre Karten rollen zu lassen oder ihre Hunde zu verängstigen, wie Sie meinen verängstigt haben. Nach all den Jahren, die Sie im Dschungel verbracht haben, kennen Sie doch die Eingeborenen. Die fürchten sich vor ihrem eigenen Schatten. Also, fliegen Sie nach Hause und jagen Sie denen mal einen richtigen Schreck ein. Wenn Sie ihnen so richtig einheizen, dann verwöhnen die ihre Kinder mit Süßigkeiten, Püppchen und Stofftieren. Ein schöner gruseliger Streich, und sie werden kleine Götter aus Ihren Kindern machen. Also, was sagen Sie dazu?«

Krasser fuhr entsetzt zusammen, als plötzlich hinter ihm ein schrilles Pfeifen ertönte und eine Stimme krächzte: »I love yew!«

Selbstverständlich gab es für die Anwesenheit des Beos auf der Brücke nach Einbruch der Dunkelheit eine durchaus vernünftige Erklärung. Offenbar hatte er jetzt, da zum erstenmal seit der heimlichen Flucht aus dem Hafen von Tarakan das ganze Schiff hell erleuchtet war, Schwierigkeiten, einzuschlafen. Trotzdem nahm Krasser diesen Vorfall dem Beo ganz persönlich übel. Zum Teufel mit der Nonne! Sollte sie bis zur Erschöpfung auf seinem Schiff herumspuken, bei ihm erreichte sie damit gar nichts.

Das mußte offenbar das Problematische am Leben in der Vorhölle... oder wo sich Geister sonst herumtrieben… sein. Sie brauchen das Gefühl, alles tun zu können: zum Beispiel ein japanisches Torpedoboot in die Luft sprengen, Hunde erschrekken, Beos mitten in der Nacht zu lautem Pfeifen animieren, aus Dajak-Huren australische Krankenschwestern machen; weshalb sich nicht auch einen Krasser gefügig machen?

Schwester, dachte er, Sie werden noch eine hübsche Überraschung erleben.

Vierter Teil

Willkommen und Lebewohl

1

Der Empfang der *Henny* in Australien glich einer Szene aus einer Operette. Als das Schiff in Fremantle, dem Hafen bei Perth, einlief, kreiste über ihm ein kleines Sportflugzeug mit einem Spruchband. Es überflog die *Henny* in geringer Höhe, wakkelte zur Begrüßung mit den Tragflächen, und auf dem Spruchband stand zu lesen: »Gut gemacht, Henry!« Alle an Deck des Küstenfrachters jubelten, doch niemand bezog den Spruch auf sich. Das kleine Flugzeug war für sie einfach ein Vorbote der Freiheit.

Erst als das Schiff die Tonne passierte, die die Hafeneinfahrt markierte, wurde allen klar, daß der Willkommensgruß ihnen gegolten hatte. »Henry« entpuppte sich als falsche Schreibweise. Dann rauschten Schlepper auf die *Henny* zu, die unter der Last der fontänenspeienden Wasserwerfer schwankten, Nebelhörner tuteten, über die Toppen geflaggte Segelschiffe umkreisten sie. Eine Yacht, die eine niederländische Flagge in der Größe eines

Hauses gehißt hatte, kam gefährlich nahe, schaukelte im schäumenden Kielwasser der Schlepper, und die dicht gedrängt an Deck stehenden Passagiere sangen die niederländische Nationalhymne. Die Menschen auf der *Henny* gerieten vor Freude beinahe außer Rand und Band. Sie winkten, verteilten Handküsse und johlten. Es herrschte ein solcher Lärm, daß Fifi eine Pfütze an Deck hinterließ und der Beo wie ein defektes Grammophon unaufhörlich pfiff und »I love yew« krächzte, bis Baradja ihn aus Angst, er könne vor Erschöpfung sterben, in die Toilette sperrte.

Als erster kam der Hafenmeister an Bord, der jedem die Hand schüttelte und sagte: »Gut gemacht, Leute! Einfach großartig! Die ganze Stadt ist zu Ihrer Begrüßung auf den Beinen.« Oben auf der Brücke schüttelte er dann Krasser, dessen Körpergröße er wie alle anderen auch verdutzt zur Kenntnis nahm, die Hand. »Käpt'n, das ist der tollste Geniestreich in diesem verdammten Krieg! Ihnen haben wir es zu verdanken, daß wir uns verdammt besser fühlen. Und das gilt nicht nur für die Holländer unter uns. Was Sie fertiggebracht haben, das haben wir uns nach Pearl Harbor alle gewünscht. Ich kann Ihnen sagen, Ihnen steht ein Empfang bevor!«

Krasser blinzelte mißtrauisch zu ihm auf. »Ein Empfang?«

»Warten Sie's nur ab!« erwiderte der Hafenmeister.

Die *Henny* machte an einem Kai fest, der schwarz vor Menschen war. Einige waren sogar auf Kräne geklettert und winkten aus schwindelerregender Höhe herunter. Autohupen dröhnten und Schiffssirenen heulten. Schulkinder am Kai schwenkten kleine holländische Fähnchen und sangen *Waltzing Matilda* und die niederländische Nationalhymne. Eine Blaskapelle mit in der Sonne blinkenden Posaunen und großen Kesselpauken intonierte lautstark *The Eton Boating Song*. In dem Augenblick, als die Gangway heruntergelassen wurde, brach jedoch erst richtig die Hölle los.

Fotoreporter und die Kameraleute der Wochenschauen stürmten an Deck. Der holländische Konsul und der Bürgermeister von Perth kämpften sich bis zur Brücke durch das Gedränge, um den Kapitän willkommen zu heißen und ihn über die geplanten Festlichkeiten zu informieren. Krasser, der die zitternde Fifi im Arm hielt, erfuhr, daß man eine Konfettiparade durch die Stadt, eine Schlüsselübergabe vor dem Rathaus, einen Gottesdienst in der Kathedrale, eine Cocktailparty im Holländischen Club und einen Ball organisiert hatte. Am darauffolgenden Tag dann…

Krasser, den die Wünsche der Kameramänner und Reporter wie »Bitte lächeln!«, »Wie gefällt Ihnen Australien?« oder »Machen Sie bitte das Siegeszeichen!« völlig konfus machten, lief hastig, gefolgt von einem Blitzlichtgewitter, ins Kartenhaus. Baradja und Amu, die sich in die Kajüte geflüchtet hatten, wurden dort von einer Reporterin entdeckt. Mr. Faber, der Leichenbestatter, rettete geistesgegenwärtig die Ehre der Niederlande, indem er Baradja als die Frau und Amu als Tochter des Kapitäns vorstellte. Niemand widersprach ihm.

Herman kam dieser Empfang wie eine Episode aus *Tausendundeine Nacht* vor. Alles erschien ihm unwirklich, die Jubelrufe der niederländischen Kolonie in Perth, die unüberschaubare Menge der Gratulanten, die glänzenden Augen, die überwältigende Sympathie, die Umarmungen und die stillschweigende Annahme, die Passagiere hätten am seemännischen Bravourstück und dem Mut des Kapitäns Anteil… das schien eine Komödie der Irrtümer zu sein.

Allmählich dämmerte es Herman jedoch, daß die *Henny* für diese Leute so etwas wie ein Symbol war. Dieses Schiff hatte den ersten Sieg des gedemütigten weißen Mannes in Asien über die Kriegsmaschinerie der Japaner errungen, die die Amerikaner geschlagen und innerhalb von drei Monaten drei Kolonialreiche erobert hatte. Der Kapitän Krasser, der seinen zitternden Hund in den Armen hielt, war für sie wie der heilige Georg, zumindest hatte er dem Drachen auf den Schwanz getreten.

2

Als die ersten Fotos von Kapitän Benjamin Krasser, der charmanten Mrs. Krasser und ihrer hübschen Tochter mit Fifi dem Schiffsmaskottchen am folgenden Tag in den Morgenzeitungen erschienen, hatte sich etwas in Gang gesetzt, das erst wieder aufzuhalten war, wenn es seinen Zweck erfüllt hatte. Kapitän Krasser wurde die Gangway hinunter und zur ersten einer Reihe von offenen Limousinen geleitet, die am Pier parkten. Die Passagiere stiegen in die restlichen Autos.

Für Herman war das ein ziemlich surrealistisches Erlebnis. Zuerst die Autoparade durch das Stadtzentrum, wo unaufhörlich Girlanden aus Toilettenpapier aus Bürofenstern auf sie herabregneten und die jubelnde Menge dicht gedrängt auf den Bürgersteigen stand, während die berittene Polizei alle Hände voll zu tun hatte, die Menschen davon abzuhalten, die Autos zu stürmen. Herman saß eingezwängt zwischen Stotyn und Mr. Faber auf dem Notsitz der letzten Limousine in der Parade. Gemeinsam mit allen anderen winkte er zu den Fenstern hinauf, aus denen die Toilettenpapierschlangen herunterfielen und rief: »Danke! Danke, Australien! Danke, Perth!« Mrs. de Winter auf dem Beifahrersitz winkte so würdevoll, als sei sie die Königin, die sich für die Ovationen ihrer Untergebenen bedankt. Das Ganze war ein riesiges Karnevalsfest mit einem Schuß Gottesdienstatmosphäre. Es war erstaunlich, was die Bewohner von Perth innerhalb weniger Stunden auf die Beine gestellt hatten.

Der Gottesdienst in der Kathedrale verlief reichlich unkonventionell. Die johlende Menge stand dicht gedrängt vor dem Portal und versuchte, sich immer wieder Zugang zum Kirchenschiff zu verschaffen. Während der Predigt rief plötzlich eine laute Stimme: »Mach endlich Schluß, Bischof!« Der Empfang auf den Stufen des Rathauses bestand aus bewegenden Reden, Blitzlichtgewittern und fand seinen Höhepunkt in der Übergabe der Schlüssel der Stadt an den zwergenwüchsigen Kapitän Krasser, der diesen verlegen in der Hand hielt, bis Amu ihm das gute Stück wegnahm und in ihre Handtasche steckte. Die ganze Zeit über hatte er Fifi im Arm, als wolle er sich an ihr festhalten. Der kleine Hund wurde mit angelegten Ohren, sich die Schnauze leckend, ständig fotografiert.

Der absolute Höhepunkt des Tages war die Cocktailparty, der ein Bankett und ein Ball im Holländischen Club folgte. Der Festsaal des Clubs war eine düstere, mit Fahnen geschmückte Halle, in der eine hufeisenförmige Festtafel aufgebaut worden war, an deren Kopfende ein thronartiger Sessel stand. Die Passagiere, und unter ihnen natürlich auch Herman, wurden dichtgedrängt an den Tischen plaziert, während man Kapitän Krasser auf den Thron bugsierte, wo er wie ein Kind in einem Kinderstuhl wirkte. Rechts und links von ihm hatten seine Frauen Platz genommen, Fifi saß auf seinem Schoß. Er machte einen ausgesprochen verwirrten Eindruck, und das war kein Wunder. Es ging ihnen allen ähnlich, mit Ausnahme vielleicht von Mrs. de Winter, die sich sofort neben den niederländischen Konsul gesetzt hatte und die folgende Flaggenparade mit königlichem Lächeln abnahm.

Die Fahnenbanner, die von prominenten Mitgliedern der niederländischen Kolonie in Perth getragen wurden, zeigten die Wappen der elf Provinzen der Niederlande. Jeder Fahnenträger marschierte vor, nachdem der Zeremonienmeister die jeweilige Provinz aufgerufen hatte. Herman beobachtete amüsiert, wie ein reich verziertes Banner nach dem anderen zu Ehren des Kapitäns gesenkt und dann wieder fortgetragen wurde. Als die Provinz Friesland aufgerufen wurde, hörte Hermans Herz einen Augenblick auf zu schlagen: die Bannerträgerin war Mrs. Bohm.

Er hatte sie nicht sofort erkannt, denn sie trug einen großen, mit Früchten geschmückten Strohhut, den sie mit einem blauen Band unter dem Kinn festgebunden hatte. Sie wirkte so ruhig, gefaßt und fröhlich, wie sie das auch bis zur letzten Minute während der Zerstörung Rauwattas gewesen war. Trotz ihres Wappenbanners sah sie wie eine Heilige aus. Herman wäre am liebsten aufgesprungen und hätte »Hallo!« oder »Josie!« gerufen. Doch dann riskierte er nur ein Winken. Josephine Bohm allerdings sah ihn überhaupt nicht an. Sie senkte lediglich ihr Banner vor dem Kapitän, der auf seinem Thron saß und sich an seinen Hund klammerte wie ein Ertrinkender an einen Rettungsring. Und obwohl sie Herman gar nicht zu bemerken schien, war allein ihr Anblick ein Versprechen, der Inbegriff freigebiger Sinnlichkeit, die nur auf ihn wartete. Herman traten Tränen in die Augen und er winkte wie ein Idiot grinsend weiter.

Von diesem Augenblick an verlor Herman die Übersicht über die folgenden Ereignisse. Reden wurden gehalten, Essen serviert, Wein ausgeschenkt, Trinksprüche zum besten gegeben, eine Tanzkapelle spielte *Roll out the barrel,* und die ersten Paare bewegten sich unsicher über das Parkett. Herman, den der reichlich fließende australische Wein mutig gemacht hatte, ging zu dem Tisch hinüber, an dem Mrs. Bohm umringt von bierseligen Männern saß, und sagte: »Darf ich Sie um diesen Tanz bitten?«

Die Männer musterten ihn finster. Mrs. Bohm stellte ihr Glas ab, stand auf und schmiegte sich in seine Arme.

Sie tanzten zu den Klängen der *Beer Barrel*

Polka davon. Herman blickte in ihre delftblauen Augen, grinste und sagte: »Tja, da wäre ich also wieder. Was ist eigentlich mit dir inzwischen passiert?«

Mrs. Bohm lächelte. Ihre ländlich frische Ausstrahlung war stärker denn je. Sie sah aus, als habe sie eben eine Kuh gemolken. »Ich arbeite an unserem Konsulat in Melbourne, und bin hier, um alles, was mit dem Empfang für euch zusammenhängt, zu koordinieren«, antwortete sie. »Nett, dich wiederzusehen, Manni.«

Herman verstand selbst nicht mehr, daß er bei diesem Kosenamen früher Gänsehaut bekommen hatte. In jenem Augenblick kostete es ihn große Selbstüberwindung, sich nicht einfach an Josies Schulter auszuweinen.

Sie mußte in seinen Augen gelesen haben, was ihn bewegte, denn sie versuchte, ihm einen Kuß zu geben, was jedoch an der breiten Krempe ihres Huts scheiterte. Doch selbst dieser verhinderte Kuß war wieder nur ein Beweis all dessen, was sie für ihn verkörperte: Unabhängigkeit, Mut und Herzenswärme. »Wenn das hier vorbei ist, können wir dann nicht zusammen irgendwohin gehen?« fragte er unvermittelt. »Wir müssen uns noch so viel erzählen...«

Sie sah ihn an, während sie geistesabwesend der Kapelle applaudierte, die *Roll out the barrel* beendet hatte. »Warum eigentlich nicht?« antwortete Josie, als die Musiker *Big Noise from Winnetka* intonierten, und legte ihren Arm um seinen Hals. Herman registrierte erstaunt, wie schwer dieser Arm war, und dann bewegte sie sich mit ihm übers Parkett, als könne sie das Schäferstündchen kaum erwarten. Während sie von den anderen Paaren, die wild und ausgelassen tanzten, ab und zu angerempelt wurden, sagte sie: »Eine Freundin hat mir ihr Apartment zur Verfügung gestellt. Sie ist Ungarin und handelt mit Antiquitäten. Diese Woche ist sie auf Reisen. Hat man dir schon gesagt, wo du untergebracht bist?«

»Nein«, erwiderte Herman. »Mir hat keiner was gesagt. Ich bin wie ein Stück Treibholz. Kannst du dir vorstellen, was es für mich bedeutet hat, hierherzukommen, in ein Auto verfrachtet zu werden und durch Straßen zu fahren, in denen es Toilettenpapier aus Wolkenkratzerfenstern regnet? Das Ganze ist für mich wie ein Traum! Gibt es dich eigentlich wirklich?«

Josephine Bohm drückte ihn wie zum Beweis lächelnd an sich. Es war ein wunderbares Gefühl, doch als sie losließ, blieb ein dumpfer Schmerz in seinem Brustkorb zurück. »Ich bin so froh, daß du's geschafft hast«, seufzte sie.

Herman lächelte. »Ich auch. Und wie bist du hierhergekommen? Ich meine nach Australien?«

»Später«, wehrte sie ab.

Es folgten noch diverse Tanzrunden, bis sentimental und tränenreich die Nationalhymne gesungen wurde und Herman dann endlich allein mit Josie Bohm in deren winzigem Auto saß, das knatternd durch die verlassenen, mitternächtlichen Straßen fuhr. Josephine Bohm hielt vor einem Wohnblock an, zog die Handbremse an, legte den Rückwärtsgang ein, zwängte sich aus dem Kleinwagen und schloß die Türen ab. Jemand, der dieses Fahrzeug stehlen wollte, mußte es schon unter dem Arm mit sich forttragen. »Hier rüber«, sagte sie.

Sie betraten das Haus durch eine Seitentür, gingen einen dunklen Gang entlang in eine leere Halle und stiegen dort in den Lift. Herman war ziemlich angetrunken und voller pubertärer Erwartungen. Gleichzeitig befand er sich in einer Art Abschiedsstimmung, so, als sollte sich das Bild von Josie Bohm, das er seit dem Marsch in die Berge in so zärtlicher Erinnerung behalten hatte, ändern.

Dann ging die Tür auf. Drinnen roch es nach Bohnerwachs und Kerzen. Josie knipste Licht an und ging einen Korridor entlang, an dessen Wänden wie in einer Galerie Bilder der Prä-Raffaeliten hingen. Am Ende des Ganges führte eine Tür in ein Schlafzimmer mit Tüllvorhängen, Quasten und Biedermeiermöbeln. In der Mitte stand ein großes Rokokohimmelbett. Josie zündete Kerzen auf den Fensterbrettern und dem Nachttisch an, machte das Licht aus und sagte: »Also, wo waren wir stehengeblieben?«

Ohne seine Antwort abzuwarten, nahm sie ihn in die Arme und küßte ihn auf den Mund. Der Kuß war aufregend, und trotzdem blieb er seltsam distanziert. Er konnte weder den Hut, noch den Bienenwachsduft oder die Ahnenportraits vergessen, die leicht pikiert von den Wänden auf ihn herabzublicken schienen. Josie küßte ihn lange und wild; es gelang ihm, diese Zärtlichkeit nicht ohne Leidenschaft zu erwidern. Dann hielt sie ihn auf Armeslänge von sich und sagte mit einem zufriedenen Seufzer: »Ah, das habe ich gebraucht.« Sie mußte eine gewisse Geistesabwesenheit in seinen Augen bemerkt haben, denn sie fügte hinzu: »Du etwa nicht?«

»Ich habe soviel über dich nachgedacht«, sagte er ausweichend. »Ich hatte mich in den Bergen verirrt und litt wer weiß wie lange unter fiebrigen Halluzinationen. Mit Hilfe deines Bergstockes und der Broschüre habe ich überlebt. Ich bin der einzige.«

Sie suchte seinen Blick. »Willst du damit sagen, daß alle Männer...?«

»Eine japanische Patrouille hat uns entdeckt, als wir die Straße nach Rokul überqueren wollten. Ich glaube, der Dajak-Führer ist noch entkommen. Aber sonst niemand.«

»Sind alle tot?«

»Vielleicht sind einige auch gefangengenommen worden. Ich habe die Toten nicht gezählt. Ich habe etwas abseits hinter einem großen Felsen gelegen und einen Tag lang nicht gewagt, mich zu bewegen. Als ich mein Versteck verlassen habe, hatten sich schon die Geier über sie hergemacht.«

»Sam Hendriks auch?« fragte sie, und ihre Augen waren plötzlich dunkel vor Trauer.

Sam Hendriks war also ihr Liebhaber gewesen. Herman unterdrückte Eifersuchtsgefühle. »Ich habe ihn nicht gesehen... das heißt, ich glaube nicht, daß ich ihn gesehen habe. Es war schwierig, sie noch zu erkennen. Ich konnte lediglich Palstra und Imhof identifizieren. Danach hatte ich genug.«

»Armer, lieber Junge«, murmelte sie und umarmte ihn. »Was hast du nur durchgemacht! Kein Wunder, daß du so erledigt aussiehst.«

Herman war sich gar nicht bewußt gewesen, daß er diesen Eindruck erweckte.

»Na, gut, dann woll'n wir mal!« erklärte sie dann energisch und verdrängte die Bilder des Todes. Mit der Gelassenheit und Ruhe einer Schwimmerin, die sich anschickt, den Kanal zu überqueren, begann sie sich auszuziehen. Als sie ihn unentschlossen herumstehen sah, drängte sie: »Komm, mach schon! Auf in den Kampf.« Sekunden später stand sie nackt vor ihm. Nur den Hut hatte sie noch auf.

»Willst du angezogen bleiben?« erkundigte sie sich.

»Du... ehm... du hast den Hut noch auf.«

Josie zögerte einen Augenblick, dann löste sie das blaue Band und warf den Hut zur Seite. Als sie ihn wieder ansah, lächelte sie unsicher, und Herman begriff plötzlich, wozu das Band gut gewesen war: Sie hatte darunter ein Doppelkinn versteckt. Josephine Bohm hatte tatsächlich zugenommen. Er schämte sich für sie, und begann deshalb hastig, sich auszuziehen, als habe ihr Anblick ohne Hut seine Leidenschaft geweckt. Rubens hätte sich mit der Begeisterung des kreativen Künstlers auf sie gestürzt. Herman hingegen hatte nur den Wunsch, sich unter der Bettdecke zu verstecken.

Josephine schlug die Überdecke und die Bettdecke zurück, schüttelte die Kissen auf, kletterte mit großen Hängebrüsten und feisten Pobacken ins Bett, lehnte sich zurück und klopfte auf den Platz neben ihr. Herman, der sich dürr und schmächtig vorkam, legte sich neben sie.

»Ah!« sagte sie gedehnt, beugte sich über ihn, küßte ihn und überrumpelte ihn dann mit Wogen solcher Leidenschaft, daß Herman sich nach der Schrecksekunde einfach überrollen ließ. Er hatte sich oft vorzustellen versucht, wie es sein würde, Josie Bohm zu lieben, doch die Wirklichkeit machte derartig platonischen Phantastereien sofort gründlich den Garaus. Nicht er liebte sie, sondern sie liebte ihn. Wie eine Tochter Neptuns planschte sie in den Wellen der Liebe, wobei ihr Partner kaum Gelegenheit hatte, ihr Liebhaber, geschweige denn ihr Gebieter zu sein, sondern zu einem bloßen Spielzeug wurde wie eine Gummiente oder ein Wasserball. Sie hob sich seufzend auf Höhen, wälzte sich frohlockend in den Tiefen der Leidenschaft. Eine Schlacht der Götter, dachte Herman atemlos, während eiserne Bande ihn umschlossen und Umarmungen ihn überwältigten. Es war ein aufregendes Erlebnis, doch die ganze Zeit über blieb sein

Alter ego bei ihm, jener entrückte Beobachter, der die Szene betrachtete, wie Rubens sie betrachtet hätte: Nymphe und Satyr; dünne, haarige Glieder, die unter einer Lawine weißen Fleisches hervorragten – und das inmitten eines schwankenden Himmelbettes mit wehenden Vorhängen und Bettpfosten, an die sich ängstliche Cherubine klammerten. Cherubine... mit gespenstischer Klarheit tauchte automatisch Mr. Imhofs feister Rücken, sein augenloser, zusammengesunkener Körper unterhalb des Felsens wieder vor seinem geistigen Auge auf.

Im nächsten Moment stemmte Josie Bohm ihre beiden Körper in den Zuckungen eines erstaunlichen Orgasmus in die Luft. Dann ließ sie sich zurückfallen. Der Baldachin sackte mit schrecklichem Getöse auf sie herab, als sie durch das Bettgestell krachten.

Einige Sekunden lang lagen beide vollkommen still. »So ein Mist«, sagte Josie schließlich und begann sich aus dem Durcheinander von Bettpfosten, Baldachin, Kissen, Vorhängen und Überdecke zu schälen. Als sie sich endlich befreit hatten, starrten sie Schulter an Schulter auf die Bescherung. »Du meine Güte, Esther wird wütend sein. Komm, versuchen wir, das Ding einigermaßen wieder zusammenzubauen. Bist du handwerklich begabt?«

»Einigermaßen.«

»Also gut. Versuchen wir's.«

Gemeinsam versuchten sie, das Himmelbett wieder aufzurichten, das die Liebe zerschmettert hatte. Herman war keine großartige Hilfe, aber Josie besaß handwerkliches Geschick. Zuerst stellte sie die Bettpfosten auf, nachdem sie die Vorhänge und die Matratze entfernt hatte. Dann stieg sie in das Viereck des Rahmens und versuchte den Bretterboden wiederherzustellen. Die ganze Zeit über war sie splitterfasernackt. Josie brauchte fast eine Stunde. Schließlich beherrschte das Rokokohimmelbett wie früher den Raum, doch war das Gleichgewicht, das alles zusammenhielt so labil, daß ein vorbeifahrender Lastzug das ganze Gebilde wieder zum Einsturz bringen konnte.

»Na, also«, seufzte Josie und betrachtete ihr Werk zufrieden. »Sieht ziemlich gut aus, was?«

»Ja...«

Sie nahm ihn in die Arme, sah ihn aus ihren blauen Augen an und sagte, den Mund dicht an seinen Lippen: »Habe ich dich auf dem Trockenen sitzen lassen, Mannilein? Wenn nicht, dann habe ich dich ziemlich spät verlassen.«

»Keine Sorge«, erwiderte er. »Mich hatte es schon früher erwischt.«

Sie suchte seinen Blick, als sie seine Entrücktheit spürte, die endgültig die Oberhand gewonnen hatte. Dann küßte sie ihn. »Komm, suchen wir uns ein anderes Bett«, schlug sie vor. »Ich weiß, daß es hier irgendwo noch eines gibt.«

Herman hatte eigentlich keine Lust, noch einmal in bester Ringermanier durch die Luft gewirbelt zu werden, folgte ihr jedoch gehorsam. Josie öffnete einige Türen. »Hier ist es schon«, erklärte sie schließlich und warf sich auf ein riesiges Doppelbett. »Das hier ist okay. Bringen wir das gute Stück zum Quietschen.«

Herman legte sich neben sie. Sie streckte den Arm aus, damit er seinen Kopf darauf legen konnte. »Und jetzt erzähl«, forderte sie ihn schließlich auf.

»Was soll ich erzählen?«

»Das, was du erlebt hast, nachdem wir uns am Flugplatz verabschiedet hatten.«

»Das weißt du doch schon. Wir haben uns in den Bergen verlaufen. Die anderen sind erschossen worden. Mir ist es gelungen, mich bis zur Flußmündung durchzuschlagen. Dort hat mich die Besatzung der *Henny* dann aufgefischt.«

»Du, wie ein Betrunkener, der sicher über die Straße kommt, hast Glück gehabt, Liebster.«

»Und was hast du erlebt, nachdem du mit dem Flugzeug aus Rauwatta raus warst?«

»Nicht viel«, erwiderte sie ebenso beiläufig und unbeteiligt wie er. »Ich bin bis Batavia gekommen und habe dort beim Informationsministerium angefangen. Als Java ebenfalls in die Hände der Japaner fiel, wurde ich mit den übrigen Angestellten nach Australien evakuiert. Und hier bin ich. Hier sind *wir*.«

»Ja.«

»Herrjeh, bin ich müde.« Sie gähnte, legte den Kopf zurück und im nächsten Augenblick wurde ihre Atemfrequenz langsamer, und ihre üppigen

Glieder zuckten einmal kurz, als der Schlaf sie übermannte.

Herman lag vollkommen still und lauschte ihren Atemzügen. Rauwatta. Das Hôtel des Indes. Ihr erster Kuß, bei dem sie vom Hotelmanager gestört worden waren. Krieg! Krieg! Das alles schien schon ein Menschenalter zurückzuliegen. Er hatte längst nichts mehr mit dem Herman Winsum gemein, der im Konferenzzimmer des Hotels gesessen und pikante Fotos der *beau monde* von Rauwatta unsinnig auf dem Tisch herumgeschoben hatte. Josephine Bohm dagegen schien noch dieselbe zu sein... nur war sie etwas fülliger und sexuell freizügiger geworden. Er machte sich keine Illusionen über sie. Trotz ihrer leidenschaftlichen Beteuerungen auf dem Höhepunkt ihres Liebesspiels, glaubte er nicht, daß sie die ganze Zeit über nur auf ihn gewartet hatte. Sie hatte in genossen, wie sie ein großes Stück Schwarzwälder Kirschtorte genießen würde. Jetzt, da sie befriedigt und satt war, schlief sie sich aus.

Während er zur Decke starrte und ihren warmen, üppigen Körper neben sich fühlte, fragte er sich, warum ausgerechnet er verschont geblieben war. »Wie ein Betrunkener, der sicher die Straße überquert«, hatte sie gesagt. War es wirklich nur das gewesen? Josie begann zu schnarchen.

Plötzlich rannen Tränen über seine Backen. Er drehte sich auf die Seite, legte ein Bein über ihre feisten Schenkel, einen Arm über ihren Bauch und versuchte zu schlafen. Josie grunzte, warf sich herum und im nächsten Moment schlug sie dicht vor seinem Gesicht ihre großen, blauen Augen auf. Sie küßte ihn. »Was willst du hier in Australien eigentlich machen, Mannilein?«

»Keine Ahnung. Ich bin ja noch nicht mal richtig hier.«

»Gut, dann überlaß das nur mir. Ich finde sicher einen netten Job in Melbourne für dich. Ich habe eine Menge Beziehungen.«

»Das kann ich mir denken.« Josie mußte sich in den friedlichen Gefilden Australiens großartig amüsieren. »Ich kann mir nicht denken...« begann er, doch sie fiel ihm sofort ins Wort.

»Du brauchst nicht zu denken. Ich mache das schon. Ich weiß genau, an wen ich mich wenden muß.«

Herman hatte plötzlich das Gefühl, dieser Frau irgendwie nicht gerecht zu werden; und zwar nicht im physischen, sondern eher im geistigen Sinn. Er vermißte bei sich die Begeisterung und die Vitalität von Rubens. Eigentlich hätte er intuitiv einen der Brokatvorhänge vom Bettpfosten reißen, ihn um ihre weißen Schultern drapieren und sie bitten müssen, auf einen Ellbogen gestützt mit sinnlich erwartungsvollem Blick für ihn zu posieren. Das Bild könnte er dann *Putiphars Weib erwacht* nennen.

Aber er war eben nicht Rubens. Er schrieb lediglich Betrachtungen im Feuilleton über ihn.

3

Krasser wurde in seinem Hotelzimmer von Geräuschen geweckt, die darauf schließen ließen, daß sich im Badezimmer jemand erbrach. Da beide Mädchen zu seinen Seiten fest schliefen, konnte es sich nur um Fifi handeln.

Und er hatte recht. Kurz nachdem es im Badezimmer merkwürdig still geworden war, tauchte die Hündin mit mattem Blick und angelegten Ohren auf der Türschwelle auf und leckte sich die Schnauze. Krasser schloß die Augen und versuchte seinen Traum weiterzuträumen. Es war irgend etwas mit Vögeln, großen Weiten, dem Krächzen von Möwen und dem Kielwasser eines Schiffes gewesen.

Aber Krasser fand keinen Zugang mehr zu dieser Welt der Freiheit und des Glücks, nachdem er einmal in der Wirklichkeit schnarchender Huren und eines kotzenden Hundes im Badezimmer aufgewacht war. Plötzlich überkam ihn ein Gefühl der Leere, Einsamkeit, Trauer... ein seelischer Katzenjammer. Sein Schiff lag allein am Pier, und Kwan

Chan hatte das Kommando. Es war vermutlich ratsam, so schnell wie möglich auf die *Henny* zurückzukehren. Daß um die *Henny* herum die australische Marine lag, spielte keine Rolle. Der Bastard war imstande und verschwand klammheimlich mit seinem Schiff. Der Chinese hatte schließlich den besten Lehrmeister gehabt.

Krasser lag auf dem Rücken, eine Frau an jeder Schulter, und starrte zur Decke, während Fifi die Bettdecke zwischen seinen Beinen fixierte. Was würde aus ihm werden? Was sollte aus seinem Schiff werden? Trotz der Blaskapelle, der Konfettiparade, den johlenden Massen, dem Schlüssel der Stadt hatte er das Gefühl, wie in einer Falle zu sitzen. Dreißig Jahre lang war er alleiniger Herr seines Schicksals gewesen. Jetzt war er für jeden Idioten, der bei der niederländischen Schiffahrt was zu sagen hatte, ein amüsantes Spielzeug. Während des Balles am vergangenen Abend hatte sich ein Dreisternegeneral mit Glatze und einer Uniformbrust voller Orden an ihn gewandt: »Kapitän, wir beide sollten uns mal ernsthaft unterhalten.«

»Worüber denn?«

»Über Ihre Zukunft«, hatte der General lächelnd mit strahlend weißen Zähnen geantwortet.

Amu regte sich und drehte sich auf die Seite. Fifi hatte ihren nichts Gutes verheißenden Blick unverändert auf die Bettdecke gerichtet. Das fehlte ihm gerade noch: ein Hund im Bett, der gerade gekotzt hatte. Er mußte raus!

Krasser glitt aus dem Bett, ohne die Frauen zu wecken. Das war allerdings keine Kunst, denn wenn die beiden schliefen, konnte man sie wegtragen, ohne daß sie auch nur eine Sekunde beim Schnarchen innegehalten hätten. Sie schliefen fest, während Stürme, Gewitter oder Seeschlachten tobten, und wachten nur auf, wenn sie etwas zu essen rochen.

Er begann, sich anzuziehen. Fifi beobachtete ihn interessiert. Krasser hätte den Hund am liebsten mit einem Fußtritt aus dem Zimmer befördert, denn es irritierte ihn, sich unter den Blicken des Köters, der jede seiner Bewegungen unbeirrt verfolgte, anziehen zu müssen. Nachdem er fertig war, klemmte er Fifi unter den Arm und watschelte zur Tür. Dort lag auf dem Fußboden ein Zettel, auf dem in energischer Handschrift stand: »Da offenbar ein Konkurrenzkampf zwischen dem ›Verein der Mütter‹ und dem ›Frauenverein‹ ausgebrochen ist, schlage ich vor, daß Ihre Damen die Einladung des ›Vereins der Mütter‹ zum Mittagessen annehmen und am Abend an dem Whistturnier des ›Frauenvereins‹ teilnehmen. Ich hole beide um elf Uhr in der Hotelhalle ab. Josephine Bohm. Informationsministerium.« Krasser legte den Zettel wieder auf den Fußboden und schlich hinaus.

Krasser hatte keine Ahnung, wie spät es war, vermutete jedoch, daß es noch sehr früh am Morgen sein mußte. Wahrscheinlich war es schwierig, um diese Zeit ein Taxi zum Hafen zu bekommen. Als er im ersten Sonnenlicht mit Fifi unter dem Arm auf die Straße hinaustrat, sprang ein Chauffeur in Armeeuniform aus einem parkenden Wagen, riß den Wagenschlag für ihn auf und sagte: »Guten Morgen, Käpt'n.«

»Wer zum Teufel sind Sie denn?«

»Ich bin General Kalmans Fahrer, Sir. Der General erwartet Sie.«

»Und wo?«

»In seinem Büro, Sir.«

Krasser spielte kurz mit dem Gedanken, die Einladung einfach zu ignorieren, kam jedoch dann zu dem Schluß, daß es vielleicht klug war, sich den General warmzuhalten. Er stieg also in die Limousine und setzte Fifi auf seinen Schoß. Der Chauffeur fuhr den Wagen mit hoher Geschwindigkeit durch die leeren Straßen in den Ostteil der Stadt, einen breiten Boulevard am Ufer des Swan River entlang, bis er schließlich vor einem Tor hielt, das sich kurz darauf automatisch öffnete. Die Limousine glitt zum Portal eines großen Hauses hinauf, wo ihn der kahlköpfige General bereits auf den Eingangsstufen mit ausgestreckter Hand erwartete. Offenbar hatte ihm der Posten am Tor bereits Bescheid gesagt. »Kapitän Krasser! Es ist mir ein Vergnügen.«

»Darf ich meinen Hund mitbringen?«

»Selbstverständlich! Entzückend!« Der General ging einen Korridor entlang und öffnete eine Bürotür. »Bitte, nehmen Sie Platz. Machen Sie's sich bequem.«

Krasser setzte sich in einen Sessel vor dem Schreibtisch des Generals. Fifi ließ sich auf seinem Schoß nieder. Die Hündin begann zu zittern. Krasser hoffte, der General würde nicht allzu autoritär auftreten, denn sonst mußte er befürchten, daß Fifi ihm auf die Hose pinkelte.

Der General nahm hinter dem Schreibtisch Platz, lächelte mit falschen Zähnen und begann: »Das war ja ein toller Empfang, den man Ihnen bereitet hat.«

Krasser brummte zustimmend.

»Und ich muß sagen, Sie haben sich's verdient. Sie haben ein Bravourstück vollbracht, das epochalen Charakter hat.«

»Wie meinen Sie das?«

»Sie sind ein Phänomen in Zeiten des nationalen Notstands: ein echter Held.«

Fifi begann immer heftiger zu zittern.

»Also ... nach einer angemessenen Erholungspause möchten wir uns gern Ihre geniale Begabung zunutze machen«, fuhr der General fort. »Und mit ›wir‹ meine ich das Vaterland.«

Krasser streichelte Fifis Kopf.

»Wir sind vor allem an ihren Tarnmethoden interessiert, Käpt'n. Die Küsten Borneos, Billitons und Sumatras entlangzufahren, ohne entdeckt zu werden, das ist eine einmalige Leistung. Und Ihre Erfahrung auf diesem Gebiet könnte unserer Sache sehr nützen.«

Fifi würgte. Krasser überlegte hastig, ob er

zulassen sollte, daß sie sich auf dem Teppich des Generals übergab, oder ob er nach der Toilette fragen sollte. Dort könnte er Fifi so lange einsperren, bis die Unterredung mit dem General beendet war.

»Ich will Ihnen das näher erklären, Käpt'n.« Der General lehnte sich so weit in seinen Schreibtischsessel zurück, daß Krasser befürchtete, er könne nach hinten fallen. Dann legte er die Füße auf die Schreibtischplatte. Die Sohlen seiner Schuhe waren neu. Diese Tatsache beruhigte Krasser ein wenig. Vielleicht war er doch noch nicht so erfahren in seinem Job, wie er vorgab.

»Was ich Ihnen jetzt erzähle, ist streng geheim, Käpt'n. Sie müssen mir Ihr Ehrenwort geben, diese Informationen unbedingt für sich zu behalten.«

Krasser versprach dieses.

»Das gesamte Gebiet Niederländisch-Indien ist mittlerweile in der Hand der Japaner. Wir können nicht Däumchen drehen und darauf warten, daß andere es für uns zurückerobern. Andererseits sind wir gegenwärtig nicht in der Lage, eine wirkungsvolle Gegeninvasion durchzuführen. Unsere einzige Taktik kann daher nur sein, die Japaner möglichst wenig zur Ruhe kommen zu lassen, damit sie ihre Kräfte nicht massieren und anderweitig einsetzen können. Kurz gesagt, wir planen Kommandoüberfälle auf Neuguinea. Diese Unternehmen sind äußerst riskant. Die Männer, die wir mit Fallschirmen über dem Dschungel absetzen, werden ganz auf sich gestellt sein. Sie müssen sich von dem ernähren, was das Land hergibt, und sich mit den Eingeborenen verbünden. Die Papuas sind strikt antijapanisch eingestellt. Wir können also mit ihrer Kooperation rechnen. Allerdings sind die Munitionsvorräte, die ein Mann bei einem Fallschirmabsprung mitnehmen kann, sehr beschränkt. Und deshalb brauchen wir Ihre Hilfe.«

Fifi würgte heftig. Der General machte eine sorgenvolle Miene. »Geht es Ihrem Hund nicht gut?«

»Im Moment schon noch.«

»Hm... Bei Ihren Fähigkeiten, mit einem getarnten Schiff durch feindliche Linien zu brechen, dürfte es für Sie kein Problem sein, unsere Fallschirmeinheiten mit Munition zu versorgen. Wir setzen bestimmte Treffpunkte an der Küste, in Buchten oder anderen günstigen Stellen fest. Sie fahren heimlich dorthin, setzen Ihre Ladung ab und kehren bis zum nächsten Auftrag zu Ihrem Stützpunkt zurück.« Der General lächelte strahlend. »Das klingt vielleicht einfach«, fuhr er fort, »aber wir würden einen anderen Kapitän nicht mal bitten, den Versuch zu unternehmen. Sie sind der einzige, der diesen Auftrag durchführen kann.«

»Danke«, murmelte Krasser.

»Ich nehme an, daß Sie sich die Sache erst mal überlegen wollen«, sagte der General. »Denken Sie darüber nach und sagen Sie mir dann Bescheid. Wir können Sie natürlich nicht zwingen, diese Aufgabe zu übernehmen, aber Sie wissen vermutlich, was auf dem Spiel steht.« Er stand auf, grinste erneut, schüttelte Krasser die Hand, und Fifi knurrte. »Wo soll mein Chauffeur Sie absetzen, Käpt'n?« erkundigte sich der General. »An Ihrem Hotel?«

»Nein, ich möchte zu meinem Schiff.«

»Auch gut. Und wann darf ich mit Ihrer Entscheidung rechnen?« Ohne die Antwort abzuwarten, fuhr er fort: »Sagen wir übermorgen gegen 15 Uhr?«

Krasser warf ihm einen nichtssagenden Blick zu und schwieg.

Der General öffnete die Tür. »Auf bald, Käpt'n.«

Der Fahrer, der im Korridor auf einem Stuhl gewartet hatte, sprang auf, als der General erschien.

»Korporal!« schnarrte der General. »Bringen Sie den Kapitän zu seinem Schiff. Wissen Sie, wo es liegt?«

»Jawohl, Sir.«

Die lange Fahrt zum Hafen Fremantle, der auf der anderen Seite der Stadt lag, verlief schweigend, nachdem der Fahrer mehrere vergebliche Versuche unternommen hatte, mit Krasser eine Unterhaltung anzufangen. Als sie schließlich vor der Gangway der *Henny* zwischen Kränen und Gleisen anhielten, riß der Chauffeur die Tür auf. »Ich warte, Sir.«

»Nein, das ist nicht nötig«, wehrte Krasser ab. »Ich komme schon irgendwie wieder zum Hotel zurück.«

Der Fahrer salutierte, setzte sich wieder in den Wagen, fuhr jedoch nicht fort.

Der erste, der Krasser an Bord begrüßte, war der Beo. Fifi wedelte kläffend mit dem Schwanz. Da begriff Krasser, daß die Begrüßung nicht ihm, sondern seinem Hund gegolten hatte. Er ließ Fifi laufen, als sie an Deck waren, und sie rannte sofort hinter dem Vogel her. Dann tauchte lächelnd Kwan Chan auf, wollte etwas sagen, gab jedoch entmutigt auf, als er Krassers Miene sah.

Allein im Kartenhaus, inmitten seiner vertrauten Umgebung, starrte Krasser kopfschüttelnd auf die Karte des Pazifischen Ozeans. Er hatte nicht die Absicht, sein Schiff als Werkzeug für die mörderischen Pläne des Generals einzusetzen. Und Fallschirmeinheiten über Neuguinea abzusetzen, war Mord. Kein einziger dieser Jungen würde durchkommen. Nach dreihundertjähriger holländischer Herrschaft mußten sich die Papuas ebenso wie die Dajaks in einer Art Friedens- und Unabhängigkeitstaumel befinden. Kein Weißer, der im Tarnanzug und Helm vom Himmel sprang, hatte auch nur die geringste Überlebenschance. Wenn dieser Blendzahn wollte, daß jemand über Neuguinea absprang, um Flagge zu zeigen, dann sollte er das doch selbst machen. Die *Henny* jedenfalls würde sich nicht kooperativ an einer solchen Aktion beteiligen, gleichgültig was auf dem »Spiel stehen« mochte.

Er starrte noch immer auf die Seekarte, als Fifi

kam und über den Rand der Schwelle spähte, um die Atmosphäre zu testen.

»Na gut, Köter«, seufzte er. »Komm rein!«

Fifi sprang ins Kartenhaus und erhielt einen Hundekuchen von einem Atheisten.

4

Am Abend fand eine weitere, die zweite, Feier dieses Tages statt, ein vom Frauenverein organisiertes Whistturnier, zu dem sämtliche Passagiere der *Henny* einschließlich Herman eingeladen waren. Das erste Ereignis war ein Mittagessen gewesen, das der Verein der Mütter gegeben hatte. Mrs. Krasser und ihre hübsche Tochter waren gebeten worden, zu diesem Anlaß ein indonesisches Gericht beizusteuern. Die beiden Damen hatten das gern getan. Nach den ersten Bissen hatten einige der versammelten Mütter nach Luft geschnappt und heiser nach einem Glas Wasser verlangt. Auf die Frage, wie das feurige Gewürz dieses Gerichts heiße, hatte Mrs. Krasser daraufhin stolz geantwortet: »*Sambal deng.*«

Kapitän Krasser, den man fast in Handschellen zu diesem Whistturnier hatte führen müssen, erhielt eine Lammfelljacke zum Geschenk. Während die Übergabe des guten Stücks stattfand, trat Josie Bohm neben Herman und flüsterte: »Ich hab alles geregelt!« Als Herman fragte: »Was geregelt?« legte sie den Finger auf seine Lippen und murmelte: »Pssst! Später!« Nachdem schließlich die Nationalhymnen gesungen waren und sich die Menge zerstreut hatte, hakte sie sich bei ihm ein und seufzte: »Komm, *snoepje*!«

»Wohin gehen wir?«

»In Esthers Wohnung. Sie ist die ganze Woche über nicht da.«

Sie fuhren mit halsbrecherischer Geschwindigkeit zu dem Wohnblock, in dem Esthers Apartment lag. Kaum waren sie über der Schwelle, legte sie die Arme um ihn und begann ihn hingebungsvoll zu küssen, während sie mit dem Fuß die Tür zustieß. Dann zog sie ihn geradezu ins Wohnzimmer, schubste ihn auf die Couch, legte sich auf ihn und flüsterte in sein Haar: »Ich habe genau den Job für dich. Ein ruhiger, einträglicher Posten... ganz in der Nähe von Melbourne... eine tolle Sache.«

»Und was ist das für ein Job?« erkundigte sich Herman keuchend.

»Du wirst Redakteur einer Wochenzeitung für die holländischen Einwanderer einer ländlichen Gemeinde. Die Leutchen leben auf dem Land. Hauptsächlich Schaffarmer. Zu dem Posten gehört ein Haus und eine Abo-Haushälterin. Das Gehalt ist anständig, und du machst die Arbeit mit links! Du hast reichlich Freizeit, Mannilein, und kannst häufig auf Geschäftskosten nach Melbourne fahren, um Interviews zu machen, über Kongresse schreiben und so weiter. Ich halte dich auf dem laufenden.«

»Wo... ehm... ist das eine Zeitschrift, die es schon gibt?«

»O ja. Allerdings noch nicht lange. Guy, der das Blatt richtig in Schwung bringen sollte, hat sich abgesetzt und einen Job bei der Regierung angenommen. Aber Guy war sowieso ein Dilettant. Du machst aus der hübschen kleinen Zeitung ein richtiges Schmuckstück. Da bin ich sicher. Sie hat übrigens einen schicken Namen: *Posaune von Hopalong.«*

»Machst du Witze?«

»Warum? Gefällt er dir nicht? Hopalong heißt nämlich die Stadt... oder das, was mit deiner Hilfe noch aus ihr werden soll. Ist das nicht aufregend?«

Herman wußte nicht, ob er lachen oder weinen sollte, und tat schließlich beides. Josie war sehr verständnisvoll. Für sie war das eben die Reaktion auf alles, was er erlebt hatte. Josies Zuneigung war wie immer überwältigend. Herman hatte gelegentlich gehört, daß Männer vergewaltigt worden sein sollten, und nie begriffen, wie das technisch möglich war. Jetzt erfuhr er am eigenen Leib, was es bedeutete.

Josie setzte ein weiteres Möbelstück ihrer ungarischen Freundin dem bewährten Crash-Test aus. Es endete damit, daß Herman wie ein Kind in ihren Armen auf einem windschiefen Sofa lag. Rükken und Hinterteil ragten über die Kante und wurden kalt. Doch Josie seufzte sinnlich, schlug dicht vor seinem Gesicht die Augen auf, küßte ihn auf die Nasenspitze und sagte: »Wie wär's mit einem Dankeschön?«

Einen Augenblick dachte er, sie erwarte dafür, daß sie ihn völlig aufgearbeitet hatte, Dankbarkeit, doch dann wurde ihm klar, daß der Job bei der Zeitung mit dem aufregenden Namen gemeint war. »Wo liegt dieses Hopalong eigentlich?« erkundigte er sich.

»Circa vierhundert Kilometer von Melbourne entfernt. Es ist genau das, was ich mir für dich gewünscht habe. Dort hast du viel Zeit zum Schlafen, keine gesellschaftlichen Verpflichtungen...« Sie küßte erneut lächelnd seine Nasenspitze. »Du brauchst Ruhe, nichts als Ruhe.«

»Sollte ich mich nicht lieber freiwillig zum Kriegsdienst melden?«

»Nein«, widersprach sie gähnend. »Das habe ich mit dem alten ... sowieso schon geregelt. Dein neuer Job ist von nationalem Interesse.«

»Mit welchem Sowieso hast du das geregelt?«

Sie wälzte sich auf die Seite, gab ihm einen Klaps auf das nackte Hinterteil und sagte: »Jetzt essen wir erst mal was.«

Damit stieg sie über ihn hinweg und ging in die kleine Küche. Dort band sie eine Schürze um und begann mit Töpfen und Pfannen zu klappern. Seltsamerweise erregte die Josie ihn, die nur mit einer kleinen Schürze bekleidet eine Pfanne säuberte. In diesem Moment war sie eine höchst unzüchtig wirkende Hausfrau, ein Bild unkomplizierter, sehr diesseitiger Lebensfreude. Welchen Platz er in ihrem Reigen von Liebhabern auch einnehmen mochte, solange sie zusammen waren, gab sie ihm bedingungslos alles, wozu sie fähig war. Ihre freudige Liebestollheit ließ ihn die Leere und Einsamkeit seines Herzens vergessen.

Josephine Bohm machte alles mit großem Eifer und Einsatz: kochen, Brot schneiden, Eiswürfel aus der Plastikschale lösen, eine Weinflasche öffnen, indem sie sie zwischen die Schenkel klemmte und den Korken herauszog… »Tut mir leid«, seufzte sie. »Esther hat keine Schnäpse. Nur Wein und Liköre. Aber versuchen wir's mal mit dem hier.« Sie schenkte zwei große Gläser randvoll ein, nahm einen tiefen Schluck, fuhr sich mit der Zunge schmatzend über die Lippen und trank erneut.

Herman trat hinter sie an den Herd, legte die Arme um sie und machte Annäherungsversuche, doch Josie schlug ihm auf die Hände. »Alles zu seiner Zeit! Jetzt gibt's erst mal was zu essen.«

Josie deckte den Tisch, zündete Kerzen an, drückte ihn auf einen Stuhl und band ihm tatsächlich auch noch die Serviette um. Es fehlte nur noch der Kinderstuhl. Die Mahlzeit, die sie zubereitet hatte, schmeckte ausgezeichnet. Der Wein erfüllte ihn mit sinnlicher Wärme, was bei den Mengen, die sie ihm einschenkte, nicht verwunderlich war. Bei Kaffee und österreichischem Likör, als er im Kerzenschein seinen Cognacschwenker in der Hand drehte, wurde ihm klar, daß er im Begriff war, sich zu verlieben. »Keine düsteren Gedanken, Liebster«, sagte Josie unvermittelt. »Laß dir Zeit.«

»Wie bitte?«

Josie, die ihm gegenübersaß, musterte ihn aus ihren blauen Augen. In seinem leicht alkoholisierten Zustand bildete er sich plötzlich ein, ihre Brustwarzen sähen ihn ebenfalls an. Der vieräugige in seiner Höhle brütende Minotaurus, dachte er, und sagte laut: »Wie meinst du das?«

»Ich weiß, es fällt schwer zu vergessen«, erwiderte sie und nippte an ihrem Glas. »Ich wache nachts auch manchmal schweißgebadet auf, nachdem ich von ihnen geträumt habe. Du solltest lieber versuchen, sie zu vergessen. Sie haben in deinem Leben nichts zu suchen. Sie sind tot. *Arrière cadavres,* wie die Franzosen sagen.«

»Wovon redest du eigentlich?«

Sie zuckte mit den Schultern, und erzeugte damit im Kerzenschein ein harmonisches Zusammenspiel von runden und ovalen Wölbungen. »Von den Toten, von lieben Toten. Ich habe genug davon gesehen. Das langt mir für mein ganzes Leben. Zum Teufel mit ihnen. Das Leben gehört den Lebenden. Lassen wir die Toten ruhen.«

Für einen Augenblick schien es, als böte sich ihm damit ein Ausweg aus der Verzweiflung. Dann wurde ihm aber klar, welcher Unterschied zwischen ihr und ihm bestand: Sie mochte Szenen gesehen haben, die ebenso schrecklich und grausam gewesen waren, wie das, was er erlebt hatte, aber sie war niemals verantwortlich dafür gewesen. Er war nahe daran, mit der Wahrheit herauszuplatzen, ihr zu erzählen, daß die Marschkolonne hinter ihm plötzlich abgerissen war und die Männer von Rauwatta die Straße sicher hätten überqueren können, wenn ihm nicht der Mut gefehlt hätte, ›halt!‹ zu rufen. Doch er unterdrückte den plötzlichen Impuls. Josie würde nur versuchen, ihm ihre Sicht der Dinge aufzudrängen, die jener unerschöpflichen Vitalität entsprach, die er nicht besaß. Im Vergleich mit ihr war er ein zimperlicher Intellektueller ohne Mut und Mumm, der alle Entscheidungen im Leben gezwungenermaßen mit dem Kopf treffen mußte, weil seine Gefühlsströme zu schwach waren, um einen Impuls zu erzeugen, der stark genug gewesen wäre, sein Schicksal selbst in die Hand zu nehmen.

»Komm ins Bett«, schlug sie vor, nahm die Serviette ab und warf sie auf den Tisch. »Verscheuchen wir die finsteren Gedanken.«

Er stand auf. Das war seine letzte freiwillige Handlung an diesem Abend. Sie führte ihn ins Schlafzimmer mit dem breiten Doppelbett, das nach der Schlacht der vergangenen Nacht noch nicht wieder gemacht worden war, und liebte ihn mit solch leidenschaftlicher Heftigkeit, daß sein Körper erwachte. Seine Gefühle jedoch blieben unberührt, denn sie liebte ihn mit derselben unersättlichen Zielstrebigkeit, mit der sie das Essen verschlungen und den Wein getrunken hatte. Er war praktisch Bestandteil des Menüs. Schwer atmend erklomm sie die schwindelerregenden Höhen der Ekstase und nebelte ihn mit ihrem nach österreichischem Likör riechenden Atem ein. Sein Körper ließ sich zwar zu diesem wild verwegenen Spiel der Leidenschaften hinreißen, doch seine Seele blieb unberührt. Sie schien von irgendwo oben traurig auf die Zuckungen ihres ekstatischen Fleisches herabzusehen.

Als die Leidenschaft schließlich ausgeschöpft war, lagen sie Seite an Seite auf den schweißfeuchten Laken im zerwühlten Bett. Herman erfaßte plötzlich der überwältigende Wunsch, etwas zu tun... etwas zu tun, womit er den Verrat an den siebenundvierzig, durch seine Schuld gestorbenen Männern wiedergutmachen könnte.

Und wiederum war das ein intellektueller Wunsch, der nicht seinen Gefühlen, sondern allein seiner Vernunft entsprungen war. Er wollte nicht büßen, sondern Vergebung erlangen.

Aber wer außer den siebenundvierzig Männern aus Rauwatta hätte ihm schon vergeben sollen? Und nach der Hartnäckigkeit zu schließen, mit der ihre Bilder ihn verfolgten, hatten diese nicht die Absicht, das zu tun. Er konnte sich ja selbst nicht verzeihen. Der einzige Ausweg war die Buße.

»Woran denkst du, Manni?«

Einen Augenblick lang war er versucht, es ihr

zu erzählen. Dann ahnte er, daß er damit nur einen wütenden Streit heraufbeschwören würde.

»Was ist eigentlich eine Abo-Haushälterin?« erkundigte er sich.

»›Abo‹ ist die Abkürzung für Aborigine, so nennt man die Eingeborenen hier. Sie sind entsetzlich häßlich. Aber ich werde die Frau trotzdem mal unter die Lupe nehmen.«

Der Wunsch zur Beichte war verflogen. »Ja, tu das.«

5

Krasser, der mit ausgestreckten Beinen in einer Ekke des Drehstuhls im Kartenhaus lehnte, leerte bereits sein viertes Glas Genever. Dabei war es erst neun Uhr morgens. Krasser war wütend.

Als er eine Stunde zuvor am Pier das Taxi verlassen und die Gangway zu seinem Schiff hinaufgegangen war, hatte er eine völlig leere *Henny* vorgefunden. Keine Menschenseele war an Bord zu sehen gewesen. Seine Matrosen mußten die ganze Nacht getrunken und gehurt haben und schliefen jetzt irgendwo an Land ihren Rausch aus. Der einzige, den er dann schließlich doch antraf, war ein chinesischer Matrose, der bei Krassers Ankunft friedlich in der Kajüte schlief. Kwan Chan hatte ihn als Deckwache zurückgelassen. Eine großartige Wache! Auf den Beo war mehr Verlaß.

Krasser hatte das Schiff ganz für sich allein. Die Frauen waren mit der Dicken vom Konsulat unterwegs. Und bisher war noch keiner der Passagiere wieder an Bord erschienen… Er war also mit

Fifi, dem Beo und dem Chinesen aus der Kombüse allein.

Krassers Laune wurde noch schlechter, während er über den General mit den falschen Zähnen nachdachte, der Kanonenfutter aus der Luft an die Papuas verfüttern wollte. Niemals würde er sich für so etwas hergeben. Nur was war die Alternative? Er wußte, »was auf dem Spiel stand«.

Während er zum x-ten Mal auf dem Stuhl stand, sich über die Seekarte des Pazifischen Ozeans beugte und sich fragte, wohin er sich wenden sollte, hielt draußen am Pier ein Wagen an. Türen schlugen. Krasser ging auf die Brücke hinaus und kletterte auf den erhöhten Laufsteg. Vor der Gangway parkte ein winziges rotes Fahrzeug, das man kaum Auto nennen konnte. Jemand kam die Gangway herauf, doch wer es war, konnte Krasser nicht erkennen. Er sah nur den oberen Teil eines Männerkopfes. »Heh! Hallo?« rief er.

Der Besucher sah auf. Es war der junge Journalist, den er in der Mündung des Kali Woga aufgefischt hatte. Er konnte nicht sagen, ob er den Burschen mochte oder nicht. Eigentlich war er der unauffälligste unter seinen Passagieren gewesen. Doch Krasser war in einer solch trostlosen Stimmung, daß er hinunterrief: »Kommen Sie auf die Brücke. Trinken wir einen Schnaps zusammen.«

Als der junge Mann auf dem Brückendeck auftauchte, drückte Krasser ihm ein frisch eingeschenktes Glas Genever in die Hand. »Kommen Sie rein!« forderte Krasser ihn auf. »Setzen wir uns in die Messe.«

Nachdem Krasser sich auf das Ledersofa gesetzt und der junge Mann ihm gegenüber auf dem Stuhl Platz genommen hatte, prostete er ihm zu: »Auf unsere verlorene Freiheit!«

Der junge Mann warf ihm einen seltsamen Blick zu. »Darauf trinke ich. Weshalb haben Sie gerade das gesagt?«

Krasser konnte derartige Nachfragen normalerweise nicht ausstehen, aber der junge Mann war die einzige Gesellschaft, die er kriegen konnte, und deshalb antwortete er widerwillig: »Unsere Tage der Freiheit und Unabhängigkeit sind vorbei. Die Zivilisation hat uns wieder und legt uns in ihre Ketten. Wissen Sie, worum mich zu bitten diese Kerle die Stirn hatten?«

Er mußte betrunken sein, denn er erzählte dem jungen Mann mit dem Allerweltsgesicht vom mörderischen Plan des Generals. Krasser war wütend auf sich selbst, und zwar nicht, weil er das Vertrauen des Generals mißbrauchte, das war dessen Angelegenheit..., sondern weil er wie ein altes Waschweib auf sein Gegenüber einredete.

Dabei gab es über den Plan des Generals eigentlich nicht viel mehr zu sagen, als daß sein Vorhaben Mord gleichkam. »Und ich will dreimal verdammt sein, wenn ich mich und mein Schiff für so was hergebe. Also, auf die Freiheit, mein Junge. Machen wir beide, daß wir so schnell wie möglich wieder auf See und in den Dschungel kommen.« Eine hübsche kleine Rede. Angewidert schenkte er sich das sechste... oder das siebte Glas ein. Er hatte zu zählen aufgehört.

»Haben wir denn die Wahl, Kapitän?« fragte der junge Mann unvermittelt. »Haben wir je die Wahl?«

»Darauf wette ich meinen Hintern! Klar haben wir die! « entgegnete Krasser energisch. Er wollte sich in seinem Suff nicht soweit bloßstellen, auch noch zuzugeben, daß er wirklich keine Wahl hatte.

»Ich hätte nie gedacht, daß Ihnen solche Dinge an die Nieren gehen könnten«, erklärte sein Gegenüber nach kurzem Schweigen. Krasser hatte seine Anwesenheit schon beinahe vergessen. Die Worte »See« und »Dschungel« hatten in ihm nostalgische Gefühle von Frieden, Einsamkeit und Macht ausgelöst: allein mit seinem Schiff, seinem Hund und seinen zwei Frauen im Wechselspiel der Farben Blau und Grün am See der Toten zu sein, das Gezwitscher der Vögel im Dschungel zu hören und den süßlichen Duft der Sümpfe zu riechen! »Was haben Sie gesagt?«

»Es sieht Ihnen doch gar nicht ähnlich, sich darüber Sorgen zu machen, daß jemand keinen Respekt vor Menschenleben hat«, erklärte der junge Mann.

Nach mindestens sechs Schnäpsen war das für Krasser zu kompliziert. Diese Unterhaltung führte zu nichts. Für einige Augenblicke hatte sie ihn von seinen düsteren Grübeleien abgelenkt, doch jetzt begann sie ihn zu langweilen. Aber Einsamkeit war wie ein physischer Schmerz. Er konnte es einfach nicht ertragen, allein in seiner Messe oder im Kartenhaus zu sitzen und auf ein Zeichen der Hoffnung zu warten. »Glauben Sie an Gespenster?« fragte er unvermittelt.

Der junge Mann spitzte den Mund. Es war ihm deutlich anzusehen, daß er sich eine freundliche Antwort überlegte. Um ihm zuvorzukommen, fuhr Krasser hastig fort: »Ich auch nicht, aber es gab gewisse Dinge... Kennen Sie die Geschichte mit der gerissenen Stahltrosse an der ersten Winde?« Der junge Mann schüttelte den Kopf und wollte etwas sagen, doch Krasser ließ es gar nicht erst dazu kommen. Donnerwetter, der Genever war verdammt stark, sagte sich Krasser. Aber was konnte es schaden, von dem defekten Stahlseil zu erzählen, von Fifi, die eine unsichtbare Gestalt auf der Brücke gesehen, vom Beo, der ihn auf das Quietschen des Lagers an der Propellerwelle aufmerksam gemacht, von Baradja, die seine Stimme nach Drinks rufen gehört hatte? Er schenkte sich Schnaps nach und weihte den jungen Mann in sämtliche Geschichten mit der Nonne ein.

Er spürte, daß der junge Mann beeindruckt war. Vielleicht waren es jedoch weniger diese Episoden als die Erinnerung an ein gemeinsam erlebtes Abenteuer, an den Ruf des Meeres, die ihn interessierten. Junge, war er betrunken! »Also ich mache jetzt mal ein kleines Nickerchen!« verkündete Krasser schließlich. »Ich habe eine anstrengende Nacht hinter mir. Kann ich sonst noch was für Sie tun?« Es wurde Zeit, daß er sich hinlegte. Die Messe hatte sich schon um ihn herum zu drehen begonnen.

»Ich glaube nicht, daß es ihr Gespenst war, Kapitän.«

»Sondern?«

»Es ist keine übersinnliche Erscheinung, die wir nicht vergessen können, sondern ihre Seele... ihre Gesinnung.«

Krasser sagte dazu gar nichts mehr. Er legte sich auf das Sofa, schloß die Augen und war sofort eingeschlafen.

6

Krasser wußte später nicht mehr, wie lange er auf dem glatten schweißnassen Kunstleder des Sofas gelegen hatte, als ihn eine Stimme weckte: »Käpt'n! He, Käpt'n!«

Es war die Dicke mit dem mit Gemüse garnierten Strohhut, die Frau, die seinen kuriosen Triumphzug durch die Stadt organisiert hatte.

»Aufwachen! Aufwachen!!« rief sie fröhlich und trat in die Messe. »Kommen Sie hoch, Mann! Sie werden gebraucht!«

»Wozu denn?«

»Einladung Seiner Exzellenz des Generalgouverneurs persönlich: Abendessen im Palais in Canberra für Sie, den niederländischen Botschafter und Ihre beiden Damen. Wir fliegen in etwa drei Stunden. Zeigen Sie mir, was für Uniformen Sie haben. War die, die Sie gestern abend getragen haben, Ihre beste?«

»Also, jetzt hören Sie mal...«

»Für Perth war das ja ganz in Ordnung, aber

für die Einladung beim Generalgouverneur brauchen Sie eine Uniform, in der Sie nicht wie der Gasmann aussehen. Steigen Sie in meinen Wagen, mein Freund! Ihre Damen habe ich schon ausstaffiert. Jetzt sind Sie an der Reihe. Los, aufstehen!« Sie streckte die Hand aus, um ihn vom Sofa zu ziehen.

Ein Galadiner in einem Palais, bei dem er wie ein Pfingstochse aufgeputzt erscheinen mußte, war wirklich das letzte, was er sich wünschte. Aber diese Dame war verdammt energisch und er viel zu verkatert, um sich auf einen Machtkampf einzulassen.

Am Pier parkte das kleine rote Auto, mit dem bereits zuvor der Journalist gekommen war. Krasser beobachtete fasziniert, wie sich die üppige Dame in den Wagen zwängte. Daß sie tatsächlich beide hineinpaßten, grenzte an ein Wunder. Noch bevor er die Tür schließen konnte, machte das Gefährt einen Satz und raste davon. Die Dame mit dem Strohhut fuhr wie der Teufel. Er war wie von Sinnen vor Angst, als sie schließlich vor einem Kaufhaus anhielt.

»Aussteigen! Ich parke den Wagen. Sie gehen in die Abteilung für Herrenbekleidung, zweiter Stock rechts, und fragen nach Uniformen. Ich komme nach, sobald ich mich vergewissert habe, daß Ihre Damen dort sind, wo sie hingehören.«

Krasser sah ihr nach, wie sie mit dem kleinen Auto davonflitzte und haßte sie mit der Bitterkeit des Ohnmächtigen. Dann betrat er das Kaufhaus und ging in die Herrenabteilung.

Dort steckte man ihn in eine Uniform, zu der eine Mütze gehörte, die wie ein Hubschrauberlandeplatz aussah. Die Hose war viel zu lang, und der Verkäufer sagte süßsauer, sie bedürfe der Änderung. Kurz darauf erschien aufgeregt die dicke Dame. »Weshalb haben Sie mir nicht gesagt, daß Sie Kinder haben?« fragte sie erregt.

Krasser starrte sie fassungslos an.

»Was ist das für eine Geschichte von einem Jungen mit nur einem Bein?«

»Von einem was?«

»Ihre Frau veranstaltet unten in der Kinderabteilung einen ziemlichen Aufruhr, weil sie *einen* Fußballstiefel für einen Zehnjährigen kaufen will. Sie weigert sich, beide Schuhe zu bezahlen, weil der Junge angeblich nur einen braucht.«

»Sie sind ja verrückt!«

Die Dicke nahm es gelassen. »Einer ist hier tatsächlich verrückt. Ich kann Ihre Frau jedenfalls nicht zur Vernunft bringen. Also gehen Sie runter und sagen ihr Bescheid. Sie kann doch nicht verlangen, daß man ein Paar Schuhe auseinanderreißt. Vielleicht geht das in ihren Dickschädel, wenn Sie ihr das klarmachen. Nehmen Sie mir meine Offenheit nicht übel. Hier entlang, bitte.« Nachdem sie den Verkäufer mit einem scharfen Blick zum Schweigen gebracht hatte, marschierte sie davon. Krasser, der seinen Operettenanzug völlig vergessen hatte, watschelte hinter ihr her. Die ganze Sache nahm allmählich alptraumhafte Züge an. Er kam sich vor, als leide er an beginnendem Säuferwahnsinn. In der Kinderabteilung fand er zwischen Regalen mit Kinderschuhen Baradja. Sie hielt einen Fußballstiefel fest umklammert und starrte wütend auf einen freundlichen Herrn, der offenbar die Aufgabe hatte, sie zu beruhigen.

»Was zum Teufel ist hier eigentlich los?« fragte Krasser. »Wozu willst du den Schuh?«

»Der ist für den kleinen Jungen«, erwiderte Baradja in einem Ton, der keinerlei Kompromißbereitschaft versprach. Sie war eine im Prinzip brave, folgsame Seele, doch manchmal gab es Momente, wo sie störrisch wurde wie ein Esel.

Neugierige Gaffer hatten sie umringt, die ihn von oben bis unten musterten. Dann sah er flüchtig sein Zerrbild in einem Spiegel am anderen Ende des Verkaufsraums und packte Baradja beim Arm. »Komm mit!« Und zu der dicken Dame gewandt: »Bezahlen Sie die Schuhe! Das Geld kriegen Sie von mir wieder. Ich rede mit ihr.«

Baradja ließ sich in eine Ecke ziehen, doch den Schuh gab sie nicht her. Als sie allein waren, sah sie mit dem trotzigen Ausdruck einer Frau auf ihn herab, die sich unverhofft etwas fest in ihren Kopf gesetzt hatte. Unter diesen Umständen war jede Diskussion zwecklos. Krasser beschränkte sich daher auf die Frage: »Von welchem Jungen redest du überhaupt?«

»Na, von dem geistig behinderten Jungen, dem die Nonne beigebracht hatte, den Schuh zu binden. Jetzt hat er ihn im Dschungel verloren. Deshalb habe ich ihm einen neuen gekauft.«

Krasser sah beinahe bewundernd zu ihr auf. Da stand Baradja mit ihrer flachen Nase und den Mandelaugen vor ihm, war dumm und verkommen und flößte ihm trotzdem plötzlich etwas ein, das er niemals im Leben mit ihr in Verbindung gebracht hätte: Achtung. »Du glaubst doch nicht, daß wir zurückfahren, oder?«

Baradja sah ihn wieder mit diesem zu allem entschlossenen Blick an. »Natürlich tun wir das.«

»Und warum, wenn ich fragen darf?«

»Weil du's versprochen hast.« Sie sagte das in einem Ton, der deutlich machte, daß sie keinen Augenblick daran gezweifelt hatte, daß er sein Versprechen halten würde.

Krasser hörte, wie die herrische Dicke hinter ihm etwas fragte, doch er kümmerte sich nicht um sie. Er starrte Baradja noch einen Moment schweigend an, dann sagte er: »Warte hier, bis ich mich wieder umgezogen habe.« Er wandte sich ab.

Während er zur Herrenabteilung zurückging, brabbelte die Dicke noch immer etwas von »Kummerbund«, doch er schenkte ihr keine Aufmerksamkeit.

Krasser war nie der Gedanke gekommen, es könne auch nur einen Menschen auf dieser Erde geben, der ihn für einen Ehrenmann hielt.

7

Als Herman dem Leiter des Informationsdienstes der niederländischen Regierung, Albert Haversma, gegenüberstand, war er zuerst überrascht. Er wußte selbst nicht, wen er auf diesem Posten erwartet hatte, aber der rundliche alte Herr, der bei seinem Eintreten hinter dem Schreibtisch aufsprang und rief: »Winsum! Na, prächtig! Ich freue mich sehr, daß Sie gekommen sind! Setzen Sie sich!« entsprach nicht dem Bild, das er sich von einem Mann in dieser Stellung gemacht hatte. Und da Herman den Herrn noch nie zuvor gesehen hatte, fragte er sich, wem er wohl dessen Wohlwollen zu verdanken hatte.

Haversma lehnte sich vor und musterte Herman väterlich-freundlich. Irgend etwas stimmte mit diesem Mann nicht, aber Herman wußte noch nicht, woran das lag. »Zigarre?« Haversma hielt ihm eine Zigarrenkiste hin. »Nein? Zigaretten?« Er holte eine Schachtel hervor.

»Nein, danke«, wehrte Herman ab. »Ich rauche nicht.«

»Es macht Ihnen doch nichts aus, wenn ich mir eine anstecke?« Haversma nahm ein Streichholz, zündete eine Zigarre an, löschte die Flamme, paffte und sah dann seinen Besucher leutselig lächelnd an. »Ich weiß alles über Sie, Winsum. Mrs. Bohm hat mich eingeweiht. Ich bin natürlich begeistert, daß Sie nach Hopalong wollen. Sehr nett von Ihnen. Und mir kann's nur recht sein. Wie Sie weiß ich die wenigen Annehmlichkeiten der Zivilisation zu schätzen, die uns noch geblieben sind.«

Herman räusperte sich und sagte dann: »Ich bin hier, um mich freiwillig zum Kriegsdienst zu melden.«

»Freiwillig melden?« Das Lächeln blieb, doch jetzt wurde klar, was an Mr. Haversma nicht gestimmt hatte: In den Augen spiegelte sich die Wärme, die er auszustrahlen vorgab, nicht wider. Sie waren wachsam und illusionslos.

»Ich möchte Sie bitten, mir eine Akkreditierung als Kriegskorrespondent zu beschaffen. Am liebsten würde ich einem Kommando zugeteilt werden, das über Neuguinea abspringen soll.«

Haversmas Miene wurde eisig. »Wer hat Ihnen denn davon erzählt?«

»Ich hab's irgendwo gehört.«

»Wo?«

»Das kann ich nicht sagen. Ich muß meinen Informanten schützen.«

Haversma drehte sich mit seinem Stuhl herum und starrte aus dem Fenster. Schäfchenwolken zogen friedlich in Richtung des leeren Kontinents, der irgendwo dahinter lag. »Tut mir leid, aber darüber muß ich General Kalman Meldung machen«, erklärte er schließlich.

»Wie Sie wollen.«

Der Stuhl schwenkte wieder herum. »Können Sie mir vielleicht sagen, weshalb Sie gerade dieses Kommando interessiert? Und ich möchte hinzufügen: Falls ein solches Unternehmen wider mein besseres Wissen je stattfinden sollte, dann werden dem Kommando sicher keine Kriegskorrespondenten zugeteilt werden.«

»Soweit ich das beurteilen kann, wäre das ein Fehler.«

»Und weshalb, wenn ich fragen darf?«

»Die Überlebenschancen einer solchen Einheit sind, gelinde gesagt, gering. Dieses Kommando braucht deshalb dringend einen Begleiter, der so was schon mal durchgemacht hat.«

Die wachsamen Augen ruhten auf Herman. »Und was haben Sie durchgemacht?«

»Ich bin mit siebenundvierzig anderen Männern aus Rauwatta geflohen. Ich weiß, was es heißt, im Dschungel ganz auf sich gestellt zu sein. Ich bin der einzige Überlebende der Gruppe.«

Der alte Herr sog an seiner Zigarre, blies Rauchringe zur Decke. Schließlich fragte er: »Haben Sie das schon mit Mrs. Bohm besprochen?«

Hermans Miene wurde starr. »Weshalb sollte ich?«

Haversma legte seine Zigarre auf den Rand des Aschenbechers. »Mrs. Bohm ist eine kluge Frau und scheint Sie zu mögen. Ich schlage daher vor, Sie besprechen die Angelegenheit mit ihr, bevor ich Ihre Bitte an die Militärbehörde weiterleite.«

»Können Sie mir verraten, weshalb Sie das für ratsam halten?«

Die wachsamen Augen sahen ihn allwissend an. „Sie haben noch nicht genügend Abstand zu Ihrem letzten Erlebnis, um einen solchen drastischen Entschluß zu fassen, Winsum. Und selbst wenn man Ihren Wunsch in Erwägung ziehen würde, wären Sie es sich und den betroffenen Männern schuldig, sich erst einmal gründlich von dem Alptraum zu erholen, den sie erlebt haben.«

Herman stand auf. »Ich werde mir diesen Satz merken, Mr. Haversma, um ihn gelegentlich vor kriegsmüden Korrespondenten zu wiederholen.«

Aber der alte Herr war für diese Art von Ironie nicht anfällig. Sein Lächeln und die väterliche Jovialität kehrten zurück. »Passen Sie gut auf sich auf, Mr. Winsum. Erholen Sie sich ausgiebig. Reden Sie mit Mrs. Bohm. Sie ist eine vernünftige Frau. Und verbreiten Sie bitte keine Gerüchte über bevorstehende Kommandounternehmen in Neuguinea. Unbedachtes Geschwätz kann eine Menge Leute in Schwierigkeiten bringen... Sie eingeschlossen, falls die Militärbehörde Ihrem Antrag stattgibt.« Haversma streckte den Arm aus. Sie schüttelten sich die Hand. »Kommen Sie in einem

Monat wieder zu mir. Viel Glück... und genießen Sie zur Abwechslung mal das Leben.«

Auf seinem Weg durch das Amtsgebäude erfaßte Herman Verzweiflung. Während der wenigen Stunden, in denen er durch die Straßen von Perth und an der Flußpromenade entlanggewandert war und sich die Segelyachten angesehen hatte, war ihm kein einziges Mal der Gedanke gekommen, jemand könne seine Bitte ablehnen... und schon gar nicht auf Veranlassung von Josie Bohm, der grauen Eminenz des Informationsdienstes der holländischen Regierung.

Einsam und verloren durchquerte er die Eingangshalle und ging zum Portal. In diesem Augenblick trat Josie, eine Diplomatentasche schwenkend, aus dem Lift. Haversma schien sich sofort ans Telefon gehängt zu haben, denn sie vertrat ihm den Weg und sagte streng: »Du bist wohl nicht ganz bei Trost, was?«

»In Perth scheint es wirklich keine Geheimnisse zu geben«, bemerkte er lahm.

»Geheimnisse! Unsinn!« Sie packte ihn beim Arm, als wolle sie ihn verhaften. »Du bist krank! Gehen wir nach Hause!«

Da er zu müde war, um sich zu wehren, ließ er sich zu ihrem kleinen roten Wagen führen und wurde als Gefangener der Liebe abtransportiert.

8

»Also gut«, begann sie. »Sprich dich aus! Ich bin ganz Ohr.«

Sie war es nicht. Sie war ganz Busen, Bauch und üppige Oberschenkel. Ihr Nabel, der ihn an Verse aus dem Hohelied Salomos erinnerte, schmeckte jetzt salzig. »Tu das nicht. Es kitzelt.«

Er sah auf und sah über die Ebene von Galiläa zwischen den fernen Hügeln des Libanon hindurch in ihre holländischen Augen.

»Geht's dir jetzt besser?« wollte sie wissen.

»Der Witz hat einen Bart«, murmelte er und küßte den wulstigen Rand ihres Nabels. »Dein Schoß ist wie ein runder Becher, dem nimmer Getränk mangelt. Dein Leib ist wie ein Weizenhaufen, umsteckt mit Rosen«, zitierte Herman stumm für sich das Hohelied Salomos.

»Kannst du jetzt darüber sprechen?«

»Worüber?«

»Na, über das, was du mit einem Freund besprochen hast.«

»Hm«, seufzte er und küßte sie weiter.

»Genug! Rede!«

Der Himmel ihrer Augen war klar und blau. Die Stille ihres Ausdrucks war verführerisch. Doch er wollte nicht verführt werden. »Zuerst muß ich pinkeln.«

Herman stand auf und verschwand in der Toilette. Lustige Witzzeichnungen hingen dort an der Wand, doch sein Blick schweifte zu einem Sticktuch, auf dem in gotischen Stickbuchstaben der Spruch stand: »Manch' Blüte blieb uns aus dem Garten Eden, doch die Spur der Schlange ist überall.« Sein nobler Traum von der Selbstaufopferung zerplatzte wie eine Seifenblase. Was verkörperte die Schlange? Dummheit? Feigheit? Schuld? Herman betätigte die Toilettenspülung und kehrte ins Schlafzimmer zurück.

Josie lag ausgestreckt, glatt und prall auf dem riesigen Doppelbett und hatte die Arme im Nacken verschränkt. Als er hereinkam, wandte sie den Kopf. Ihre blauen Augen musterten ihn träge.

»Gut gepinkelt, ist halb gewonnen«, witzelte er.

Sie lachte nicht. Wie alt war sie überhaupt? Es war schwer zu sagen. Herman schätzte sie auf Ende Dreißig oder Anfang Vierzig.

»Kannst du jetzt reden?« erkundigte sie sich.

Er legte sich neben sie und streckte ein Bein über ihren Schenkeln aus. »Nicht hier.«

»Gut. Essen wir was.« Sie richtete sich auf.

»Jetzt? Ich habe keinen Hunger.«

Doch sobald sich ihr üppiger Körper einmal in Bewegung gesetzt hatte, war er nicht mehr aufzuhalten. Sein Bein glitt von ihren Schenkeln und plumpste aufs Bett. Josie marschierte zur Tür. »Wir müssen darüber reden«, beharrte sie beim Weggehen. »Es ist wichtig.«

Herman blieb liegen und starrte eine Weile mit der finsteren Miene eines störrischen Kindes auf den Türrahmen. Dann hörte er, wie sie mit Pfannen und Töpfen klapperte, und beschloß, ihr zu folgen. Seltsamerweise bereitete es ihm eine gewisse Genugtuung, sich von ihr bevormunden zu lassen. Vielleicht war es sein Schicksal, einer jener Männer zu werden, die sich von Frauenhand Zaumzeug anlegen und sich splitternackt durch Feengärten reiten lassen.

Josie stand, nur mit ihrem Operettenschürzchen bekleidet, hinter der Anrichte. Das komische Kleidungsstück schien allein dem Zweck zu dienen, ihn sexuell zu stimulieren. »Weshalb ziehst du dieses Ding überhaupt an?« wollte er wissen.

»Weil ich verhindern möchte, daß heißes Fett auf meinen Bauch spritzt. Reich mir mal den Käse aus dem Kühlschrank, ja?«

Herman machte den Kühlschrank auf. »Welchen denn? Hier liegen vier verschiedene Sorten.«

»Irgendeinen. Es gibt ihn zu den Cocktails.«

»Ist es für Cocktails nicht noch ein bißchen früh?«

»Wenn wir erst mal angefangen haben, miteinander zu reden, bestimmt nicht mehr«, entgegnete sie und riß eine Packung Cracker auf.

»Aber ich will nicht reden.« Herman nahm den Gorgonzola. »Lassen wir das Thema erst mal eine Weile ruhen, bevor wir es zerpflücken.« Er machte den Kühlschrank zu und drehte sich um, um ihr den Käse zu geben, und fing ihren Blick auf. Es lag ein so qualvoller Ausdruck darin, daß er automatisch fragte: »Was ist denn los?«

Josie nahm den Käse und begann ihn auszupacken. »Ich weiß auch nicht, was mit euch Männern eigentlich los ist.« Zu Hermans Überraschung brachte sie dies mit tränenerstickter Stimme vor. »Was bringt euch dazu, so was zu tun? Weshalb kokettiert ihr mit dem Tod, wie mit einer Geliebten?«

Herman war einen Augenblick sprachlos. »Aha, dein Freund hat dir also unsere Unterhaltung haarklein wiedererzählt«, murmelte er schließlich. »Ist ja reizend!«

»Er hat nichts dergleichen getan! Er hat mir nur gesagt, worum du ihn gebeten hast, und gemeint, du bräuchtest…«

»Eine Nackte mit einem neckischen Schürzchen?«

»Zeit, um dich zu erholen.«

»Wovon denn, um Gottes willen?«

»Von der Bombardierung Rauwattas! Vom Massaker in den Bergen! Vom Untergang Niederländisch-Indiens! Von dieser ganzen Katastrophe.«

»Oh, mein Gott!« Herman zog sich in die Eßecke zurück.

»Haversma ist ein anständiger Mann. Er macht sich um seine Mitmenschen Sorgen… macht sich Sorgen um dich, du Idiot! Ihr seid doch alle gleich. Zum Teufel mit euch!«

»Du fängst gut an«, bemerkte er wohlwollend.

Josie knallte wütend den Korb mit den Crakkers auf die Anrichte und bückte sich, um etwas aus einer Schublade zu holen.

Herman setzte sich auf einen der schmiedeeisernen Stühle am gläsernen Eßtisch. Der Sitz war eiskalt. Er wechselte auf die kleine Bank hinüber. Dort war es besser, aber immer noch kühl.

Josie tauchte hinter der Anrichte wieder auf, legte den Gorgonzola auf eine Platte und brachte sie zusammen mit den Crackers zum Tisch. »Ich schlage vor, wir gehen wieder ins Bett. Mir ist kalt.«

Sie drehte sich zu ihm um. »Ich bemühe mich, dir das Leben zu retten!« schrie sie heftig. »Ich versuche, dich davon abzuhalten, Selbstmord zu begehen! Begreifst du denn das nicht?«

»Josie«, begann er nach einer kurzen Pause, »du und Haversma, ihr seid im Irrtum. Ich habe mich nicht freiwillig dazu gemeldet, mit den Fallschirmjägern über dem Dschungel abzuspringen, weil ich sterben will. Ich bin Journalist. Und deshalb ist es meine Pflicht, als Berichterstatter überall dort zu sein, wo sich etwas tut, das für die Öffentlichkeit von Interesse ist.«

»Hör mal«, begann sie und band ihre Schürze ab. »Ich will versuchen, dir eines klarzumachen.« Sie setzte sich auf die Kante der Bank.

»Sei vorsichtig!« warnte er. »Wir wollen deiner ungarischen Freundin doch nicht lauter Möbel zurücklassen, die schon vom bloßen Betrachten in sich zusammenfallen.«

Sie legte die Hände auf seine Schultern, drückte ihn in die Kissen zurück und sah ihm in die Augen. Mit diesen Brüsten über ihm hatte sie das Spiel verloren, bevor es begonnen hatte.

»Akzeptieren wir lieber die Therapie, und streiten wir nicht mehr über die Diagnose«, schlug er vor.

Josie ging gar nicht darauf ein. »Du weißt offenbar nicht, daß du nicht der einzige bist. Sämtliche Freiwilligen in diesem Trainingscamp für Fallschirmspringer behaupten, sie würden es aus Patriotismus, aus Liebe zu Niederländisch-Indien, aus Haß gegen die Japaner...«

»Was ist daran denn so falsch?« unterbrach er sie.

»Weshalb sollte man sich aus diesen Gründen freiwillig zu Kommandounternehmen melden, die purer Selbstmord sind? Weshalb gibt man sich dazu her, sich für nichts und wieder nichts abschlachten zu lassen? Kein vernünftiger Mensch glaubt doch, daß diese Kommandounternehmen irgend jemandem nützen könnten... am wenigsten der General, der sie sich ausgedacht hat. Er braucht...«

»Schon gut. Sie nützen also niemandem! Männer springen mit Fallschirmen ab und wissen, daß sie sterben werden! Warum? Es ist mein Job, das herauszufinden. Was hat sie motiviert? Was bewegt sie? Welchen Zweck verfolgen sie damit? Ein Traum? Eine Vision? Ich glaube, daß die Antwort auf diese Fragen für die Zukunft wichtig ist... wichtiger als jeder militärische Nutzen, der dabei herauskommen könnte.«

Er fand seine Argumentation ziemlich gut. Die Art und Weise, wie sie darauf reagierte, überraschte ihn. Ein ganz untypischer Ausdruck lag in ihren Augen, und dieses Gefühl hätte Herman bei der zielstrebigen und sexbesessenen Josie am allerwenigsten vermutet. »Du redest eine Menge Unsinn, Mannilein«, sagte sie ruhig. »Du solltest wenigstens mit dir selbst ins reine kommen.«

»Wovon redest du eigentlich? Was ist mit den Leuten hier eigentlich los? Ist das denn nicht der Grund, weshalb sich Kriegsberichterstatter, die auch nur einen Funken Berufsethos haben, in Kampfgebieten aufhalten? Um die menschliche Komponente zu untersuchen, sie zu interpretieren?«

»Manni«, begann sie mit Zärtlichkeit im Blick, »eines will ich dir sagen. Alle diese Burschen, die sich freiwillig gemeldet haben, sind Überlebende... genau wie du. Alle! Kein einziger von ihnen ist im Rahmen einer normalen Evakuierungsaktion hierhergekommen wie wir anderen. Jeder ist ein Einzelgänger, der Australien aus eigener Kraft und um Haaresbreite erreicht hat. Du solltest ihre Geschichten hören... da ist eine haarsträubender als die andere. Aber eines haben alle gemeinsam: Derjenige, der sie erzählt, ist der letzte, der sie erzählen kann. Jeder ist der einzige Überlebende einer Gruppe von Männern, die versucht haben, Australien zu erreichen. Da hast du's.«

»Da habe ich was?«

»Dein Motiv ist dasselbe wie das der anderen. Es hat weder etwas mit Patriotismus noch Liebe zu Niederländisch-Indien oder dem Haß gegen die Japaner zu tun, sondern mit Schuldgefühlen.«

Hermans Herz hörte einen Augenblick auf zu schlagen. Hatte er sich ihr gegenüber irgendwann verraten? Er war sicher, daß ihm das nicht passiert war. Von ihm wußte sie nur die Tatsachen. Er hatte ihr nie erzählt, daß die Hälfte der Gruppe hinter ihm plötzlich nicht mehr da gewesen war und er keine Meldung gemacht hatte. »Ich weiß wirklich nicht, wie du das meinst«, log er. »Was für Schuldgefühle?«

»Das Schuldgefühl, zu leben, Manni. Du trägst es wie ein Plakat vor dir her, die Angst und die Qual des Mannes, der durch ein Wunder oder puren Zufall gerettet worden ist, während die anderen getötet und gefangengenommen wurden oder einfach vor Erschöpfung gestorben sind.«

Herman vermochte seine Erleichterung kaum noch zu verbergen. Sie wußte es also nicht. Er hatte sich ihr doch nicht in einem unbedachten Augenblick anvertraut. »Wer hat dir denn diesen theoretischen Bären aufgebunden?« fragte er. »Welcher dämliche Schreibtischhengst hat sich denn das als Ausrede dafür ausgedacht, daß er gar nichts tut?«

Josie ließ sich jedoch dadurch nicht aus dem Gleichgewicht bringen. »Nur eure Argumentation ist unterschiedlich«, fuhr sie fort. »Ihr fühlt euch alle dafür verantwortlich, was mit den anderen geschehen ist. Der eine behauptet, er hätte bei der Gruppe bleiben sollen, anstatt auf eigene Faust die Lage zu sondieren; ein anderer ist eingeschlafen, während er Wache hatte; ein dritter... na, wie war's denn bei dir?«

Herman hatte inzwischen Zeit gehabt, sich etwas zu erholen. »Josie, es mag dir und deinem Freund, dem Psychiater, vielleicht komisch vorkommen, aber ich möchte allen Ernstes dazu beitragen, Niederländisch-Indien zurückzuerobern. Wir waren gut für sie, sie waren gut für uns. Nicht mal im Traum fällt mir irgendein Grund ein, weshalb ich's mir in einem Büro in Australien gemütlich machen und anderen die Arbeit überlassen sollte. Ich will diesen Mördern, diesen Sadisten mit ihren Mörderhunden und Papageienstimmen diese Insel wieder wegnehmen. Und zwar nicht nur um meiner selbst willen, sondern auch um der Eingeborenen willen.«

»Mach dir doch nichts vor, Manni«, entgegnete Josie ruhig. »Das, was wir Niederländisch-Indien nennen, hat immer nur den Eingeborenen gehört. Wir sind für sie fremde Eroberer gewesen, die nun selbst erobert worden sind. Wir haben was von unserem Geld gehabt, doch jetzt, da wir rausgeworfen worden sind, sollten wir auch draußen bleiben… und ganz bestimmt nicht so tun, als wollten wir um der eingeborenen Bevölkerung willen zurückkehren.« Sie nahm seine Hand, küßte sie und fuhr fort, ohne sie loszulassen: »Diese Eingeborenen würden nach deinem Absprung mit dem Fallschirm kurzen Prozeß mit dir machen, Manni. Sie begraben dich bei lebendigem Leib, daß nur noch dein Kopf herausschaut, und überlassen den Rest den Ameisen. Wenn du unbedingt mit dieser Kommandoeinheit abspringen willst, dann heißt das, daß du sterben möchtest… genau wie die anderen. Warum, Manni? Stell dir doch mal diese Frage. Warum?«

Herman mußte einen Augenblick allein sein. Er stand auf und ging in Richtung Toilette.

»Wohin willst du?«

»Ich bin gleich wieder da.«

Hinter der geschlossenen Tür setzte er sich auf den kalten Toilettendeckel und fühlte sich allein und verlassen. Josie mochte ihm die Wahrheit vor Augen gehalten haben, aber das hatte ihn nicht freier gemacht. Herman erlebte das Dahinschwinden seiner inneren Sicherheit als schrecklichen Verlust. Es war, als sei ihm ein kurzer Einblick in eine phantastische Vision, durch die sein ganzes Leben plötzlich Sinn bekommen hatte, nur gewährt worden, um sie rasch wieder verfliegen zu sehen. Es war erschreckend, wie schnell sein Traum zerronnen war.

Er starrte auf das Stickband an der gegenüberliegenden Wand. »Manch' Blüte blieb uns aus dem Garten Eden, doch die Spur der Schlange ist überall.«

Plötzlich hatte er das Gefühl, eine Welt sei für immer untergegangen und vor ihm läge nur noch unfruchtbare Wüste.

Die Spur der Schlange war weder Feigheit noch Dummheit oder Schuld, sondern der Krieg.

9

Baradja hatte längst alles geplant; sie wollte die verlorenen Kinder der Nonne in der Umgebung der Missionsstation im Dschungel suchen, denn weit konnten sie ihrer Ansicht nach nicht gekommen sein, und sie an Bord bringen. Sobald die *Henny* im See der Toten vor Anker gegangen war, würden Amu und sie sich um die Kleinen kümmern, bis der Krieg vorüber war. Dann würden Nonnen in die Missionsstation zurückkehren und die Kinder wieder übernehmen. Falls es dazu allerdings nicht kommen sollte, wollten Amu und sie die Kinder behalten. Für geistig zurückgebliebene Kinder mußte es doch herrlich sein, auf einem Schiff zu leben. Da gab es eine Menge zu sehen, tausend Dinge, mit denen man spielen konnte, und es war immer jemand da, der aufpassen konnte, daß ihnen nichts passierte. Sie und Amu...

Baradja redete auf dem Flug nach Canberra, im Hotelzimmer und während der Taxifahrt zum Gouverneurspalast unaufhörlich weiter und war nicht mehr zu bremsen. Krasser hörte ihr schweigend zu. Amu war verdrießlich, da ihr eine Erkältung zu schaffen machte. Die dicke Frau, die wie die Besitzerin eines feudalen Bordells angezogen war, begleitete sie und raschelte ständig mit Papieren. Es war eine lange Reise.

Das Galadiner im Gouverneurspalast verlief sehr offiziell und förmlich. Es war kaum zu übersehen, daß die mit glitzerndem Schmuck behängten weißen Damen für die beiden Dajak-Frauen nur freundliche Verachtung übrig hatten. Jedesmal, wenn daher Amus Nase zu kitzeln begann, öffnete sie hastig ihre Handtasche, nieste hinein und klappte sie wieder zu.

Der Generalgouverneur und einige der anwesenden Diplomaten hielten blumige Reden. Sie gaben Krasser das unangenehme Gefühl, ein Hochstapler zu sein, indem sie ihn als »Helden« und »Heilsbringer einer freien Welt« bezeichneten. Er saß das ganze Diner über nur schweigend auf seinen drei Kissen.

Als er und Baradja schließlich in ihrem Hotelbett lagen und Amu aus dem angrenzenden Mädchenzimmer kam und zu ihnen unter die Decke kroch, fragte Baradja: »Wann können wir abreisen, Benji?«

»Weshalb so eilig?« konterte Krasser. »Ich dachte, ihr wollt Krankenschwestern werden?«

»Puh«, sagte Amu, und er spürte ihren warmen Atem an seinem Hals.

Baradja schmiegte sich an ihn. »So war das nicht gemeint, Benji. Wir möchten mit dir kommen, um uns um die Kinder zu kümmern. Und um dich! Hmmmm! Und um ›ihn‹.«

Der Zeitpunkt, ihnen reinen Wein einzuschenken, war so gut wie jeder andere. »Hört mal zu«, sagte er. »Eines sollte euch klar sein: Wir haben praktisch keine Chance, bis Borneo zu kommen. Wenn ihr bei mir bleibt, dann ist das euer sicherer Tod. Ich hätte euch gern bei mir, aber ihr sollt wissen, was auf dem Spiel steht. Also denkt darüber nach, und sagt mir dann, wie ihr euch entschieden habt.«

Sie entschieden sich sofort. Das heißt, Baradja tat es, denn Amu schaffte es im Bett nie, auch nur wenige Minuten wach zu bleiben, wenn Krasser sie nicht begehrte.

»Weshalb bist du so sicher, daß wir es nicht schaffen?« erkundigte sich Baradja. »Es ist uns doch schon einmal gelungen.«

»Das war praktisch ein Wunder. Ist dir das denn nicht klar? Irgendwann, irgendwo auf dieser Fahrt geht unsere Glückssträhne zu Ende. Ich riskiere das, weil ich hier nicht leben kann. Ihr beiden könntet euch hier häuslich niederlassen.«

Nach den Erfahrungen mit den weißen Damen während der abendlichen Gala war allerdings auch das fraglich. Aber ein Leben als Abo zu führen war besser, als eine tote Dajak zu sein.

Baradja schwieg so lange, bevor sie etwas sagte, daß Krasser schon geglaubt hatte, sie sei eingeschlafen. »Wie hoch sind unsere Chancen, Benji?«

»Eins zu einer Million«, antwortete er. Dann fiel ihm ein, daß die Nonne ihm dieselbe Frage gestellt und er ihr dieselbe Antwort gegeben hatte. Die Erinnerung an sie drohte seine Selbstzufriedenheit zu zerstören. Er legte eine Hand auf Baradjas nacktes Hinterteil. Es fühlte sich gut an. Beide Mädchen fühlten sich gut an. Ihre Wärme tat seinem alten Körper wohl. Die Frauen verkörperten für ihn Leben und endlose Liebesspiele auf hoher See. Deshalb meinte er es nur halbherzig, als er sagte: »Baradja, diese Nonne ist wie das Elmsfeuer. Was uns zu ihr zieht, ist nicht sie selbst, sondern etwas anderes.«

»Was denn, Benji?«

»Das weiß ich nicht. Aber es war keine weiße Magie: der knurrende Hund, der Vogel, der wegen des Ventilators gepfiffen hat, und die Stimme, die wie meine klang und nach Drinks rief. Das war Schwarze Magie. Die Lockungen der Nonne sind die Lockungen des Todes, Baradja.«

Jetzt, da er es laut ausgesprochen hatte, klang es wenig überzeugend, denn seine Hand ruhte dabei auf der seidenweichen Haut ihres Hinterteils, ihre Beine lagen über seinen Beinen, er spürte Amus Atem an seinem Nacken und Baradja, voll wissender Sinnlichkeit und unverdorbener Rechtschaffenheit, auf seinem Arm. Aber Leben war Leben, und Tod blieb Tod. Wer konnte schon wissen, wann sich diese parallel verlaufenden Linien je kreuzen würden? Vielleicht schafften sie es. Doch Krasser konnte das unbestimmte Gefühl nicht länger verdrängen, das er in der Limousine während der Fahrt zum Gouverneurspalast zum erstenmal gehabt hatte, und das ihm sagte, daß dieser Punkt nicht mehr fern sei.

Amu schlief bereits tief und fest an seiner Schulter, aber Baradja war noch wach. Ihre Wimpern kitzelten auf seiner Haut, sobald sie blinzelte. Schließlich murmelte sie: »Benji?«

»Hm?«

»Ich bin sicher, daß wir es schaffen.«

Er wollte sie fragen, weshalb sie dessen so sicher war, unterließ es jedoch. Sie wußte ebensoviel über die sich kreuzenden Linien wie er. Und als Frau wußte sie vielleicht sogar noch mehr. Er umarmte sie kurz. Das weckte Amu soweit auf, daß sie seine Schulter küßte und wieder einschlief.

»Ich denke...«, begann Baradja.

»Denk lieber nicht«, unterbrach er sie. »Tu, was dir Spaß macht, und versuch nicht herauszufinden, weshalb du's tust.«

»Warum nicht?«

»Weil du dich dann nur verlierst. Folge deinen Gefühlen und nicht deiner Vernunft. Und jetzt schlaf!«

Er glaubte, sie sei eingeschlafen, als sie plötzlich flüsterte: »Du mußt die Mannschaft fragen...«

»Ich habe nicht die Absicht, die Crew irgend

etwas zu fragen«, konterte Krasser. »Ich lasse es nicht zu, daß eine Bande von Chinesen über mein Leben bestimmt.«

Diesmal schlief Baradja ein. Und Krasser, der zwischen den beiden Frauen lag, fühlte sich plötzlich reich. Ein Jammer, daß die neu erlangte Lebensfreude nicht lange andauern würde. Aber das Wichtigste im Leben eines Mannes war, sich selbst treu zu bleiben, und woher er auch kam, die Gaben, die er während seines kurzen turbulenten Lebens erhalten hatte, heimzuführen.

10

Die untergehende Sonne hatte den Himmel kupferfarben gefärbt, und die sich verdunkelnde Wildnis wurde weit wie der Ozean, als Herman Winsum mit der Harley Davidson, die ihm für die Ausübung seines Jobs zur Verfügung stand, zu seinem Bungalow zurückfuhr. Die Beerdigung des Farmers Jansen, die auf der Ranch des alten Herrn erfolgt war, hatte mit einem großen Festessen geendet, das von den Frauen seiner Söhne zubereitet und von der zahlreichen Nachkommenschaft Jansens samt Nachbarn und Landsleuten verputzt worden war. Der Redakteur des Lokalblattes war selbstverständlich ebenfalls eingeladen gewesen. Zu Ehren des Toten waren Unmengen Whisky und warmes Bier getrunken worden, und Herman war schlicht besoffen. In der Wildnis, wo als einzige Gefahr ein träges Känguruh auf dem unbefestigten Überlandweg auftauchen konnte, kam selbst ein Betrunkener sicher nach Hause, vorausgesetzt, er fuhr nicht zu schnell.

Schon am ersten Tag war Herman klar geworden, daß ein Zeitungsredakteur, der nicht trank, als ein Betrüger angesehen wurde. Es herrschte in diesem Landesteil eben die Ansicht, daß nur ein Mann, der genug Alkohol vertrug, auch ein verläßlicher und guter Chronist des Lebens von Hopalong sein konnte. Im Lauf der Zeit würde er es sicher so weit bringen, daß er es mit den Trinkfestesten aufnehmen konnte. Mit Humor und einem gewissen Sinn für Proportionen fühlte sich Herman in seinem neuen Job so glücklich, wie ein Snob mit Weltschmerz es eben sein konnte.

Schade, dachte er, während er sein Motorrad unter den Unterstand schob, daß sein Plan, mit dem Fallschirmspringerkommando über dem Dschungel abzuspringen, von Albert Haversma und Josie Bohm mit vereinten Kräften zunichte gemacht worden war. Das Idealbild, das er sich bereits von sich erträumt hatte, war in der Feuerprobe der Wirklichkeit in Rauch aufgegangen. In labilen Augenblicken, besonders nach Einbruch der Dunkelheit, wenn er allein in seinem Wellblechbungalow hockte und seine Haushälterin hinter der Trennwand schlief und beim Umdrehen ihr Knie gegen das Blech stieß, hielten ihn nicht selten die Gedanken an Josie aufrecht. Sie hatte ihn bisher noch nicht besucht, aber sie war eben eine vielbeschäftigte Frau. Dafür schrieb sie lustige Briefe mit teilweise so entwaffnender Offenheit, daß Herman in seiner einsamen Behausung laut auflachte. Das hatte meist zur Folge, daß sich seine Haushälterin umdrehte und wieder mit dem Knie gegen die Blechwand knallte.

Es war ein gesundes Männerleben, das er führte. Nur gelegentlich und für kurze Augenblicke befiel ihn das entsetzliche Gefühl, die Einsamkeit könne ihn verschlingen. Meistens retteten ihn dann die Geräusche der Wirklichkeit, das Bellen eines Dingos, das ferne Schreien eines Kaninchens in Todesangst oder der Klang seiner eigenen Stimme, die ihm Mut zusprach.

Als er an jenem Abend in das Wohnzimmer kam, fand er zwei Briefe, die gegen die Petroleumlampe gelehnt auf dem Tisch standen.

Der eine war vom Landwirtschaftsministerium und informierte ihn über die bevorstehende Schafschur, der andere kam von Mrs. Josephine Bohm, Informationsdienst der Regierung, Generalkonsulat der Niederlande, Melbourne. Das Kuvert enthielt zwei ganz eng beschriebene Seiten. Um sie lesen zu können, mußte Herman die Lampe so hell stellen, daß sie beinahe zu rauchen begann.

»Mannilein, Du bist wirklich nicht zu retten! Mußtest Du mir Deine ›Gebrauchsanweisung für die Benutzung eines Klappbetts‹ ausgerechnet ins Büro schicken? Weißt Du denn nicht, daß hier jeder jedermanns Post liest? Zum Glück konnte ich den Brief an mich nehmen, bevor er in die falschen Hände geriet. Anderenfalls hätte Amanda Hartsuiker das Kuvert geöffnet, den Inhalt gelesen, es wieder zugeklebt und mit dem Vermerk ›Von der Zensur geöffnet‹ versehen. Natürlich sehne ich mich nach Dir, und ich komme, sobald ich mich hier loseisen kann. Das nächste Mal, Mannilein, geh bitte mit Deinen ›Gebrauchsanweisungen‹ trotzdem ein bißchen vorsichtiger um. ›Gebrauchsanleitung‹, mein lieber Mann! Ich denke oft an Dich. Besonders heute abend. Ich habe nämlich gerade erfahren, daß Kapitän Krasser und seine *Henny* klammheimlich und unerlaubterweise aus dem Hafen von Fremantle verschwunden sind. Er und sein Schiff haben sich offenbar in Luft aufgelöst. Weil es sich um ein Schiff und damit um eine kriegswichtige Angelegenheit handelt, wird die Sache natürlich totgeschwiegen. Verschwiegenheit ist den Niederländern heilig. Krassers Nutten sind übrigens ebenfalls fort. Ich wünsche ihnen jedenfalls viel Glück. Als einzigen hat er einen chinesischen Maat zurückgelassen, der inzwischen einen Antrag auf Einbürgerung gestellt hat.

Was das gesellschaftliche Leben hier betrifft...«

Herman ließ den Brief sinken.

Krasser fort! Zuerst traf ihn die Nachricht wie ein Trauerfall. Allerdings bewegte ihn nicht das, was Krasser passieren konnte, sondern vielmehr die Tatsache, daß sich etwas, das er als Teil seiner selbst, seiner Vergangenheit angesehen hatte, sich von ihm gelöst hatte und einfach hinter dem Horizont verschwunden war. Als nächstes stellten sich

Neidgefühle ein. Der listige, alte Krasser hatte sich also nach Borneo fortgemacht und damit sich und der Welt bewiesen, daß er ein Mann mit Selbstachtung war. Er dagegen saß hier im australischen Busch, war stockbesoffen und ein einsamer Deserteur, ein Mann ohne Seele.

Unsinn, sagte er sich energisch. Keine trüben Gedanken! Was hätte es schon gebracht, sich von den Papuas verstümmeln oder den Japanern abschlachten zu lassen. Der Sinn hätte doch nur in der hirnverbrannten Vorstellung gelegen, seine Anwesenheit könne, wenn auch nur kurz, für jene anderen etwas ändern, die dazu ausersehen waren, als nächste tot zwischen den Steinen zu liegen. Hier hatte er wenigstens eine sinnvolle Aufgabe; er berichtete über das Leben einer aufstrebenden Stadt im australischen Busch, über Hochzeiten, Taufen, den Zustand von Erkrankten und Beerdigungen. Er sollte endlich aufhören, sich wegen seiner Seele Gedanken zu machen, die Vergeudung seines Intellekts an die Gründerväter zu betrauern, die ebenso einfältig waren wie ihre Schafe. Wenn er sich hier draußen wenigstens mit der guten alten Bohm niederlassen, wenn sie nur zu ihm in die Wildnis kommen und ihn bei der Hand nehmen könnte!

»Was das gesellschaftliche Leben hier betrifft«, las er weiter. »Amanda Hartsuiker und – rate mal wer? – sind für ein Wochenende gemeinsam verschwunden, und ausgerechnet Seine Exzellenz hat sie entdeckt...«

Herman las den Brief zu Ende und kam danach zu dem Schluß, daß das Kostbarste, das ein Mann besaß, der alles verloren hatte, weil er nicht fähig gewesen war, alles zu geben, die Hoffnung war. Wer wußte es schon? Vielleicht kam sie doch noch zu ihm in die Wildnis.

Er ging ins Bett und schlief bald ein. Draußen schwirrten Fledermäuse unter den Sternen. Im Unterstand, in der Wärme der Dunkelheit kühlte knackend das Motorrad ab. Es hörte sich an, als zerbeiße ein Raubtier kleine Knochen.

Herman träumte verschwommen von kleinen Blumen unter fremden Sternen und war dabei von einem vagen Gefühl der Hoffnung erfüllt.

Nachwort

Nach den spärlichen Informationen der Behörden, mußte das Küstenfrachtschiff *Henny* den Hafen Fremantle im Schutz der Dunkelheit heimlich verlassen haben. Jedenfalls registrierte als erster den Verlust ein aufmerksamer Polizeibeamter am darauffolgenden Morgen.

Anfangs wurde in offiziellen Kreisen von Plänen gesprochen, das Schiff zu verfolgen und aufzubringen. Als die *Henny* jedoch trotz vermehrter Patrouillenfahrten unauffindbar blieb, wurde das Schiff von den Bürokraten, die unbedingt einen Vorwand brauchen, um die Akte schließen zu können, als »verloren« gebucht. Ein Schiff war gekommen, ein Schiff war gefahren. In Kriegszeiten war das nun einmal so.

Der Grund, weshalb die Suche nach der *Henny* von der australischen Marine nie forciert wurde, war, daß man insgeheim vermutete, der holländische Geheimdienst habe die Finger im Spiel gehabt. Die Holländer hatten sich noch nie in die Karten sehen lassen und weigerten sich standhaft, befreundete Nationen über ihre Geheimaktionen in den von den Japanern besetzten Gebieten zu informieren. Man ging daher davon aus, daß allein die Niederländer wußten, ob der Held von Borneo und sein Schiff in einer geheimen Militäraktion unterwegs waren oder ob er möglicherweise Gold nach Macao brachte.

Die Niederländer dementierten diese Vermutung weder, noch bestätigten sie sie, und das war der Anfang eines Mythos. Als keinerlei Nachrichten über den Verbleib des zwergenwüchsigen Kapitäns mehr bekannt wurden, der viel beigetragen hatte, daß die niederländische Flagge wieder aus dem Schmutz gehoben wurde, in den sie getreten worden war, waren der Phantasie der Menschen keine Grenzen mehr gesetzt, und die Gerüchteküche brodelte. Bei Kriegsende, als das niederländische Kolonialreich von der Weltkarte verschwunden war, war die Flucht der *Henny* längst zu einer Legende geworden. Wären die Indonesier bereit gewesen, die Niederländer so begeistert wieder bei sich aufzunehmen, wie sich die Niederländer das vorgestellt hatten, hätte man Kapitän Benjamin Krasser ein Denkmal gesetzt, Straßen nach ihm benannt und ihn als holländischen Nationalhelden gefeiert. Aber nach dem Gang der Dinge lebte seine Geschichte nur unter der schwindenden Anzahl ehemaliger Bewohner der Kolonien weiter, die den Zusammenbruch des Kolonialreichs überlebt hatten.

Die Hast und Eile und die Gründlichkeit, mit der die Spuren der dreihundertjährigen niederländischen Herrschaft in Indonesien beseitigt wurden, waren für jene Überlebende ebenso niederschmetternd, wie es der Einfall der Vandalen für die Römer gewesen sein muß. Da für sämtliche Überlebende der Verlust einer ruhmreichen Legende eine Minderung ihres Selbstverständnisses bedeutet hätte, weigerten sie sich zu glauben, daß die Tatsache, daß man von der *Henny* nie wieder etwas hörte, darauf schließen ließ, daß sie verloren oder daß sie untergegangen war. Trotzdem hat niemand sie je wiedergesehen und keiner je eine Spur von ihr gefunden. Und doch würde noch drei Jahrzehnte später gelegentlich ein ehemaliger Kolonialbewohner nach dem dritten eisgekühlten Genever mit einem Augenzwinkern erzählen, man habe den alten, gerissenen Seebären Krasser vor kurzem von Bord eines Schiffes aus gesehen, das sich im Irrgarten der Riffe vor der Küste Borneos verirrt hatte. Es heißt, daß man in den Sümpfen und Brackwasserseen der Mangrovenwälder noch immer ein rauhes Lachen, ein schrilles Kläffen und ein unheimliches Pfeifen, gefolgt von einem gekrächzten »I love yew« hören konnte.

Wenn dem so ist, dann ist das alles, was von der Herrschaft der Holländer in Indonesien übriggeblieben ist.